駭網情深

上集

楓情◆著

自序

這是我的第一本小說，全書定稿後超過三十二萬字，字數是一般小說的三倍，出版這樣的小說需要有很大的勇氣，因此非常感謝秀威資訊科技股份有限公司的抬愛，能夠給我這個機會為我出版這本小說，目前這樣長篇的小說確實是不多見的。

大學生涯多采多姿，除了在校園內上課、活動之外，在宿舍的生活也佔了很大的一部分，本書雖然是以男女的愛情為主軸，但希望能夠有一部分篇幅是描寫大學生在宿舍裏交友、讀書、談天說地的情景，因為宿舍生活是很多人在大學畢業多年之後最美好的回憶。

在修稿時曾經向許多朋友請益，在此非常感謝張麗慧小姐和周淑華小姐，她們都給了我很好的意見，另外也十分感謝吉芳和秀雲，多虧他們幫了很多忙。

更感謝書畫家石博進老師，他除了在全書為我做戡誤修飾的工作之外，並且在書法、藝術方面給我很多的意見，在多次親見石老師親筆揮毫之後，也給了我很多寫作的靈感。

楓情　2004/11/17
http://home.kimo.com.tw/t_right77/index.html
t_right77@yahoo.com.tw

目次

第一章　年輕學子

大學時間過得好快，彭俊德已經是大學三年級的學生，今天是下學期的開學日，在學校裏雖然還有四年級的老大哥、老大姐，但每個大三生都感覺好像是學校裏老字輩的人物，讀書、聊天、生活的內容和大一、大二生完全不同。

二月底的台北，還是一樣濕冷的天氣，下了公車，一陣冷風吹來，彭俊德蜷縮著身子看到「臨沂街」街名的路牌，孔子的出生地「尼山」東臨沂河，孔子曾臨川慨嘆「逝者如斯夫，不舍晝夜！」，而書聖王羲之原籍琅琊臨沂，正是今日的山東，不知道街名是不是由此而來，不過今天彭俊德實在沒有功夫去考古那一段源由，公司就在附近，再走一段路就到了。

早上要先跟公司助理小姐拿系統光碟片，這一套新的進銷存管理系統花了彭俊德很多的心力，公司規定所有的軟體都必須在資訊安全部認證後，才可以交給客戶，因此使得總時程延長了三個工作天，在公司主管的要求下，資訊安全部對整體的功能驗證、系統備份、安裝程式、電腦病毒防治方面都做得非常好。

簽完五頁的規格承認書後，助理小姐才將系統光碟片拿出來，沒有時間閑聊，彭俊德還要再坐公車趕去學校。

在校門口下了車，只見校門前種植的金急雨樹剛被一陣細雨洗得青綠，台北的天氣經常都是這個樣子，雨小得可以不用撐傘，卻又十分惱人，但也將學校門口前的行道樹和紅磚路洗得乾淨。

開學日也沒什麼儀式，只是有課程的學生要趕著去上課。

彭俊德兩手緊握著信封袋生怕遺失了，這可是幾個星期不眠不休的成果，這是要給新客戶的一套電腦管理系統，總經理特別交代這個新客戶一定要掌握住，因此彭俊德不但將全部管理程式逐條核對，還用電腦日夜不停的測試，今天總算可以交差了。

星期一早上學校的小郵局生意總是特別好，有四、五個人正等著寄掛號信，彭俊德拎著他的小信封袋，正想著：「看來可要等好一會了。」此時看到旁邊櫃台有一個熟悉的身影，正是班上的小美女葉怡伶。

「嗨！小美女早！」

「臭阿德，啥事？沒看我在忙嗎？」葉怡伶回頭看彭俊德，手裏可沒閒著，正在一個標準信封上寫著地址。

「忙什麼？還有空罵人，一個寒假沒見，還那麼凶！」

「真氣人，這信前天就寫好了，一直忙著竟然忘了寄，剛才到了學校才想起來，今天是最後一天，等一下我上課又要遲到了。」

「慢慢來，有什麼好急的，大不了被當，誰怕誰。」

「你這個死沒良心的傢伙，我被當你很高興對不對？」

「我可沒這麼說，我只是心裏這麼想……」

「你這個臭阿德死阿德，這張嘴最毒了……，對了，你來郵局做什麼？」

「昨晚趕了通宵，我要將光碟片用掛號寄到高雄，你也要寄掛號嗎？」

「是呀！你也來寄掛號？」葉怡伶一對大眼睛瞬間亮了起來，嘴角泛起一絲奇特的微笑。

「妳怎麼了？妳的表情好奇怪。」

「對呀，幫幫忙，我趕著去上課，我這掛號信你幫我寄好嗎？」

「誰管妳，我也很忙。」

「彭大哥，好嘛，拜託一下，我趕時間，我今天上課遲到的話會被罵死的。」葉怡伶轉眼就換成一副楚楚可憐的模樣，表情變化比翻書還快。

「罵死很好呀，又不是罵我，誰管妳，罵死妳我最高興了！」

「好啦，彭彭大哥，拜託，感恩不盡！」

「誰是彭彭大哥？別肉麻了，我是臭阿德。」

「親愛的彭彭彭大哥，求求您大人有大量，別跟我這弱小女子計較，您的大恩大德沒齒難忘，好啦，謝謝你，我走了。」葉怡伶說著將信件塞給彭俊德之後便衝出郵局。

「別走，我才不理妳，我發誓我不會幫妳寄……」

「謝啦，拜拜……」話還沒說完人卻已經跑遠了。

「我發誓，我發誓我真的不會幫妳寄。」

葉怡伶的信連郵票都還沒貼上，彭俊德只好幫忙貼上十九元的掛號郵資，再看信封上寫著「奇橋科技股份有限公司人事室收」，原來是寄履歷表找工作，葉怡伶是班上有名的窮光蛋，沒打工還真不能生存。

彭俊德想著自己運氣好，大一結束家教以後，就開始在電腦軟體公司擔任程式設計工程師，目前任職公司的薪水並不是很好，但也還算穩定，省吃儉用的話，學費、生活費都有了著落。

班上的男生非常幸運，工學院女生一向比較少，漂亮的女生更少，沒想到全系兩個美女都落在彭俊德班上，大美女溫婉姿溫柔靈秀，葉怡伶年紀小了溫婉姿一歲，班上就給她取了小美女的綽號，葉怡伶俏麗大方，和溫婉姿是完全不同的類型。

反正自己也要寄掛號信，不多費什麼時間，但是花點嘴皮子和小美女鬥嘴也很好玩。

今天的光碟片是要寄給頂重要的新客戶，這家「勝鷹精密機械公司」表面上雖然是只有十個人的新公司，但是家族經營的關係企業很多，這個客戶若能掌握住，往後可有接不完的案子。

彭俊德下午選修了史仁義教授的課，彭俊德和史仁義教授是嘉義的同鄉，史教授早已經在台北落地生根，但是還常常詢問彭俊德有關家鄉的事情。

下課後彭俊德被史教授叫到辦公室，很關心的問說：「阿德，昨天又熬夜了？怎麼有黑眼圈？」

「這兩天趕著給客戶出貨，昨天比較晚睡。」

「新年有沒有回鄉下？怎麼只給我打個電話拜年？也不到老師家走走，老年人很重視這個，打電話、寄賀卡是你們年輕人的玩意，感情是要去建立起來的，要經常走動感情才不會生疏。」

「老師，這次過年我只回去三天，公司正在趕著出貨，我正想等這兩天忙完了再到老師家找您和師母聊天。」

「這才對，可是也要去做才行，去的話記得帶個見面禮，你師母嘴裏說不要太多禮，心裏可高興著呢！」

「我會的，師母身體還好吧？」

「還是老樣子，對了，你在公司還好吧？」

「還是一樣，過年前總經理給了我一個月的年終獎金。」

「唉！你那老闆人還不錯，就是太小氣了，年終獎金給這麼少？我真懷疑當初介紹你到他那兒工作是不是錯了。」

「其實也還不錯，老師介紹我去工作也是一番好意，像我這樣彈性上班，每個星期報到兩天，這種工作也很難找，薪水比家教要好多了。」

「你就是這種脾氣，如果什麼時候你要離開公司也不用問我，看你自己抉擇了。」

「其實我最多也只能待到畢業，現在只要可以存個學費，我就很滿足了。」

「你不計較就好，我看你就明天到我家，一起吃個飯，你師母整天都在說你，我都聽煩了。」

「喔！明天晚上我會早一點到。」

✦　✦　✦

彭俊德星期二沒課，因此必需到公司上班，若沒有公事外出的話，也必需全天待在公司裏，公司位於一棟辦公大樓的十四樓，外表很不顯眼，若不是門外一片銅製招牌上寫著「昇智科技股份有限公司」，外人還會以為這只是一間小公寓。

此時已是早上十點，公司櫃台的密司陳正低頭忙著，密司陳大了彭俊德幾歲，平時就當他是弟弟對待。

「嗨！密司陳早安。」

密司陳小聲的對彭俊德說：「大衛，老總正在等你，大伙兒正在開會，沒人敢吭聲，老總不太高興。」大衛就是彭俊德的英文名字，在公司裏大家都盡量使用英文名字稱呼。

「他在等我？沒關係，程式已經寄出去了，應該沒有問題才對。」

「你昨天寄出去也要打個電話回報才行，害老總心裏七上八下的，連我們也挨罵，我都不知要怎麼替你說情了。」

「行了！你對我好我知道，改天再請你吃大餐。」

「還吃大餐？老總的電話來了。」密司陳拿起電話接聽，「喂，總經理嗎？」

「密司陳，大衛不是來了嗎？」電話裏傳來總經理的聲音。

「大衛剛到，他說程式已經寄出去了，我叫他馬上去開會。」

「叫他馬上進來。」

「大衛，老總叫你現在馬上去開會，他口氣很不好，你完蛋了！」

「別嚇唬我，我快嚇死了。」

總經理事實上就是公司的大老闆，脾氣不是很好，一看到彭俊德進來就陰著臉問說：「大衛，你怎麼現在才到？寄個光碟片也不需要這麼久。」

「報告總經理，光碟片昨天就寄出去了，我今天早上聯絡高雄的業務，看有沒有問題，又問他安裝的結果，我想還是慎重一點比較好，耽誤了一點時間真對不起。」

「好，你先坐下來！」總經理滿意地點了點頭，又對著現場全部的員工說：「我們大家要有共識，這公司不是我一個人撐得起來，大伙兒努力才有今天，我真不希望公司出了問題，卻沒人說得出原因，剛才業務部門說沒有太多客戶流失，開發工程部說沒問題，事實上都是在敷衍了事，小劉，你先告訴大衛，我們剛才開會的內容。」

工程部的小劉本名劉正榮，剛退伍沒多久，到公司上班只有半年，負責今天的會議記錄，只見他站起來說：「剛才業務部表示新年前就知道有『祺和』『威技』『龍銘』『丰勝』四家老客戶決定不再用我們的系統，也不和我們續約，一個多星期還查不出什麼原因……」小劉頓了一下又接著說：「另外，開發部門說不關他們的事，從信箱和總機那兒也沒查到這四家客戶有抱怨的留言。」

總經理接著對彭俊德說：「大衛，以前都是你去維修丰勝的電腦，失去丰勝你也有責任，我想聽聽你的意見。」

「總經理，我只是工程師，叫我寫程式、測試都可以，有關業務的事情我怎麼會懂？我想請大家發表高見會比較好。」

「剛才大家都發表了很多意見，現在我想聽你的，看有沒有好的建議。」總經理顯得很不耐煩，接著又說：「過年後離職的那兩個業務員阿剛和天舜不是和你很有話說嗎？他們離開前可有說些什麼？今天大家要是說不出個所以然來，我看就不用散會了。」

這時候工程部的陳主任想要緩和氣氛，便說：「大衛，大家剛才都在等你，想問你有什麼意見，用你年輕人的觀點，或許會有新的想法也說不定，不然總經理真的不會讓我們散會。」

「喔，離職的阿剛和天舜跑到一家汽車公司上班，聽說也是做業務的，不過和我們公司的業務並不相干。」

「我知道他們去了哪兒，你不必給我打馬虎眼。」總經理按捺著脾氣說：「我想知道我們公司的業務和客戶方面出了哪一些問題，說老實話，去年你們工程部的表現算是比較好的，但是旁觀者清，我真想聽一下你的觀點。」

「對呀！大衛，我知道妳經常會有一些好的想法和點子。」業務部的女強人劉主任也站起來說話：「你說一些好的意見，只要是對公司有益，也不真的會得罪我們業務部門的人。」

劉主任是全公司除了總經理之外最有份量的人物，公司接案的業務幾乎全是她打出來的天下，本名叫作劉筱君，有時候總經理和陳主任會以英文名字蘿拉來稱呼她。

彭俊德心想兩位主任都這麼說，今天不說話也不行了，清了清嗓子便說：「說到業務方面，我聽說去年底威技有來過電話，表示想要將他們公司的電腦更換為新的系統，而且希望我們公司能夠給予對折的優惠價格，就當作升級處理，但是會計部門和業務部門說這和公司的價格政策不符，怕壞了市場行情，公司的獲利會立刻少了一半。」

「另外有一次我去手勝修理電腦的時候，剛好碰到他們老董事長，他跟我抱怨說我們公司沒有人情味，除了過年寄張電腦印的卡片外，平日和我們公司也沒什麼往來，還說我們的業務員都是隱形人，老年人要的就是人情味，去年三月中旬老董事長過生日，公司竟然只包了一千元紅包，也沒有派人去祝賀，好像不把他們老董事長看在眼裏。」

「還有，我們公司業務部的人好像都以拉新客戶建立業績為最重要的考量，對於舊客戶就比較忽視了，我的感覺是新客戶至少有百分之五十是由舊客戶介紹來的，可見得老客戶的重要性。」

說到這兒，只見總經理頻頻的點頭，彭俊德卻沒有注意到業務部女強人的臉色已變得十分凝重。

「對於舊客戶的關懷，絕不能只是表現在他們電腦當機或是系統中斷的時候，平時像重要幹部的生日，中秋節、新年的時候也要特別注意，送送禮物，說說好聽的話，我想老年人要的就是這些……」

這時候彭俊德文思泉湧說個不停，「……另外業務人員最好也接受相關的專業訓練，最近在資策會好像就有開類似的課程……」

這時彭俊德突然住了嘴，整個會議室鴉雀無聲，全部的人都只在聽他一個人說話。

總經理看彭俊德也說不下去了，便說：「很好，還有沒有其他的？」

「嗯！沒有了。」

「今天就只有大衛說得還像人話，有建設性，其他人就只會敷衍應付，今天開會就到這裏，待會兒業務部的人全部留下來，我還有事跟你們說，其他人先回去工作，散會！」

彭俊德回到工程部的電腦室，陳主任走到彭俊德的電腦桌前，幸災樂禍的說：「大衛，你剛才怎麼那麼厲害，霹靂啪啦說了快半個小時，算你行，不然我們到中午也沒法散會，更何況還要看老總的臉色，大伙兒等著挨罵。」

「我這只是臨時惡補，昨天上了史老師的會計課，隨便拿史老師的話說了幾句，好像得罪了業務部的人，我看等一下劉主任就要來發飆了，你要先幫我擋一陣。」

「對呀！你明知道那個女強人恰別別，連我都不敢惹她，有一次我還親眼看到她在馬路上和交通警察吵架，還將那警察罵得狗血淋頭，我看你是找死，待會兒她一定先來找你算帳。」

「學長，你一定要救我，剛才也是你叫我發表意見的，你不可以不認帳！」工程部陳主任名字叫陳智豪，是彭俊德同校數學系的學長，足足大了彭俊德十屆，也是寫程式的高手，兩人很談得來，彭俊德平時就以學長稱呼他，陳智豪則喜歡人家稱呼他傑森。

「我承認我是有叫你說話，可是又沒有要你去招惹業務部那些人。」

「拜託，我是真的怕死了那劉主任。」

「怕了？我看只有一個辦法了。」

「什麼辦法？」

「你先到大陸躲一陣子，過兩三年再回來，等那個恰查某的氣消了，我再打電話叫你回來。」

「都火燒眉毛了，你還在開玩笑。」

「沒關係，對付一個女人家，那還不簡單，待會兒我罵她兩句，叫她滾回去就好了。」

站在門口的小劉忽然大聲說道：「女強人來了！」

不到一秒鐘的功夫，工程部十幾個大男生匆匆忙忙的回到自己的電腦桌前，沒有人敢發出聲音。

「哼！」女強人進門來只是輕哼一聲，大家的感覺卻是比手榴彈爆炸還可怕。

「大姐好，大姐您請坐，我給您泡茶。」彭俊德心想躲也躲不過，只好一臉諂笑的說：「您有話好說嘛！」

「彭先生，你好厲害，我們業務部的人又沒有招你惹你，你竟然非把我們害死不可！看你年紀經經的，平時以為你只是一個單純的學生，想不到心地那麼惡毒。」

「哈！大姐您坐，不要站著，要罵我也坐下來罵，千錯萬錯都是我的錯好嗎？」

「我哪敢說是你的錯，只是怕你先把我掐死，再給我泡茶，待會兒還不知道你要怎麼凌遲我，算你行。」

「大姐您真愛開玩笑，我哪敢把您掐死呢，給您泡茶也是我的榮幸。」

「誰是你大姐？你們私底下怎麼叫我的？可別以為我不知道。」

「我們私底下都是稱呼您劉主任，哪敢說什麼，我敢發誓！」

看著彭俊德一臉的諂媚，這人稱女強人的劉筱君差點笑了出來，一股氣也早已消失了，但還是硬蹦著臉強裝生氣的樣子坐下來，又接著說：「我們部門的人現在雞飛狗跳的，老總先是臭罵了一頓，再來還要特訓，說我們服務熱誠不夠，不知道體諒老客戶的心情，下個月還要安排資料庫的專業課程，每個人都要去進修，而且『自費』。」

「大姐您先喝茶，一切都有辦法解決，也沒那麼嚴重吧？」

「什麼不嚴重！特訓還好，頂多一個星期的魔鬼訓練，另外叫我們全部門的人去進修？別說進修兩個月的時間，光是自費就要二十多萬，你以為我們家裏都是開銀行的嗎？這筆錢我也沒有辦法幫他們出。」劉筱君想著光罵彭俊德一人還不足以消氣，便說：「傑森，你也真奇怪，我罵你們大衛，你卻在一旁偷笑，哪有這一門主管。」

眼看箭頭朝著自己這邊，陳智豪嚇了一跳，便說：「今天大衛說錯話，你罵他也是應該的，我絕不護短。」

彭俊德很委曲的說：「學長你再別害我了。」

「不過看他年輕不懂事，看能不能饒了他一次。」

「對呀，我年幼無知……」

聽到陳智豪和彭俊德兩人一搭一唱，劉筱君忍不住「噗」的一聲笑了出來，只好說：「算了，看你們兩個活寶……，不過今天還是要給我一個交待。」

「大姐，我都已經認錯了，您就饒我這一回吧。」

「饒你這一回？那倒是可以，不過……」

「不過什麼？？」

「我想想，嗯……，我有三個條件。」

「什麼！還要三個條件？」

「怎麼了，你嫌少！」

「沒有，大姐妳有什麼條件？」

「三個條件我還沒有想好，我想……第一個條件，我們部門的自費你幫忙出，我可憐你打個八折，二八一十六就算十六萬好了。」

彭俊德不禁瞪大了眼睛，顫聲的問說：「什麼？十六萬……」

「對呀！這是我大慈大悲，傑森，我看你這當學長的可要幫著出一半才好，反正你有錢，八萬元你也不會在乎。」

「我招誰惹誰了，這關我什麼事？」陳智豪又嚇了一跳。

「對了，這第二個條件，你們要請吃牛排，地點在凱悅，我們業務部九個人全到，凱悅的牛排可不便宜，你最好先去銀行領錢。」

「這……大姐……這……」

「什麼這的那的，話說到這兒，我氣還沒消呢，第三個條件以後想到了再說。」劉筱君瞪了彭俊德一眼，接著又對著陳智豪說：「傑森，請你出來一下，我有些事情要跟你說。」接著便轉身離去。

「我先出去一下。」陳智豪也起身離去，留下愁眉苦臉的彭俊德。

「蘿拉，你不會真的要敲詐我和大衛十六萬元吧？」

「反正你們大衛那小子腦筋好，他會想出辦法解決的。」

「總不會真的要他請你們九個人到凱悅吃牛排吧？那可要花好幾萬元呀？」

「憑那小子怎麼付得起？光是學費就夠他頭大了。」

「那我要怎麼跟他說。」

「先嚇他幾天好了，下星期再跟他說。」劉筱君突然想到了一件事，便說：「對了，我下星期真的有事情要找他，非要他請我上凱悅不可，你幫我約他好嗎？」

「好，這沒問題，時間就訂在下星期一晚上七點。」

「先嚇他幾天，對了，那專業進修的事，真的要你和大衛幫我想想法子，老總今天對我們業務部可真的很不爽了。」

「老總那邊和進修的事我想會辦法解決，不會讓妳難做人。」

「那我先謝謝你了。」

「不過我可要跟妳解釋清楚，大衛今天說的那些事，有一部分說得很好，妳記不記得上次德合公司的事？」

「我當然還記得，那次約翰去了三次還搞不定，結果我和大衛一起去他們公司，一次就定案了。」

「那次約翰剛到公司，一心只想著接案子，也不考慮到客戶的需求，對於我們的產品也不了解，德合的副總經理看約翰一問三不知就來電話罵人，還好妳帶了大衛親自走一趟，不然真的會失去這個大客戶。」

「對呀！憑我的行銷經驗和大衛臨場的表現，讓郭副總直誇我們公司能力強，還打電話給老總說大衛這年輕人的好處，七十多萬的案子就這麼接下來了。」

「所以說，大衛今天即使說錯了也沒有惡意，而且大衛今天說的話，沒有一點是針對妳的。」

「怎麼說？」

「妳想想看，丰勝是妳招來的客戶，依妳以前的做法，妳可能會讓丰勝的老董事長抱怨我們公司沒有人情味嗎？」

「怎麼可能？我以前和客戶的感情都好得不得了，那張董事長還說要我給他做乾女兒，我當他是在開玩笑而婉拒了。」

「對啊，那是妳的做法，可是妳們業務部那一票人有沒有像妳一樣？有沒有用心對待客戶？還是光曉得只要接到案子，其它的都不重要了呢？」

「唉！傑森你說得對，我們業務部那些年輕人的做法和我們大不相同，看來我可得好好的教育他們一番，不過大衛不是比他們還年輕嗎？真羨慕你有個這麼好的手下。」

✦　✦　✦

傍晚時分彭俊德手上提了一個大禮盒來到史教授家，伸手按了幾下門鈴。

來應門的正是史教授的獨身女兒，名字叫史逸梅，今年就讀高二，從小就讓家人「阿梅」、「阿妹」的叫慣了。

「嗨，俊德哥。」

「阿妹，好久不見，怎麼越來越漂亮了。」

「我知道呀，大家也都這麼說。」

彭俊德和史逸梅走進廚房，看到史師母正在切菜，彭俊德開玩笑的說：「阿姨妳還在忙嗎？為什麼不叫阿妹下廚？妳這樣太辛苦了。」

「阿妹才不會下廚，哪像我們以前，小學二年級就要下廚，還要洗衣服。」

「其實也可以讓阿妹下廚洗衣，免得以後嫁了人，卻什麼都不會。」

史逸梅生氣的說：「哼，以後是誰下廚洗衣還說不定呢！」

「阿妹妳也太狠了吧，還沒嫁人就要虐待妳未來的老公。」

「誰不知道現在是女男平等的時代！」

史師母打趣的說：「說什麼女男平等的時代？我看我們家阿妹乾脆嫁給你好了。」

史師母說得爽快，讓換彭俊德嚇了一下，過了一會兒才想到史師母是在開玩笑，便笑著說：「嫁給我？算了吧，讓阿妹去害別人，我可不會下廚洗衣。」

「哼，誰要嫁給你！」史逸梅轉身進了房間，看來有些生氣。

「阿德，過來陪老師聊天。」坐在客廳的史教授招手要彭俊德過去。

「老師好。」

「開學了，最近是不是比較忙？要多注意自己的身體。」

「還好啦，剛忙完一個案子，最近可能會輕鬆一陣子。」

「老師知道你電腦很行，可是怎麼又修那麼多商學系的課，而且會計、經濟全都來。」

「這也沒辦法，我們客戶需要的就是有關人事管理、財務管理、會計系統、倉儲管理的功能，光是會寫程式沒有用。」

「所以你是因為有需要才去進修的？」

「對呀，去年有一位資工系的學長去面試一家銀行的電腦室主任，最後錄取的是銀行系畢業又懂得電腦的人，還說這才符合他們的要求。」

「這真是一個很好的職場經驗，有時候從別人身上得到的經驗比什麼都可貴。」

「對呀，我也告訴學校裏的學弟學妹們，說要會財務才寫得出好的財務軟體。」

「你說得很好……，你這種學生真的很罕見，你們學理工的人，一向都討厭地理、歷史，連帶的也會否定如商科、文科的課程，總是喜歡如數理般可以精確計算，有標準答案的東西。」

「是呀，以前讀到史地我就一個頭兩個大。」

「更何況其他像哲學、語文、藝術，你們就更難接受了，其實所有的學問都是好的。」史教授好像有說不完的話，又繼續說：「像你一頭鑽進電腦裏，可是除了電腦之外，還有很多好玩的事物，只是現代人沒那麼多閒功夫了。」

「是……」

「人文科學、社會科學、自然科學都是好東西，老師也沒有否定你對於電腦的興趣。」

「說到電腦，今天早上公司裏的事還真是讓人傷透腦筋。」

「喔，是什麼事？」

「說起來也怪我多嘴，早上開會，我口無遮攔亂說一通，不小心管到業務部的事去了，總經理要全部業務部的人都去進修，光是費用就要二十多萬，害我被業務部的劉主任罵了一頓，還要我幫她出八萬元的進修費。」

「哈哈，你可慘了，那劉主任我也認識，真的很兇。」

史師母到客廳對彭俊德和史教授說：「好啦，該吃飯了。」

彭俊德笑著說：「阿妹還在房裏嘔氣呢。」

「好啦，阿妹出來吃飯，別再嘔氣了。」

「我生氣了，不想吃飯。」史逸梅在房間裏大聲的回答著。

「好了，媽媽不會要妳嫁給俊德哥，出來吧！」

史逸梅終於走出房間，不高興的說：「你們在說什麼呀，俊德哥早就有一個很漂亮的女朋友了。」

「喔，阿德有女朋友？我怎麼不知道？」

彭俊德擺擺手說道：「我哪有什麼女朋友呀。」

史逸梅抗議的說：「還敢說沒有，我聽說還是外文系的大美人呢！」

史老師有些餓了，便說：「你們說些什麼呀，吃飯吧！」

餐後史師母端出來一大盤水果，招呼著彭俊德說：「阿德吃水果，在我們家都是一邊吃水果一邊聊天。」

史逸梅問彭俊德說：「對了俊德哥，你電腦倒底行不行？會不會只是三腳貓的功夫？」

「妳在說什麼呀？我可是厲害得很呢！」

「真的嗎？」

「當然了，在公司裏我雖然只是掛名初級工程師，可是我們陳主任卻將最重要的除錯和測試的工作都交給我，我點了頭公司才會出貨，妳可以去打聽打聽。」

「那好，我們學校的電腦社正流行學習資料庫程式設計，你能不能過來給我們上課，我們一直找不到會教資料庫系統的老師。」

「妳別嚇我了，誰敢去妳們學校，一群女生！」

「女校有什麼好怕的，而且我知道你星期一早上沒有課。」

「星期一早上那倒是可以，可是現在市面上流行的資料庫軟體就有七八種，妳們要學哪一種？」

「就最基礎的那一種就可以了，我們學校的電腦已經全部灌好軟體，就等老師來上課了。」

「教妳們那些女生？那是可以，可是……」

「可是什麼？」

「我當老師可兇得很，學不好我可要打屁股。」

「哈哈，你敢，別吹牛了。」

「妳敢說我吹牛，我第一個就先打妳。」

「你敢！」

「我就敢！」

「好了！吵什麼吵，妳俊德哥不是說要去上課了嗎？」史教授插嘴說：「阿德，你剛才說公司同事要去進修的事，為什麼不在你們公司內部自己辦理？乾脆你自己來上課！外面補習班的講師也沒有你們這些工程師有實力。」

「對呀，這我怎麼沒想到呢？」

✦　✦　✦

彭俊德晚上回到宿舍，這是一棟四層樓的舊房子，房東重新隔間出租給附近的學生，一間房間住四個人，這裏的住戶全部都是男學生，彭俊德住在三樓的三〇一室，另外三位室友分別是蛋塔、阿丁和阿星，四個人在這兒已經住了二年多。

這四個人四種個性，難得還能夠湊在一起，彭俊德是資工系的高材生，又因為在電腦公司工作，特別在電腦方面下了許多苦功。

蛋塔是公子哥兒，本名譚元茂，是彭俊德的同班同學，長得一臉斯文相，女朋友已經換了好幾個，彭俊德常因此笑他。

阿丁本名丁慶澤，是同校電機系的大三學生，在電子、自動控制方面有近乎狂熱的喜好。

林家星是中文系的才子，作詩、填詞，書法無一不通，書法比賽也得了好幾個冠軍，可惜已經是四年級生，離畢業不遠了。

宿舍裏林家星和丁慶澤正各自用功看書，林家星看彭俊德回來，便問他說：「阿德，你怎麼上班到現在才回來？」

「沒啦，我晚上到史老師家吃飯，你有事找我嗎？」

「也沒什麼重要的事，只是想問你這學期的桌球賽，你們系要不要參加，去年冠軍的外文系幾個主將都畢業了，你們今年說不定有希望爭奪冠軍。」

「你不說我差點忘了，我聯絡系裏的學長，看能不能湊五個人再好好打一場。」

「三月底開始比賽，那時候我還沒畢業，一定替你加油。」

在一旁的丁慶澤也跟著說：「你說桌球比賽嗎？今天你們資工系學生會理事長也在談這件事，他說今年的足球和桌球比賽很有希望，還說一定要組隊參加。」

說到這兒，彭俊德心裏不禁熱騰起來，自己從小就喜愛運動，尤其是籃球和桌球這兩項，彭俊德甚至因為自己的喜好，連帶的也認為任何人都應該喜愛運動才對。

大一時系裏組隊參加全校大賽，彭俊德搶著報名，連續幾場比賽累得人仰馬翻，最後拿到第四名，校慶時吊車尾還能上台領獎，第二年再接再礪一心只想拿個冠軍杯，不幸在決賽時碰到了高手如雲的外文系，最後兩勝三敗，輸得光榮，而今年資工系的五個選手都沒人畢業，最有奪冠的希望。

「對了，今年不知道能不能找到比較強的五個搭擋。」

「你們資工系就是偉民比較弱，去年排第一個點，幾乎沒贏過半場，害你們打得好辛苦。」丁慶澤一向為資工系加油，而他口中所說的偉民則是比彭俊德低了一個年級的周偉民。

「別那麼說偉民，他透過關係在體育館找了一個國家教練教他，現在可厲害了，改天我們找他去，看他練得怎麼樣。」

「說到打球，蛋塔跑去了哪兒？整天也沒看到人？」

「沒關係，明天的必修課程，諒他不敢翹課，到時候我再找他。」

彭俊德為了找譚元茂一大早就趕到教室，還沒進教室的門就聽見幾個女生嘰嘰喳喳的說個不停，還不時傳出咯咯的笑聲。

「嗯！」彭俊德輕嗯了一聲，故作輕鬆的找了位置坐下來，還故意轉過頭不去瞧那些同班的女生。

看到這種情形，這一票女生也靜了下來，過了一會兒，班上的大美女溫婉姿走到彭俊德身邊，冷冷的說：「阿德，冬天怎麼還沒過去？這麼冷，不理人呀？」

這溫婉姿是班上的大美女，真是人如其名，一頭長長的秀髮，說話也是溫溫婉婉的樣子，好像天塌下來也不用著急。

「是很冷呀，沒看到外面還下著雨嗎？又濕又冷的。」彭俊德裝出一副很跩又懶得理人的樣子。

「聽說你那天幫我們小美女寄個信，還心不甘情不願的？」

「誰說的？我哪敢呀。」

「不敢就好，你可知道我們小美女只要喊一聲，全校有多少人願意幫她寄信嗎？」

「照妳這麼說，我還真是榮幸，我還得感謝她囉。」

「是呀，你知道就好！」

彭俊德也不答話，站起來走到葉怡伶的旁邊，伸出手來說道：「拿來！」

「拿什麼？」

「拿錢來！」

「什麼錢？我又沒欠你？」

「什麼沒欠我？寄掛號不用花錢嗎？」

「喔！我差點忘了，一共多少錢？」葉怡伶忙著在小皮包裏翻找，想要找一些零錢出來。

「一千九百元！」

葉怡伶嚇了一跳，瞪大了眼睛說：「什麼！一千九百元！寄個信要一千九百元？」

「是呀！拿來。」

葉怡伶拉著溫婉姿的衣袖撒嬌的說：「你搶錢呀！姐，妳看他。」

溫婉姿不高興的對彭俊德說：「哼，我知道一封掛號信要十九元，我給你就是了。」

「不行！一千九百元，少一毛也不行。」

葉怡伶生氣的說：「搶錢也不是這個樣子，怎麼會變成一千九百元了？」

「是妳拜託我寄信的，又不是我求妳，難道我不必賺一點嗎？這是工資，妳懂不懂？再加上稅金，一共是一千九百元整，少一毛都不行。」

葉怡伶聽得呆住了，溫婉姿訝異的問說：「還要工資？還要稅金？什麼稅金？」

「娛樂稅！」

「哈哈！誰理你！我肯給你，你還不敢要呢！我今天身上帶了兩千多元，還夠付你錢。」溫婉姿說著就要從手提包裏拿錢出來。

「我怎麼不敢要，我拿到錢請全班同學吃火鍋。」

「什麼？請全班同學吃火鍋？拿我的錢去做善事？你想得美！不給，就是不給。」

「哦！想要賴！沒關係，這錢我也不要了。」

「唷，你不要了嗎？我還真想給了你，也不過才一千九百個一元。」

彭俊德轉過身來對葉怡伶說：「我老實告訴你，那封信我沒寄，我將信丟到垃圾筒裏去了。」

葉怡伶嘆了一口氣說道：「沒一句真話，和你說話真累。」

「什麼真累？我才真累，妳們一票女生六七個人，我才一個人。」

「又不是打架，比人多嗎？」溫婉姿生氣的說：「你敢再口無遮攔的，別怪我把你的醜事說出來。」

「我問心無愧，哪有什麼醜事？」

「哼，你大一寫給我們小美女的信還在我手上，小心我公布出來，大家走著瞧。」

彭俊德和大美女鬥嘴鬥得正高興，聽到這話瞬間像個洩了氣的皮球，膽子沒了聲音也小了，悻悻然回到自己的座位去，嘴裏還唸個不停：「哪有什麼信……」

其他幾個女生在一旁偷偷的笑著，其實大一時班上好幾個男生都追過葉怡伶，但是都沒有人成功，另外學校裏同系、他系的同學追葉怡伶的也不在少數，一晃兩年多，大家看小美女既活潑又美麗，身邊竟然連一個護花使者都沒有，也算是一件奇事。

「喂！拿去，這是十九元，別說我欠你錢。」葉怡伶不知從哪兒拿出來十九個一元丟在彭俊德的桌上，又看到彭俊德有些退縮，這時候換葉怡伶發飆了，她對著溫婉姿說：「姐，妳知道阿德那天有多惡劣嗎？我千拜託萬拜託，他就是不幫我寄信，我還差點哭了出來！」

「什麼，阿德你真過份！」

「我哪有？」彭俊德因為有把柄在人家手裏，也不敢大聲說話。

葉怡伶還不想放過彭俊德，更大聲的說：「你還說你發誓不幫我寄信，你敢說沒有嗎？」葉怡伶連眼淚都流了出來。

「我是有發誓……」

「承認了！姐，他還說我是醜八怪，說我大三急得跳，大四沒人要，嗚……」葉怡伶說著竟然趴在溫婉姿的肩上哭泣。

溫婉姿安慰著葉怡伶說：「別哭，姐幫妳出氣，死阿德，這種話你都說得出口。」

「我哪有說，妳別血口噴人。」看溫婉姿生氣的瞪著自己，彭俊德真是有些害怕。

在溫婉姿懷裏哭泣的葉怡伶更是難過的說：「嗚……他還說大姐妳也是醜八怪，也是大三急得跳，大四沒人要，嗚……」

「什麼？」溫婉姿氣得眼睛都睜大了。

「他還說我們全班女生都是醜八怪，全班的女生都沒有人要，嗚……」

「好了，我知道，姐妹們，妳們知道該怎麼辦了吧！」

「臭阿德，你這個殺千刀。」

「臭阿德，這種話你也敢講。」

「死阿德，別跑。」

✦ ✦ ✦

彭俊德和譚元茂兩人是識途老馬，知道早上學校地下室的桌球間總是比較空，因此第二天大清早兩人就一起來到學校地下室，果然空無一人。

兩人開始練習，剛開始是右側抽長球，光是這樣來來往往也不知幾百個球，兩人還是同一個動作。

「阿德，換左塞。」兩人本來就有默契，接著便換反手抽球，也是這樣子來來往往又不知打了幾百球，如此連續換了六七種不同的動作練習，一直練習了一個半小時才坐下來休息聊天。

譚元茂說：「昨天阿星說中文系也要組一支女子桌球隊參加比賽，拜託我當教練來訓練她們。」

「女子桌球隊？還是你行，左擁右抱的，我那天還被我們班的娘子軍圍勦，看來我對女生就是沒辦法。」

「哈哈，早知道我昨天就不翹課，真想看那些女生怎麼圍勦你，要不是上學期看你在泡外文系的美女，我還真懷疑你是不是同性戀。」

「我也沒有在泡外文系的謝淑華，只是我們兩個人還蠻談得來。」謝淑華就是彭俊德正在交往的女朋友。

「可是你們兩個人還真奇怪，怎麼一個月都見不到幾次面？」

「你和大美女說的倒是一樣，她也說我和淑華好像不太相配……」

彭俊德忽然想起有一件重要的事情，便問譚元茂說：「我問你，牡羊座是什麼時候出生的？」

「牡羊座？牡羊座是在三月二十一日到四月二十日之間出生的。」

「你幫我一個忙好嗎？」

「什麼事那麼神秘？」

「你的門路多，幫我查謝淑華的生日好嗎？她是牡羊星座，生日可能快要到了，我要正確的日期。」

「好吧，這件事就包在我的身上，我就不信查不出來。」

✦　✦　✦

彭俊德每個星期二和星期六都要到公司報到，因此今天也是上班的日子，不過星期六只上半天班，算是比較輕鬆。

彭俊德被陳智豪叫到他的主任辦公室，陳智豪有些緊張的對彭俊德說：「大衛，剛才老總找我，他問我業務部進修的事，還問哪兒有開課、多少錢、什麼時候、開那些課程，我都回答不出來，我說要查一下，等一下再告訴他。」

「學長，這件事我想到一個辦法可以解決。」

「怎麼解決？」

「我想叫業務部的人不要到外面進修了。」彭俊德想了想又接著說：「又不是要訓練高級程式工程師，業務員需要知道的只是資料庫的概念，像資料庫的結構、功能、用法、場合、限制，這些對他們比較實用，再來就是熟悉本公司的軟體和操作。」

「那你說該怎麼辦？」

「不如由我們工程部為他們設計課程，也由我們來上課，不過內容一定要經過討論，免得剛才那些問題又再度出現。」

「好像行得通，十一點我還要去找老總，到時候你陪我去一趟，由你來向老總說明會比較清楚。」

「好，我已經將幾個重點項目寫下來了。」彭俊德拿出一張紙給陳智豪，上面寫滿了有關資料庫課程的內容。

陳智豪很高興的說：「真有你的，我看這公司內進修的想法應該可行，我還以為我們真的要給那女強人出十六萬元的進修費用。」

「我可沒錢，我一個月才領一萬多，給了她，我喝西北風去？」

「對了，我已經替你安排好凱悅請吃牛排的事，就在下星期一晚上七點，我已經訂好桌了，那一天我剛好沒空，不能陪你去了。」

「學長，真的要去嗎？」

「廢話！禍是你闖出來的，當然要去了，你可別說學長無情，我幫你出一萬元。」陳智豪說著就從抽屜裏拿出一萬元給彭俊德。

「學長，一萬元怎麼夠？凱悅可沒那麼便宜。」

「不夠你先墊著，回來我再幫你出一些，沒事的話，你先去忙吧。」

「好吧，我十一點再來你這兒。」

看彭俊德走出辦公室，陳智豪嘴角泛起一絲得意的微笑，拿起桌上的電話直撥業務部劉筱君的辦公室。

「嗨，蘿拉，我是傑森。」

「傑森，你剛才和大衛談過了嗎？」

「我做事妳放心，剛才我唬得他一愣一愣的。」

「真是謝謝你了，你也別太過份了，害他不敢來。」

「不會的，星期一我會提醒他一定要到，絕不能讓他放妳鴿子。」

「我在這兒先謝謝你了。」

「別那麼客氣……對了，妳星期一找大衛有什麼事？那麼神秘！」

「嗨！沒什麼神秘的，我想介紹我表妹給他，她明年就專科畢業了，到現在都還沒交男朋友。」

「真的？」

「是呀，可惜我的表妹不是很漂亮。」

「這樣妳還介紹妳表妹給大衛？我聽說大衛的女朋友長得很漂亮。」

「是呀，那女孩我聽說還蠻漂亮的，可是誰叫我是表姐呢！這事我還沒跟我表妹說，星期一我也是騙說要請她到凱悅吃飯。」

「妳怎麼突然想到要介紹大衛給妳表妹？」

「后！還不是我那鄉下的姑丈拜託我的，我都快給煩死了，我表妹也不過剛滿十九歲，我想這種事別人也做不來，再說我認識的年輕男孩裏面，還是大衛最合我的意思，沒有不良嗜好，人又老實，家境差一點也沒關係。」

「妳要是早半年就好了，聽說大衛上個暑假才認識他的女朋友。」

「對呀，想到這兒我就嘔，還真後悔沒有早一點行動，我真懷疑我表妹有沒有一點希望，人長得不漂亮，皮膚有點黑，整天只知道打桌球，都沒想到自己又不是名校的學生，將來畢業了以後怎麼辦。」

「看來她也是樂天派，無憂無慮的。」

「謝謝你的安慰，我表妹就是那種胸無大志型的人，凡事都要我操心。」

「胸無大志有什麼關係，只要胸部大就好了。」

「唉！問題就是連胸部也不大。」

「哈哈哈……」

✦　✦　✦

在宿舍裏，彭俊德、丁慶澤和資工二的周偉民正在忙著，周偉民長得唇紅齒白，是個很有陽光朝氣的小帥哥，在去年因為打桌球而和彭俊德熟識，最近經常為了電腦課業的問題常來找彭俊德幫忙，兩人十分投緣。

周偉民嘴裏咬著螺絲起子，兩隻手忙著整理電線，彭俊德和丁慶澤則是站在一旁觀看，過了一會兒彭俊德問周偉民說：「要不要我幫忙？」

原來彭俊德和丁慶澤這兩個不同系的大學生都有著強烈的好奇心和一些鬼點子，兩人因此綜合彼此的專長，計劃合作完成一些特殊的電腦系統，這次兩人有一項新的嘗試，而最後簡單的組裝工作就交給周偉民去做。

這次彭俊德和丁慶澤合作設計了一套測試系統，主要功能是模擬資料庫系統的實際操作情況，他們將寢室的四台電腦用介面和線路結合起來，彭俊德負責軟體設計，丁慶澤運用數位晶片設計介面，將幾台電腦作連結，前後進行了兩個多月，完成的話每台電腦都有單獨的防護系統，對外則有各種不同的考驗模擬，每一台電腦都可以模擬人工操作，對其它電腦輸出資料，如此互相考驗。

周偉民站起身來，擦著汗水說：「好！全部都安裝好了。」

丁慶澤彎下腰來檢查，又對兩人說：「每一個獨立模組都已經通過測試，就等完成連線，我想應該沒問題才對。」

丁慶澤檢查完，三人便分別將電腦開機，於是所有的機器全部運轉了，丁慶澤看幾台電腦開機順利，很慎重的對彭俊德說：「阿德，你們公司賣出去的系統最大的困難就是多機連線的運作，待會兒我們全部開機連線來操它三天，若是沒有問題，我想你設計的系統應該可以過關，拿到全世界都沒有問題了！」

電腦螢幕的畫面上有很多數字快速的閃動著，周偉民興奮的說：「已經啟動了，你看，運轉得好快。」

「好，操它三天……休息一下，咱們喝咖啡。」

彭俊德對丁慶澤說：「阿丁，謝謝你的幫忙，我是為了工作，倒是累了你。」

「大家一起合作嘛，我剛才給這系統取了名字。」

「什麼名字？」

「幽靈王無敵介面系統。」

「這名字挺可怕的，可是我的程式也佔了一半。」

丁慶澤想到彭俊德的英文名字是大衛，便說：「那就改成大衛王無敵系統好了。」

彭俊德想了一下說道：「那不行，我看就叫做大衛幽靈王系統。」

「好，大衛幽靈王系統。」

在一旁喝咖啡的周偉民走過來對彭俊德說：「學長，你不是說那個……要給我嗎？」

「啊！我差一點就忘了。」彭俊德趕忙從抽屜拿出兩疊報表紙交給周偉民，解釋著說：「偉民，第一份是資料庫的原始程式，客戶是一家汽車零件批發商，裏面有零件庫存、存取、預估、空白表單，還有他們的會計系統，你可以參考一下。」

周偉民將報表翻了一下，彭俊德繼續說道：「另一份是我寫的大衛幽靈王系統的趨動程式和應用程式，剛才已經完成測試。」

「謝謝你，我回去可要好好的研究。」

「好，有問題的話，打個電話給我。」

「那我先走了，拜拜！」周偉民揮揮手就拿著報表紙離去。

看周偉民離去，丁慶澤笑著對彭俊德說：「你收這個小帥哥當徒弟了嗎？」

「沒啦，只是他對資料庫有興趣，經常找我要資料。」

「對呀……」丁慶澤忽然想到彭俊德怎麼沒去約會，便問說：「今天星期六，你不用約會嗎？」

「淑華今天沒空，我們約好了明天晚上逛街。」

「你是怎麼追到外文系的美女？現在就剩下我沒有女朋友了。」

「別取笑我了，我們是去玩的時候認識的，我去年暑假參加救國團的活動，去花蓮的天祥太魯閣玩了幾天，我們排在同一梯隊，就在那時候認識的。」

「早知道我也參加了。」

「寒暑假都有活動，你今年暑假也可以參加。」

「到時候再說吧，你是怎麼開始和她約會的？」

「那時候有個小型的營火晚會，她唱了一首歌，我則是說了上次那個『瘋子』的笑話，第二天她來找我，希望我將那笑話寫下來給她，她說她正在編班刊，需要一些題材，就這樣。」

丁慶澤笑著說：「那後來呢？」

「過了一個星期，我們約好在鐘樓見面，我將笑話寫下來交給她，還談了一些話，後來又多見了幾次面，我要她的電話，她也很爽快的給我，約她出來也很容易，可是她比我還要忙，電話經常沒有人接聽。」

「唷，那你很危險了。」

「像今天她要上小提琴課，明天是同學生日，一直要到晚上七點才有空，明天晚上大概還可以和她逛一下街。」

「可是你們認識都快半年了吧？可以結婚了。」

「結婚？八字都還沒一撇，我連她的手都還沒牽過呢。」

「什麼，連手都還沒牽？你真笨呀？」

✦　✦　✦

星期日早上彭俊德跑到地下室的桌球間，很遠就聽到系學生會的理事長陳孟勳大聲的叫他：「阿德，快來看，蛋塔踢到鐵板了。」

陳孟勳旁邊站著大四的蔡克強和鄭坤男兩位學長，兩人也和彭俊德打了招呼，周偉民也正專心的看著球賽。

彭俊德關心的問說：「怎麼了，遇到高手了嗎？」

陳孟勳憂心的說：「我聽說有兩個物理系的新生很行，今天特別來看看，沒想到那麼強，我一來就看到蛋塔和他對打，蛋塔不是對手，這一個叫趙榮弘，聽說另一個更強的叫林柏瑞，不過今天沒有來。」

「這麼厲害？連蛋塔也不是對手。」

「第一場還好，十五比十三蛋塔小輸兩分，這一場對手已經十分了，蛋塔才吃了二分。」

彭俊德十分訝異，譚元茂一向是資工系的主將，實力很強，想不到今天竟然會輸給物理系一年級學生。

球場上兩人的打法都是一個路子，譚元茂一向是走陰柔的路線，可是今天所有的絕招全部失靈，對手也是走切球路線，只是球更旋、更飄忽詭異。

兩人用全付精神在比球，最後物理系的趙榮弘打了一記非常漂亮的斜對角切球，譚元茂回球掛網輸了比賽，十五比二，比分很不好看。

兩人很客氣的握了手，資工系的幾個人迎了上去，譚元茂垂頭喪氣的說：「對不起，讓你們看到我這倒霉的樣子。」

陳孟勳說：「今天別打了，大家都到老周豆漿店去，我有話說，偉民你東西收一收跟我們一起去。」

在豆漿店裏，周偉民氣憤的說：「今年的對手就是物理系。」

彭俊德也看到剛才的比賽，便說：「沒想到他們一次就來了兩個那麼厲害的高手，聽說另一個叫林柏瑞的更強。」

「不管怎麼樣，今年就是要拿冠軍。」陳孟勳的臭脾氣又硬又衝，說話不免大聲了些，「你們都知道我的個性，我去年競選理事長的時候就承諾今年桌球要拿冠軍，這件事還要你們幫忙，即使拿亞軍也不行，我對不起全系的同學，這個臉我丟不起。」

「今年物理系的兩個新生都是選手出身，另外一個沒出現的傢伙還打過區運，不好惹。」

「打過區運？看來情況真是不太妙，阿德，你頭腦好，我想聽聽你的意見。」

彭俊德便分析說：「照去年的實力，物理系若是去掉兩個比較弱的選手，再換上這兩個新生，實力可能比去年的外文系還要強，今年要看我們怎麼打，若是不想打的話，不如放棄算了！」

「不准放棄！我說過今年就是要拿冠軍，我不計任何代價，阿德，拜託你給點意見。」

彭俊德看陳孟勳十分認真，便很慎重的說：「我剛才分析的結果，有兩個重點要注意，第一是我們的實力，第二是排點……」彭俊德思考了一下又說：「依實力那兩個物理系新生一定會排第四、五點，我們也不能取巧，只好硬碰硬和他們拼一場了。」

「我也不想靠取巧來奪得冠軍，這不是我的作風。」陳孟勳又接著說：「剛才我已經將我們的順位安排好，和去年一樣，偉民最資淺還是排第一點，大四的克強和坤男最近情況不好，只能排二、三點，蛋塔排第四點，阿德你當主將。」

譚元茂黯然的說道：「我排第四點也是可以，可是剛才大家都看到我輸給了物理系那小子。」

「蛋塔若是想要贏也有機會。」彭俊德分析說：「蛋塔太久沒打球，球技生疏了，另外克強和坤男學長快畢業了都很忙，實力可能退步很多，有空要多練習才行。」

陳孟勳很不客氣的對譚元茂說：「蛋塔，你這段時間要戒煙，還要再多練球才行。」

周偉民肯定的說：「對，我猜最後的決戰很可能會是在第五點，改天可以請我的教練來指導大家。」

陳孟勳很高興的說：「好！能夠請到國家教練來最好了，偉民，今天晚上你帶我去，我順便請系主任出面邀請他來。」

第二章　紅色鑽石

彭俊德晚上還不到七點就跑到公車站牌等候，台北的春天感覺上比冬天還要冷，還好今晚沒有下雨，不然可就慘了，看看也等了半個多小時，再等下去恐怕會感冒，好不容易看到公車駛來，彭俊德遠遠看到謝淑華正在車窗上張望著。

謝淑華下了車很不好意思的說：「嗨，俊德，真對不起，公車一路上走走停停的，我坐得都頭暈了。」

今天謝淑華穿著一襲過膝的束腰長袍，頭上載著一頂法式小圓帽，白色小皮手套還織著兩個小毛球，美得令人驚艷，彭俊德看得都呆了，忙說：「沒關係，你還好吧？」

「還好沒下雨，不然我可真不好意思了，讓你等這麼久。」

「沒什麼，也沒有等很久。」

兩人邊走邊談，謝淑華一直四處張望著，兩人來到一家唱片行。

謝淑華看著牆上的音樂帶說：「我想買一卷錄音帶……」

「哦，怎麼會突然想買錄音帶？妳要買什麼帶子？」

「我想看看有沒有西洋歌曲的帶子，我這次班刊想要討論一些西洋歌曲的歌詞。」

「妳是外文系的學生，這妳最熟悉了。」

「這和外文系沒有關係，我們班刊只討論一些雜文和感性的文章，不討論外國語文……哇！找到了。」

「真的呀。」

「是啊，這卷錄音帶雖然普通，不過最近不流行，也不太好找。」謝淑華手上拿著一卷老歌的錄音帶說：

「你看這首IF YOU LOVE ME和KISS ME GOODBYE就是我下次班刊要討論的歌。」

「要不要買下來？」

「不要，好貴，我只是歌詞有些忘記了，看一看就可以記起來，不用買了。」

「妳那麼厲害！這樣就記下來了。」彭俊德心想謝淑華家境富裕怎麼會嫌貴？她會買不起才怪，真不知道她的心裏在想什麼？

「我以前會唱的，不過歌詞太長，有些忘記了。」

兩人走上街角二樓的一間咖啡屋，彭俊德叫了兩杯熱咖啡，謝淑華閒著無事便問彭俊德說：「俊德，畢業以後你要做什麼？」

「我想應該先當兵吧？當完兵以後我想應該還是從事電腦軟體的工作，那妳呢？」

「我也不知道，我爸爸要我出國去讀書。」

「妳爸爸要妳出國？」

「是的，他說我哥哥和姐姐都在國外，而且我們外文系的學生大部分也都出國，他還說在國內讀研究所沒什麼意思。」

「我們資工系的學生畢業以後，大部分也都是到國外深造。」

「那你想不想出去呢？」

「我想不太可能吧！」彭俊德沒有出國的打算，便想轉個話題，於是便說：「現在考慮這個會不會太早了？」

「當然不會，我們明年五月就畢業了。」

「是呀，時間過得很快。」

「剛才我說的IF YOU LOVE ME那首歌聽說是法國曲子改的，有人形容這首曲子太美了，即使沒有歌詞，也一樣會令人陶醉。」謝淑華閉著眼睛說：「真是好美的歌啊！旋律婉約的曲子再配上英文歌詞，真是美極了。」

「哦，那另一首呢？」

「另一首是KISS ME GOODBYE，那是一首很悲傷的老歌，聽說失戀的女生聽了都會哭的。」

「真有那麼厲害啊？」

「是呀，我有個同學每次聽到For the last time. Pretend you are mine. 的時候就會哭得唏哩嘩啦。」

「太誇張了吧？我猜她一定是剛剛失戀？」

「還好我沒失戀過。」

「……」

天上竟然下起了毛毛雨，彭俊德捨不得和謝淑華分開，謝淑華看手錶也快十點了，便說：「俊德，我該回去了。」

「好吧，我送妳回去好嗎？」

「哦，不要，我自己坐公車回去就好了。」

「那我陪妳一起等公車。」

「好，我明天一早還有課，今天不能太晚睡。」謝淑華看到公車遠遠的過來，便說：「公車來了，我要先回去了。」

「好！別跑太快了……，改天見。」

「再見，你再打電話給我，拜。」

✦

✦

✦

彭俊德答應史逸梅星期一要到她學校上課，還沒九點彭俊德就緊張的跑到學校報到。學校的教務主任過來接待，她是位四十出頭的中年女性，臉上載著一副銀色眼鏡，主任做了簡單的說明，還聲明校長因公外出，不然一定會親自過來。

「彭老師請不要拘束。」

「謝謝主任。」

「彭老師很年輕，不知道以前有沒有上過女校的課。」

「沒有，我從來沒上過課，我現在還只是個大學生，主任應該有我的個人資料吧？」

「我早上才拿到你的資料，還沒看呢，我們學校是提倡高中學生社團的重點輔導學校，校長也很重視，我們學校在全國社團才能競賽中也拿到很多優勝，現在社團發展也成為我們學校的一項傳統。」

「貴校真是優秀，一般高中學校為了升學，社團活動幾乎都停止了。」

教務主任聽彭俊德這麼說，心裏很高興，便繼續說：「我們電腦社分三個組，其中A組有四十五名學生，是設定為資料庫程式設計組，本來是由一位蘇老師上課，但是她分身乏術，您能來最好了。」

「原來如此。」

「我們社團的指導費每小時二百元，這個學期大概上課十七週，一共是三十四節課。」

「是。」

「不過有一件事我可要說在前頭……，彭老師很年輕，比我們學校的學生多了沒幾歲，我希望不要出事才好。」

「喔，保證不會出事的，我會注意她們的安全。」

「彭老師，我不是這個意思。」

「喔？主任是什麼意思？」

「我的意思是……」看不出彭俊德是裝蒜還是真的不知道，教務主任微笑著說：「我希望彭老師和學生們保持一些距離。」

「不會的，不會的，主任明說就好了。」彭俊德恍然大悟的說：「不會有師生戀的，主任放心好了。」

「你這麼說我就放心了。」

這時候會客室門外進來了一位年輕的女老師，裝扮非常時髦，穿著一件藍綠格套裝，臉上薄施脂粉，十足摩登的打扮。

「我為你介紹這位蘇老師，你就是來接她的課程。」教務主任站起來對著這位蘇老師說：「蘇老師，這位是彭俊德老師。」

「彭老師好。」蘇老師走了過來，並且主動的伸出了手來。

「蘇老師好，蘇老師好。」看到年輕貌美的女老師主動招呼，彭俊德慌得站起來，也不敢真和她握手，只好輕輕握住蘇老師的手指搖了幾下。

「彭老師請坐，別客氣。」

教務主任似乎另有他事，看了一下手錶便說：「兩位老師慢聊，我有事先離開，再五分鐘就要上課了。」

「謝謝主任，您先忙。」

教務主任自行離去，蘇老師對彭俊德說：「還好彭老師您過來幫忙，為我們解決了不少困擾。」

「您太客氣了。」

「我們電腦研習社學生的程度很不錯，目前有電腦美工、電算機應用和資料庫程式設計三個組。」

「這樣分組很好，三個組都有不同的研究方向。」

「上學期我已經將資料庫的結構、原理和一些基本概念都講完了，可是我覺得要參加下學年度全國高中組電腦資料庫設計比賽仍嫌不足。」蘇老師微笑的說：「還好有彭老師來支援，我就可以專心上計算機應用組的課了。」

「蘇老師您太客氣了，我一定盡我的能力。」

「校長以為我們幾個年輕老師電腦能力可能比較強，可是想到要訓練學生參加全國大賽，我就覺得力有未迨，不過彭老師或許可以先試試六月份台北市電腦軟體設計比賽。」

「還好妳先跟我說這些，不然我還真的一點概念也沒有。」

「對了，我們雖然是女校，但是這些小鬼頭可活潑的很，你去上課真不知她們會搞出什麼花樣來。」

「妳這麼說，我可真會緊張了！」

上課鐘聲響起，彭俊德跟著蘇老師來到學校的資訊教室，蘇老師首先為學生們介紹新來的老師，「各位同學好，我幫大家介紹本學期從業界請來的指導老師，這位是彭俊德老師。」

「哇！帥哥。」

「嗨！彭老師好。」

「彭帥哥好。」

「老師吃早點了沒？」

「嗯！」蘇老師輕嗯了一聲，全班立刻鴉雀無聲，蘇老師接著又說：「待會兒彭老師會給大家上課，希望同學們要安靜，社長要維持秩序，聽到了沒有。」

「有！」

「彭老師，這兒就交給你，我有事先離開。」

「蘇老師妳先請。」看著蘇老師離去，彭俊德真是有些擔心，但也只能硬著頭皮上課了，「嗯，各位同學好……」

蘇老師剛一離開，底下的學生就開始毛躁，一堆學生在下面竊竊私語，還有人在咯咯偷笑。

突然學生裏面有一人大聲的叫叫：「安靜！別吵！」

彭俊德也讓這突來的聲音嚇了一跳，原來是電腦社社長在管理秩序。

「嗯，我們這學期上課有一些規定。」

「……」學生總算是暫時的安靜下來。

「我們每星期都會有一次作業，下次上課的時候交，不准遲交也不准抄襲。」

「啊？」

「那麼嚴格！」

「怎麼可以這樣？」

「我們每兩個星期有一次考試。」彭俊德故作老成的說：「另外我們上課一律不准說話，也不許發問。」

「不准發問，那怎麼行！」

「而且不准有任何聲音，上課說話的人，我會扣平時分數。」

「……」這句話發生效用，全班立刻鴉雀無聲。

「現在請社長幫我每人發三張講義，第一張是今天上課的內容，另外兩張是我寫的一個小程式，請同學們回去抓錯誤，一共有十五個錯誤，抓到錯誤以後要重寫程式，下星期請同學們交磁片來……」

✦　✦　✦

今天彭俊德真是忙透了，早上在女校教書，下午自己在學校也是滿堂的課，最慘的是今天晚上和女強人還有個約會，聽陳智豪的吩咐，彭俊德一下課就跑到餐廳等候，劉筱君倒是沒有讓彭俊德等太久，只是今天晚上劉筱君全身一襲上班族的套裝，外加大腰帶的長袍外套，顯得很灑脫。

「大衛你這麼早來？」

「也沒有很早，我想你們部門有九個人，所以我應該早一點到才好，我也才等了十分鐘，倒是主任你真準時。」

「現代人本來就要守時，其他人不會來了。」

「怎麼不來了？不是說好九個人都要來？」

「九個人都來？那要花多少錢？這裏是凱悅！又不是路邊攤。」

「那天妳不是這麼說的嗎？……」

「哎，別管那天的事，我手底下的那群傢伙辦事不力，還真的請他們來，哼！叫他們喝西北風去，對了，今天大姐我請客，你可別搶著出錢。」

「這怎麼可以……不是說好了要工程部請吃飯嗎？」

「你還真的信以為真啊？」

「是呀，傑森還拿了一萬元給我，下午還打電話要我早一點到。」

「別說那個了，告訴你一個好消息。」劉筱君微笑著說：「丰勝回來了。」

「什麼？」

「我是說我把丰勝這個老客戶給搶回來了。」

「真的？大姐妳可真厲害，我聽說丰勝已經在接洽別的公司要更換新系統了。」

「你怎麼有時候叫我主任，有時候叫我大姐，出來叫我蘿拉好了。」

「那怎麼好意思？」

「別再叫大姐，都給你叫老了，回公司隨你怎麼稱呼我都行。」劉筱君故意小聲的說：「別以為我不知道你們私底下都叫我女強人，有時候還叫我恰別別，對吧！」

「不敢，不敢……」

「不敢才怪。」劉筱君臉上露出詭異的微笑，又小聲的說：「傑森是不是告訴你說我在馬路上和警察吵架？有沒有這回事。」

「是啊！他說看到妳在馬路上罵警察，我不太相信他。」

「哈哈，你們都受騙了，那警察是我老弟。」劉筱君哈哈大笑的說：「大家聽說我在馬路臭罵警察，每個人對我都是又敬又怕的，我也故意不去解釋。」

「喔？那警察是妳弟弟？」

「是啊，那次我差點讓我那警察老弟給氣死了。」劉筱君生氣的說：「那時候你還沒進公司，我老弟跟我借車，說要和女朋友出去玩，我本來不想借他的，我老弟不像我這麼愛惜東西，車子借給他一個多星期還沒有還我，害得我天天坐公車上班，氣得我直接找他，當街罵了他一頓，他從小讓我媽給慣壞了。」

「想不到妳那麼兇，對妳老弟卻是一點兒辦法也沒有。」

「我的八字一定是讓他剋得死死的，看來改天還得請個算命師幫我看看才好。」

「對了，你怎麼那麼厲害？三兩下就把手勝請回來了。」

「那也沒什麼困難，我去找他們老董事長，憑我和老董事長的交情，兩三下就搞定了。」

「喔？」

「你想想，我們公司的產品又不是不好，手勝用了那麼多年也沒出過事，一定是我們的服務有問題，我就先去找他們副董，沒三兩下就讓我套了出來，結果和我猜想的一樣，他們公司的第二代有新的想法，加上我們公司最近的服務和價格問題，讓他們想要換一家做做看，我就分析給他聽，告訴他全台北市沒辦法找到任何一家系統可以像我們的產品一樣，使用了四年還沒出過差錯，最近服務不好全部都是我們的錯，對方也接受了，可是還要老董事長同意才行。」

「第二天我就拉了老總去找張董事長，我使出了撒嬌的功夫，還不停抱歉的說一切都是我的錯，我們老總看得都嚇一跳。」

「哈哈，看來他也沒見過妳對人撒嬌的功夫。」

「結果那張董事長當場就要簽下合約，這可是一百多萬的合約，老總也很爽快，打對折，五十多萬的合約就這麼簽了。」

「妳真厲害。」

劉筱君幽幽說道：「我知道自己很厲害，不過你只說對了一半，我對待丰勝可是真心誠意的。」

「怎麼說？」

「我這個人就是人家對我越好，我就要對人家更好。」劉筱君感性的說：「當初丰勝完全是看我的面子才使用我們公司的產品，那是我在公司找到最大的客戶，也奠定了我在公司的地位，丰勝算是對我有恩，人不能忘情，那老董事長也是和我一般個性，大衛，我不像那些演技很好的演員，可是我的真心誠意人家看得見。」

彭俊德只是不停的點頭。

「說起來還全都是你的功勞，若不是你那天開會說的話，我看丰勝真的會跑了，你那天雖然得罪了很多人，但是我回去思考的結果，你是有功無過，我那天還真罵錯了人，你那天的表現可說是膽大心細，和我一個樣子。」

「喔？那妳是怎麼膽大心細？」

「心細方面，你也知道我處理丰勝的方式，我要出發前早就將所有可能的情況全想了一遍，另外我膽子大可是從小就有名的，我從十八歲出社會就做過保險業務員、汽車推銷員、還賣過百科全書……」

「真是服了妳。」

「對呀，我面對的客戶不論是販夫走卒、總經理還是董事長，我一向都是膽大如牛，不像別人畏畏縮縮的。」

彭俊德點頭說道：「喔？這就是妳膽大心細的地方呀！」

「我忘了告訴你，我表妹待會兒要來，好一陣子沒看到她了，我今天心情特別好，就叫她過來了，想和她聊聊天，沒關係吧？」

「喔，沒關係。」

「那我先叫兩杯咖啡好了。」

彭俊德便招手要服務生過來，為兩人點了咖啡。

「對了，那張董事長還收我當乾女兒。」劉筱君秀出左手中指上一顆晶光閃爍的鑽戒，高興的說：「你看，這就是他送給我的禮物，好像有點太大了，鑲的是紅色鑽石，有三克拉呢。」

「我的天呀，那要多少錢？」

「別問了，夠買一棟房子了，這種顏色的鑽石是最稀有的一種，有人叫它是粉紅鑽。」

彭俊德再仔細的看，這鑽石的顏色果然特殊，有著鮮艷美麗的紅色，但是在燈光之下數十個切割稜面閃爍耀眼，因此又很像粉紅色，便問說：「妳不是說張董以前就要收妳做乾女兒？」

「是呀，可是就在前天，丰勝的副董親自來找我，他就是張董事長的大兒子，他說張董真的很喜歡我，真心要收我當乾女兒，又說張董的太太……，也就是我的乾媽，給張董生了三個兒子，現有又有了四五個孫子，全部都是男生，看來命中是沒有女兒也沒有孫女的命。」

「原來如此，丰勝的副董親來找妳，那他們很有誠心了。」

「是呀！對了，張董事長收我當他的乾女兒，要辦五百桌宴客，就在下個月，還指名你一定也要到，他也很喜歡你。」

「五百桌！」

「事實上是張董要做六十五歲大壽，順便介紹我給大家認識，五百桌還是小意思，那張董人脈很廣，認識的人可多了！」

「喔……」

「快別說話，我表妹來了。」劉筱君瞪大了眼睛望著餐廳的入口處，果然有一個小女生正在東張西望，劉筱君站起來用力的揮手。

彭俊德也轉過頭來看那個小女生，只見她身上穿著白藍相間的運動衫，還背著一個球袋，頭上綁著小馬尾，皮膚有點黑。

「嗨姐，讓妳久等了，有客人？」

「你怎麼這麼慢才來，說好了七點半，現在都快八點了！」有彭俊德在場，劉筱君也不想發脾氣，便和顏悅色的說：「給妳介紹這是我公司的彭俊德先生，多虧他幫忙，我領了一筆獎金，一定要請他。」

「彭先生謝謝你，連我也沾光。」

彭俊德站起來很有禮貌的說：「沒什麼，妳請坐下來！叫我大衛就好了。」

「我叫林怡珊，你叫我珊珊好了。」

「好，我就叫妳珊珊好了。」

劉筱君笑著對彭俊德說：「怎麼樣，我表妹漂不漂亮？」

「林怡珊是醜小鴨一個。」林怡珊低著頭，嘟噥著嘴還唸唸有詞。

彭俊德不敢笑出來，只好說：「珊珊很可愛。」

「是呀，我可憐沒人愛。」

「要不要先點餐，我叫服務生過來。」彭俊德看這林怡珊長得實在不怎麼漂亮，便技巧性的轉開話題。

「是啊，醜小鴨肚子也餓了。」

劉筱君關心的問林怡珊說：「看妳好像剛洗過澡的樣子？」

「剛打完球，我就在球場先洗個澡。」

餐後，三個人繼續聊天，劉筱君看了林怡珊一眼說道：「大衛你看，我表妹玩球都玩瘋了，和得癌症差不多，改也改不了。」

林怡珊很高興的說：「對呀，我這叫球癌，春花約我明天打桌球，我一定要去。」

「你看看，我只不過隨便說說，妳還真的要去打桌球？」

「春花約我，我怎麼可以不去！我們可是死黨耶。」

劉筱君生氣的說：「功課一蹋糊塗的，不會讀書光會打球，為什麼人家不約妳去讀書？那好，我約妳明天到圖書館看書，可別跟我說沒空。」

「沒空！」林怡珊閉著眼睛搖了搖頭，還故意讓小馬尾在後面晃動著。

「看妳，存心要氣死我？」

彭俊德看林怡珊長相平凡，單眼皮，外貌並不出色，但是和劉筱君說話時露出一顆長得不端正的小虎牙，還算是可愛，彭俊德很客氣的說：「珊珊喜歡運動也沒什麼不好呀。」

劉筱君心裏想著：「這小子上鈎了！」指著林怡珊的頭說：「大衛，你看，她現在專四，明年就要畢業了，總不能老是跟在我這個老姐身邊吧，天天只知道打球，還說她是打遍天下無敵手！」

彭俊德有些訝異的問說：「珊珊真的那麼厲害？打遍天下無敵手？」

林怡珊低著頭不好意思的說：「沒啦，那是前幾天我故意氣妳才說的。」

劉筱君嘲笑著林怡珊說：「哈哈，原來妳是故意氣我，那我看妳一定是打遍天下……打遍天下都不是人家的對手。」

「哪有這樣，我真的很厲害，我還是全校桌球單打冠軍……」林怡珊說這話時雖然理直氣壯，但卻是越說越小聲。

「有什麼好炫耀的，又不是考試第一名。」

「總比最後一名好吧……」

劉筱君無奈的說：「大衛，我在公司只要瞪一眼，我那一票小蘿蔔頭就怕死了，我對珊珊可是一點辦法都沒有！」

「那是因為表姐妳愛我呀！」

「誰愛妳？我討厭妳！」劉筱君瞪了林怡珊一眼，又接著說：「沒人會愛妳的，對了！大衛，聽說你桌球也打得很好，哪天幫我教訓她，什麼打遍天下……打遍天下都不是人家的對手，哈哈。」

✦　✦　✦

星期二早上彭俊德手裏拿著一些表格走進陳智豪的辦公室，細心的說明著：「傑森，課程大綱和節數都安排好了，東西也都準備妥當，就等業務部排出時間就可以上課了，一共是二十個小時。」

「嗯，很好，誰來教？」

「你排十個小時的課，威廉和班也都有排課，因為你是主管所以課比較多，這樣才壓得住那一些業務員。」

「好，一切都聽你的。」

這時候桌上的電話響了，陳智豪聽了一下便交給了彭俊德，說道：「大衛，你們學校打來的電話。」

「好，謝謝……」彭俊德忙接過電話說：「喂，我是阿德，請問是哪一位？」

「阿德，我是理事長，今天有沒有空？」

「我今天沒空，要上班到五點，有事嗎？」

「當然有事情才找你，我和教練約好了，等一下我和系主任要親自去拜訪他，看來你不能去了。」

「真對不起，我晚上才有空。」

「沒關係，晚上會安排選手和教練見面，我準時七點到宿舍接你，全副武裝，別遲到了，順便練球。」

「好，沒問題。」

「就這麼說定了，拜拜。」

看彭俊德掛上電話，陳智豪問說：「有什麼事嗎？看你好像很忙？」

「是呀，晚上我還要打球。」

「喔，晚上有比賽嗎？」

「沒啦，我們系的理事長要介紹我認識一個國家教練，看今年比賽能不能拿個冠軍。」

「哦，國家教練？要到他家嗎？」

「聽說他家有球室，很方便，那教練的名字好像叫陳興國……」

彭俊德才剛離開，陳智豪就立刻打電話給劉筱君，「嗨，蘿拉嗎？我是傑森。」

「傑森，有什麼事嗎？」

「給妳一個情報……」陳智豪小聲的說道：「今天晚上大衛要到一個國家教練的球室打球，那個教練的名字是陳興國……」

陳興國教練是桌球運動狂熱的愛好者，台北市民權東路一棟舊公寓的三樓都被他買了下來，為了桌球運動的興趣，他幾乎將所有的積蓄都花在這層樓上面。

林怡珊和死黨黃春華本來相約要到公園打球，不知怎麼了，黃春華突然打電話給林怡珊說要改地點打球，結果連哄帶騙的兩人來到了陳興國教練的球室，兩人在附近下公車，大概還要走五分鐘的路程。

「春花，不是說好要到公園打球嗎？」林怡珊總是叫黃春華為春花，結果成了她的綽號。

「公園的桌子早就被佔光了，旁邊那所國中的桌球選手正在集訓，可能有一陣子不能到那兒打球了。」

「好久沒來這兒了，妳怎麼會突然想要到這兒打球？」

「我就是想呀，好久沒看到教練，我剛才已經打電話給他了，他說沒問題。」

「妳還真是奇怪，妳是不是愛上教練了？快說，不許說謊。」

「是啊，我是愛上教練沒錯，妳還真是囉唆！」黃春華假裝生氣的說：「走，我不想打球了，我們回去。」

「都已經到了，還回去什麼？」

看黃春華有些生氣，林怡珊便作鬼臉想要逗她高興，嘴裏還說著：「春花愛教練，教練愛春花，春花……」

「后，再說我打死妳…」

「哦，我死了，我被打死了…」

三樓陳興國教練的球室二十四小時都不關門，裏面有二十張符合奧運比賽規格而且價格昂貴的球桌，其它相關的設備也很齊全，有選手的個人衣櫃、淋浴間、休息室，甚至還有一間簡單的健身房。

陳興國教練雖然只有五十多歲，可是頭髮全白了，但是身材壯碩加上滿臉紅光，仍然是一副運動家的模樣。

林怡珊和黃春華對這兒並不陌生，兩人以前有段時間也常來打球，這間球室來往的人多，不怕找不到對手練球。

「嗨，教練好。」林怡珊和黃春華遠遠的就看到陳興國教練正和幾個人說話。

林怡珊看到其中有一人正是彭俊德，不禁說道：「他怎麼也來了？」

「是誰呀？」

「是我表姐的一個同事，他找教練什麼事？」

「我管他找教練什麼事，我又不是他肚子裏的蛔蟲，打球啦！」黃春華心裏暗笑著：「妳還不曉得被我設計了。」

「你們說的那個林柏瑞選手我知道，他是桃園縣張教練的學生，沒想到竟然考上你們學校。」陳興國正在對幾個資工系的學生解說：「他的實力不是很強，不過因為是受正統訓練出身，所以有一定的水準，你們想要贏他很困難，而且我還沒有看過你們打球，也不敢斷定是不是有勝他的機會。」

幾個資工系的學生頻頻點頭，陳興國繼續說：「現在你們自己先練球，我會在旁邊看，明天我找幾個學生和你們對打，測試你們的實力。」陳興國看了一下手錶說道：「我七點四十分還有事情會先離開，不過你們可以在這兒練習，有什麼事可以問偉民。」

過了二十分鐘，陳興國有事離去，黃春華心裏有了主意，便對林怡珊說：「珊珊，教練走了，我們找他們單挑去。」

「不要啦，又不認識。」

「怕什麼，在學校妳是冠軍我是亞軍，我們怕過誰來？」

黃春華說著便走了過去，手裏的拍子晃來晃去，左腳還不停的抖動著說：「喂，你們幾個……『人』。」

陳孟勳已經先行離開，只剩下五名選手在練球，聽黃春華這麼不禮貌的叫著，五個人有些生氣，再看她裝模作樣的樣子，又覺得很好笑。

周偉民也常來這個球室練球，卻沒見過這兩個活寶，便問說：「什麼事？」

「嗯，我剛才聽教練說你們幾個很不錯。」黃春華以三七步站著，臉上皮肉不笑，口氣狂妄的說：「我們兩個大美女很不服氣。」

「那妳想怎樣？」周偉民心想哪有美女是長這個樣子的。

「本來不想理你們的，可是教教你們也是可以，就當作是在做善事。」黃春華還是一副挑釁的樣子說：「或許先讓你們……讓個十分可以了吧？這樣實力相當！再輸了可別怪我們。」

「什麼？」

「吹牛！」

「別臭屁了！」

「……」

黃春華很跩的說道：「什麼臭屁，告訴你們，我們兩個大美女身上加起來有三……三百多個冠軍，害怕了吧！」

「什麼？…三百多個冠軍，哈哈，笑死人了！」

「哇！三百多個冠軍，嚇死人！」

「嚇死的滾開，沒嚇死的找兩個實力比較強的過來，讓大姐我先教訓教訓他，讓你們知道什麼叫作謙虛。」

「學長，你們兩個先上，這兩個有點實力，要小心些。」彭俊德也看到了林怡珊，一時還沒打招呼，只是這黃春華沒見過面，不知道她這麼挑釁是什麼用意。

大四的蔡克強說道：「好，我們兩個先來，輸了讓妳哭。」

「哈哈，本美女從來就不知道什麼叫輸球，也還沒哭過，放馬過來。」看到彭俊德並沒有出線，黃春華感到有些失望，便指著彭俊德說：「很好，可是我的伙伴沒有我那麼強，你們要換一個人來，嗯……後面那一個，過來別怕，大不了一死！」

「阿德，人家單挑你唷！」

彭俊德心想已經被點名了，下來打一場也無所謂，便上前對林怡珊說：「嗨，珊珊妳好，妳今天怎麼會來這兒？」

「對啊，還真巧，這兒我常來，我是教練的學生。」

黃春華假裝失望的說：「哦?原來你們認識，挑到自己人!真沒趣!」

彭俊德和林怡珊兩人先熱身式的往來幾十個球，彭俊德試探出林怡珊應該不是自己的對手，但是心裏想著：「今天先不忙著贏她，讓她高興一下。」

「大衛，我們現在開始吧，不用猜球，我先發球好了。」

「好，妳先。」

林怡珊便開始發球，她將球拋得老高，當球落下的時候用左手肘遮住，然後用左斜切了個短球，彭俊德也用切球的方式將球擊了回去，心想：「今天先不殺球，沉著應付就可以了。」便隱藏部分實力和林怡珊一來一往擊拍著球。

林怡珊覺得彭俊德的實力不錯，要贏他可不容易，於是用了全副精神在球賽上。

彭俊德看到林怡珊打球十分投入，不僅皺著眉頭，還泯著嘴唇，不禁想笑，心想：「想不到她那麼認真。」

黃春華那邊的比賽打得難分難解，比數很接近，但是黃春華還是以二比零贏了比賽，大四的蔡克強一整年沒打球，球感全都沒有了，輸球也在預料之中。

另外這邊彭俊德和林怡珊的比賽也陷入了膠著，林怡珊不知道彭俊德的實力，只知道自己和男生打球也很少輸球，但今天和彭俊德打球卻無法拉開分數差距，比數都只差一兩球而已，只好用盡全力，第一場以十五比十三贏球。

進入第二局，林怡珊還是用她一貫的陰柔打法，開球刁鑽，切球飄忽不定，最後林怡珊還了一記很漂亮的斜角切球，彭俊德假裝守不住而結束了比賽。

黃春華興高采烈的說：「好呀，二比零贏了，還好沒下賭注，不然叫你們脫褲子。」

譚元茂在旁邊看得差點吐血，很生氣的說：「不服氣，換我來。」

「對不起，本美女沒興趣，不想比了，今天到此為止，本姑娘要淋浴，你敢來嗎？」

「哼，神氣……」

「別生氣了，蛋塔，她們是故意氣我們的。」彭俊德打著圓場的說：「打球好玩嘛！」

「裝模作樣的，看了就有氣，醜八怪一個……嗯，兩個。」譚元茂還是氣不過：「阿德，剛才你明明可以贏她的，你怎麼都不殺球？」

「那是我主管的表妹，讓她一下吧！」

「你不早講，下次……」

✦　✦　✦

學校的校園很大，光是誠字樓就有一百多間教室，彭俊德和謝淑華約在鐘樓見面再恰當不過了，地方好找，又是學校的地標。

彭俊德等了二十多分鐘，心想：「會不會沒有說好時間，怎麼到現在都還沒來。」

這時候彭俊德看到遠處謝淑華正快步走來，心情頓時開朗起來，只見謝淑華穿的一身綠，再配上一條黃綠色的細格子圍巾，在校園裏真是出色，連掛在肩上的手提包都是深油綠色。

「嗨，俊德，不好意思，讓你久等了，剛才和教授說話耽擱了一會兒，今天好冷唷。」謝淑華冷得兩隻小手攏在袖子裏，連說話也呼著白色霧氣，彭俊德看得很捨不得。

彭俊德看謝淑華兩腮凍得通紅，忍不住說道：「淑華，妳今天好漂亮呀！」

彭俊德難得稱讚謝淑華的美貌，反而令謝淑華愣了一下，笑著對彭俊德說：「你今天不太一樣？說話怎麼那麼甜？」

「沒啦，妳下午還有課嗎？」

「下午兩點才有課。」

「一起吃飯好嗎？」

「我們兩個人好難得在學校一起吃飯。」這裏雖然是在學校圍牆外的西餐廳，但是在學生的感覺裏，這還是在學校的範圍裏面。

「對了，你找我什麼事？」

「我有東西要給妳。」彭俊德拿出一個小包裹，用紅色包裝紙包好了，像是個禮品。

「什麼？我生日又還沒到……」謝淑華將包裹打了開來看，很高興的說：「是老歌選輯，一二三集，會不會很貴？」

「不會，老歌合輯很便宜的。」

「這些全部都是我喜歡的老歌，你看IT IS THE END OF THE WORLD 、THE WEDDING……，好懷念唷！」

看謝淑華喜歡，彭俊德覺得這老歌選輯真是買對了，又問謝淑華說：「淑華，妳班刊編好了沒有？」

「沒啦，我做事都是慢慢來，又不是真的在編雜誌。」

「在我們系裏，也沒聽說哪個班級在編班刊。」

「我們文學院比較喜歡搞這一些東西，你們工學院的學生肯定不會喜歡看的。」

「我當然喜歡看了，改天拿一張給我好嗎？」

「有什麼好看的？想要看我做的醜東西嗎？嘻！」謝淑華笑了一下，還吐了舌頭。

「怎麼會？你做的東西怎麼會醜？一定很漂亮。」

「好啦，我看看家裏還有沒有，怕被別人要光了，有的話，我下次再拿給你吧。」

「那太好了，我明天晚上打電話給妳。」

「做得真的不好，你可不能笑話我。」

✦ ✦ ✦

第二天黃春華又約林怡珊打球，兩人來到球室裏，只見陳興國正在指導一群學生練球。

「嗨，教練好！」

「妳們來了！聽說妳們昨天很神勇，連勝兩場。」

黃春華很神氣的說：「是啊，他們太弱了，哪是我們的對手，我還沒使盡全力呢？」

「哈哈！可見得我教導有方。」

「教練你是國家教練又是國際裁判，你比國際選手還強，你強強滾。」

「別拍我馬屁了，真肉麻！今天人多，而且都是現役選手，那幾個高中生很強，妳們可能不是對手，想打球可以找國中生，實力相當，打起來也比較有趣。」

「呵，教練我們想找你練球，因為你會讓我們贏，對嗎？」

「哈哈，妳們找我打，我才不讓妳們，我讓妳們吃鴨蛋。」

「我只吃雞蛋不吃鴨蛋。」

「哈哈！」陳興國笑著說：「那些資工系的學生來了，我要先忙一下，妳們自己先暖身。」

彭俊德看到陳興國過來，很有禮貌的說：「教練好，今天還是要拜託教練，我們系主任本來還是要親自過來，可是他去高雄開會還沒回來，要我先跟教練道歉。」

「叫你們主任別那麼客氣，我這球室隨時歡迎你們來，不過下次再送禮我可不收。」

「嗨大衛，你又來練球？」林怡珊硬著頭皮先和彭俊德打招呼。

「珊珊，教練說今天要看我們的實力，找了幾個選手要來操我們，待會兒可能很難看，妳可別笑我們。」

「聽說你們的對手是林柏瑞，你們要特別小心，他的實力很強，我和他打過……」

「哦？妳和他打過？」

「是的，我和他打過好幾場，他的球路和我差不多，可是更強，我的實力還差他很多。」

彭俊德看到林怡珊真心為自己擔心，心裏很是感激，便說：「謝謝妳，聽說他也是切球型的選手。」

「嗯，他的球比我還刁，切對角球還會飄，應付不好的話，很容易下墜掛網，我還沒贏過他呢，我最多只能吃十球。」

「喔？他那麼強……」

「彭俊德，待會我安排一個叫吳國勳的高中生和你對練。」陳興國小聲的說：「他是附近高中校隊的隊長，實力很強，最近到我這兒集訓，正好給你練習，若是勝了，那就有希望和林柏瑞一拼，若是敗了，那就表示實力還有差距，練一個月也不可能贏他。」

「謝謝教練，我會用全力和他打。」

陳興國招手叫了一個學生過來，對著他說：「國勳過來一下，這位是彭俊德同學，是大專乙組的選手，給你當靶，不過實力很強，你要小心，等一下我還會再安排四個人和他們的選手對練，今天誰輸給這幾位大專乙組選手就給我罰站去。」

「是！教練。」

於是五組人馬各自帶開，陳興國親自在彭俊德這組的球桌旁當裁判，沒有賽事的人則是三三兩兩的在不同桌檯旁觀戰，林怡珊和黃春華也跑到彭俊德這邊來看比賽。

猜球的結果由吳國勳先發，他先將球上拋約一尺高，等球下墜時以左手肘擋住視線再以右旋將球發到左後檯，彭俊德看出吳國勳發球的動作隱藏得不是很好，彭俊德心想：「不要緊張，只要沉著應付，應該有機會贏他才對。」便以切球回了這一球。

吳國勳果然是陰柔型的選手，左右切球都很刁鑽，不過彭俊德逮到一個機會，忽然用左板一個急殺搶得第一球。

如此彭俊德連吃了三球，但是吳國勳也不是省油的燈，馬上換了發球的方式，他將球拋得很高，待球下來了以後，以一個短切將球切向了對方，這球發得又短又低，是長攻型選手最吃不消的球，使得彭俊德連失了兩分。

換邊發球，彭俊德發了個右旋的長切球，而且一直發到了後檯去，果然吳國勳只能以比較長的切球應付，結果彭俊德一個網前急攻又吃了一分。

如此兩人一來一往各自變換了數種不同的打法，彭俊德最後是以十五比十贏了對方。

「好，暫停一分鐘。」陳興國告訴吳國勳說：「國勳你等一下盡量把球切到對面右邊的後檯，落點要遠一點，出檯也沒關係，另外殺球要近一些，其它都不要考慮。」

亮。

「是，教練。」

「好，現在換邊再打……」

果然陳興國所教的方法非常有效，吳國動利用機會就將球切到了彭俊德球檯的角落，每個球的落點都非常漂亮，彭俊德只能以切球回應，但是回去的球都會彈得稍高，結果都讓吳國動給急殺回來，動作和彭俊德一樣的漂亮。

結果兩人的比分一下子就拉開了，變成七比零的局面，彭俊德一分都沒拿到。

林怡珊越看越緊張，不禁大聲的喊道：「大衛加油！大衛加油！」

「這珊珊怎麼比我還要緊張。」彭俊德心想：「不能再這樣子跟他耗下去，要改變戰略，要靠步法贏他。」

彭俊德也改變發球的方式，他也將球拋得老高，待球下來了以後，以一個切球將球往右前方送去，吳國動也以切球回應了過來，彭俊德立刻將球切到了另一角去，這時吳國動想要再以同樣的方法將球切到彭俊德的左角來，可是彭俊德站穩了腳步，身體迅速左傾用右手急抽吃下這一分。

雖然只吃了一分，旁邊卻響起熱烈的掌聲，也聽到林怡珊興高采烈的喊叫：「大衛加油！大衛加油！」

情勢開始逆轉，雖然吳國動數度改變策略，但是都被彭俊德一一化解掉，彭俊德就這樣一分一分的追趕，最後終於讓彭俊德打到丟士，丟士後彭俊德又用兩記強力的殺球，後來居上以十六比十四贏了這堅苦的一戰。

林怡珊跑過來拉著彭俊德的袖子說：「好精采唷！我都快嚇死了！」

其它四組比賽也陸續結束，結果還是大四的蔡克強輸球，看來確實是疏於練習，比賽結果是四比一，資工系贏得漂亮。

四個輸球的高中選手自動的靠著牆壁罰站，吳國動也在其中，彭俊德覺得很有趣，心裏想著：「原來教練這麼嚴格。」

陳興國對著資工系的其他四個選手說：「你們明天這個時間再來，我們利用半小時開個會，如果沒事的話你們可以先回去，嗯……彭俊德你留下來，教練想和你聊聊，談一下你的球路，妳們兩個小女生也留下來陪教練聊天，別急著走。」

「大衛，過來坐一下……」陳興國一邊泡茶一邊招呼著彭俊德：「大衛，你今天打得很好，教練我很少這麼誇獎人……」

「謝謝教練。」

「大衛你真是可惜，良材美質……」陳興國若有所思的說道：「你今天已經是一般選手最頂尖的表現，整體來說，你的缺點不多，快攻型選手像你這樣已經很難得了，如果你再年輕幾歲，教練我還可以訓練你當國手，不過……，教練憑良心跟你講，你若是現在和林柏瑞比賽，他可以勝你，你不是他的對手。」

「是。」

「乙組球員畢竟和甲組球員實力有一段差距，其實林柏瑞也不夠資格算是甲組球員，明天起我盡量指導你，我想正式比賽的時候大概會是五五波，到時候誰會贏球就看臨場狀況了。」

「謝謝教練。」

「另外你將你們五個人練球的時間寫下來給我，我要做一個月的短期訓練計劃，這是我的習慣，你們是系主任親自推薦，他的人格保證，這保證書就免簽了，還有和我約好的時間不可以爽約，我很重視紀律和守時，嗯……就這樣了。」

「好的，時間表我明天就寫好來，這兒的規定我們都會遵守，請教練放心。」

✦　✦　✦

第二天晚上黃春華又約了林怡珊打球，兩人來到了球室，裏面真是熱鬧，資工系的學生和十幾個高中、國中的選手都在練球。陳興國正在最遠的球桌訓練彭俊德，整張桌子被幾張大網子包圍起來，陳興國身後放了兩大桶球，旁邊站著一個國中生一直傳球給陳興國，陳興國拿了球用球拍一點，球立刻就切向彭俊德球檯的右後方去，這樣的切球一般人會採取保守的回球方式，但是彭俊德卻是練習用右手板強力抽拉回擊。

陳興國球發得很快，彭俊德也是同一個動作不停的抽拉回擊，因為陳興國發的球很刁鑽，彭俊德大概每兩個球才有一個球能夠正確回擊到對面的球檯上。

兩桶球很快就用光了，但是另外一個國中生早已經將另外兩桶球放在陳興國的身後備用，只見滿地都是小黃球，也不知道有幾百個。

就這樣林怡珊和黃春華兩個人看得都累了，這時聽到陳興國喊一聲：「停。」

「你們兩個把球檢起來，等一下還要再練習。」陳興國指揮著國中生，並且告訴彭俊德說：「大衛，我們先休息一下。」

看見陳興國和彭俊德走過來，黃春華很關心的說：「哎，教練你在操國手嗎？這麼個操法會累死人的！」

「年紀大了，還真有點不行了。」

「教練，我不是說你，我是怕累死了大衛，你沒關係。」

「怎麼？妳咒教練我累死呀？」

彭俊德很不好意思的說：「教練，真不好意思，讓你這麼辛苦。」

「什麼辛苦？我這是運動，那些上班族想要運動還要花錢呢？怎麼妳們兩個小鬼來了又不打球？」

林怡珊笑著說：「我們是淑女，我們今天不打球。」

「不理妳們，大衛你剛才接發球過去不到一半，還要努力才行。」

「是，教練。」

「先把球回穩，然後再照我說的話把球下壓，你的腳步很不錯，休息五分鐘再練。」

黃春華說：「教練你身體那麼好，可以不用休息，讓大衛休息就好了。」

「妳以為我是機器人？不用休息！我今年已經五十三歲了。」

「啊！教練你已經五十三歲了？可是我看好像才三十五歲呢。」

「別拍我馬屁，對我沒用的。」

「沒拍馬屁，我是真的對教練好。」黃春華對陳興國說：「教練，珊珊和她表姐星期六要去逛百貨公司，我也要跟去耶。」

「你們也光會逛百貨公司和打球而已，我知道你們的功課都是滿江紅，真搞不懂妳們兩個活寶明年六月份會不會畢業。」

「會的，會的，鐵定畢業……」

「鐵定完蛋！」

✦ ✦ ✦

晚上彭俊德和譚元茂回到宿舍時已經累得不行了，兩人梳洗完畢想要早些休息，彭俊德還記得要打電話給謝淑華，從九點半一直到十點整，彭俊德已經撥了好幾十通電話，卻一直沒有接通。

譚元茂對彭俊德說：「阿德別再打了，我想她大概不在家吧？」

「我也在考慮要不要再打給她？已經有點晚了！」彭俊德邊說邊用手指狂抓自己的一頭亂髮，這是他焦急時候的標準動作。

林家星也很不忍心的說：「已經晚上十點多了，就不要再打了。」

「是啊？我想也是……，明天再打電話給她吧。」

這時候丁慶澤從外面進來，看了一下寢室的三個人，便問說：「阿德又失戀了？」

「說好了今天晚上要打電話給淑華，可是電話沒有人接，都已經十點了。」

「那怎麼辦？不過她那麼大的人，不會弄丟的。」

「你這麼說是沒錯，可是……」

「別擔心，這種情形我見多了，保證你沒事，明天我保證你又看到一個活生生的大美人。」譚元茂翹著二郎腿坐在窗沿上說：「再說你以前打電話給謝淑華也是經常找不到人，這又不是第一次。」

「別再糗我了？」

「看她明天上些什麼課，可以直接到教室找她去。」

「也沒那麼嚴重，還到教室找她？我可不知道外文系在哪兒上課！」彭俊德嘴裏說得輕鬆，但卻是搖頭蹙眉，一臉苦像。

「鈴……鈴……」三〇一室的電話響起來了。

丁慶澤接起來聽，馬上大聲喊說：「阿德你的電話！」

彭俊德高興的衝過來接電話，「喂？」

電話那頭傳來謝淑華的聲音，「俊德，我是淑華，你剛才有打電話給我嗎？我才剛回到家。」

彭俊德壓抑住內心的興奮說：「沒事，只是說好了要打電話給妳！」

「喔？就這樣子？」

「是呀，也沒別的事。」

「真對不起，我怕你有重要的事找我，沒事的話我要先去休息，有點晚了，改天再和你聊天好嗎？」

「好，拜！」

一分鐘前還愁眉苦臉的彭俊德這時候喜吱吱的放下電話，只覺得心花怒放，心情開朗，轉過身來只見寢室其它三個人正怒視著自己。

「阿德，你今天晚上鬧了半天，就說這些……」譚元茂首先發難。

「是啊！怎麼了？」

「你知道我們三個人都在為你擔心嗎？」丁慶澤也很生氣。

「喔，謝了。」

「你今天晚上雞飛狗跳的，結果電話就只講了十秒鐘？」

「是呀……」

「你剛才電話不通，還差點哭了出來，竟然跟謝淑華說沒什麼事。」

譚元茂生氣的說：「還說只是約好了要打電話給她。」

「……」

「你真是笨蛋，你是死人呀，你是……你不會說你喜歡她，你不會說你好想她嗎？」譚元茂又氣又急的說。

「對呀，你為什麼不說你剛才打了幾十通電話給她？」林家星也加入罵彭俊德的行列。

「對呀，你為什麼不說你都快急死了，你為什麼不說……」

「啊，我剛忘了說一句話！」彭俊德突然想起一件事。

「什麼？」

「我忘了跟她要班刊。」

丁慶澤聽了差點吐血，生氣的說：「哇，你……」

第三章　司機阿傑

星期六早上，彭俊德身旁的電話響了。

「大衛嗎？我是蘿拉。」電話那頭傳來了劉筱君的聲音。

「大姐，你有什麼事？」

「今下午有沒有空？想借你的時間。」

「今天下午？什麼事情？」

「我下午要買東西，你和我一起去。」

「妳怎麼會想到我？我又不喜歡逛街。」

「下個月是張董的生日，我想買幾件衣服，張董交待我，叫你也要一起過去，順便也給你買套西裝。」

下午兩點，張董事長派了一輛黑色賓士車來接劉筱君和彭俊德去購物，彭俊德看那司機身高體壯，身高說不定有一百九十幾公分，寬胸厚背的身材和常人比起來更是特別的粗壯。

劉筱君看服飾店就在前面，告訴司機阿傑說：「阿傑，就這兒下車，三點再來接我們就可以了。」

彭俊德問劉筱君說：「大姐，我從來沒看過長得這麼高大的司機。」

劉筱君笑著說：「他是張董的司機，你叫他阿傑就好了，以前在機械工廠當作業員，有一次張董看到他在公司的記錄，十幾年沒有請過假，也沒有遲到、早退，是很認真勤奮的人，張董就叫他到身邊開車，薪水一下子加了好幾倍。」

「十幾年？這個人做事情很仔細了？」

「是啊，……再等一下，我表妹也來了，嗨珊珊，春花……」

彭俊德果然看到兩個小女生蹣跚的走過來，肩上都背著球袋，林怡珊也高興的說：「嗨姐，嗨大衛。」

彭俊德不禁問林怡珊和黃春華說：「你們怎麼出門逛街還帶球袋？」

劉筱君又好氣又好笑的說：「你別管她們，她們這兩個怪胎，一年三百六十五天都是這個裝扮。」

林怡珊笑著說：「我們仇人多，有時候路上遇到就殺起來了，只好隨身帶球袋。」

黃春華也接著說：「對呀，來一個殺一個，來兩個殺一雙，成功！」

說著兩人互拍了手掌哈哈大笑。

劉筱君將林怡珊拉了過來，又對大家說：「別吹牛了，今天大姐帶你們見識一下有錢人的生活，等一下進去，你們只要跟在我的後面，記得只可以往前看，旁邊什麼也別管他，給什麼飲料也別喝。」

林怡珊懷疑的問說：「飲料有毒嗎？」

「什麼有毒？別亂說話。」劉筱君繼續說：「另外今天買東西是張董出錢，你們看到喜歡的東西跟我說就好了。」

這家服飾精品店的門面看起來不是很大，但卻是台北最有名的歐洲名流服飾店，一行人走了進去，馬上就有兩個女服務生出來接待，劉筱君也不理她們就直接走了進去，幾個服務生也不敢阻攔。

四個人到了裏面一間小會客室坐下來，一個中年男子微笑著進來並且說道：「是劉小姐嗎？我正等著您呢，敝姓蔡，是這兒的經理。」

「蔡經理，這兩個是我的小表妹，剛從美國回來，這位是我姪子。」劉筱君指著彭俊德和兩個小女生說道：「張董說你們這兒有幾件法國香蒂思的衣服？」

這時候服務生拿來了一盤瓷器茶壺，劉筱君看得出這是英國進口的骨瓷器具，但四個人也不理它，服務生倒了四杯紅色透明的茶在桌上，茶杯溢出一陣淡淡的玫瑰花香，四個人看都不看一眼。

看四個人很有氣派的模樣，蔡經理流了滿身的汗水，忙說道：「新進來法國香蒂思的衣服都是單一件，在台灣別的地方買不到。」

這時候四個女服務生從裏面拿了二十幾套衣服，分別用衣架推出來，看來蔡經理已經事先精挑細選好了。

「這件是小圍衫，比較素雅……」蔡經理如數家珍的解說著：「這件是巴黎今年流行的香檳金色，但是看起來卻又不會太強烈，是屬於非禮服系列的服裝……這件比較活潑輕快的感覺，設計師在金蔥紗和緞布上做出土耳其風格的特殊國度風味，這件暗金色的晚禮服給人高貴、華麗的感覺，最適合……這件針織玫瑰紋的禮服是巴黎頂尖服裝設計師亞歷山大的最新作品……」

聽蔡經理口沫橫飛的說了半天，林怡珊忍不住說：「有沒有好一點的衣服？」

蔡經理一下子傻了眼，但也很快的回過神來說：「有！有！」

幾個服務生又從後面推出兩台衣架，上面又是好幾十件不同系列的衣服，蔡經理又是霹靂啪啦的說明一番。

「嗯，這一件，那一件，還有……」劉筱君挑選了四套衣服，有兩套晚禮服，兩件比較輕快的服飾，上班、休閒都可以穿，主要是買給自己和林怡珊。

「我立刻幫您包起來，另外我們提供客戶一些最高檔的小飾品，好讓客戶們可以搭配服裝。」

蔡經理又低聲交待服務生，過了一會兒兩名服務生各自拿了一盒精緻的飾品過來，大多是手鍊、項鍊、胸針、耳環……後面一組是帶有紅橙色的金飾，還有一些水晶和寶石飾品，蔡經理解釋說：「這些全部都是從歐洲進口手工打造的飾品，後面幾件是法國玫瑰金飾品。」

林怡珊正奇怪買衣服以後怎麼又拿這些東西出來？便問蔡經理說：「蔡經理，你們這些是贈送品嗎？」

「喔，對不起！對不起！」蔡經理嚇得慌了手腳，忙比了個手勢叫一個女服務生過來，小聲的罵說：「叫妳拿我左邊櫃子最底層的兩組來，怎麼拿這些來呢？」

這時候已經有另外一個女服生拿來了兩盒完全不同的飾品，分別是鑽石飾品和寶石、翡翠飾品。

「如果還想要比較特殊的飾品，只要說出型號或是店名，我們在法國、義大利都有分公司為您服務，最快三天就可以送到。」

劉筱君想了想便秀出左手指上紅色的鑽石戒指，並且問蔡經理說：「有沒有這個，我要買兩指。」

蔡經理識得這個鑽戒，嚇了一大跳，心知這可不是紅寶石也不是染色水晶，便說：「這是張董的粉紅鑽……真對不起，這個我們沒有，不過如果您需要的話，我們可以打電話向歐洲鑽石商預訂，不過……不是很有把握。」蔡經理說這話的時候結結巴巴，差點就說不出話來。

「沒有？那就算了！」劉筱君有些失望，就意興闌珊的挑了一副紅寶石胸針。

彭俊德想到剛才有一件很可愛的水晶飾品，便問說：「蔡經理，剛才的水晶飾品，再給我看一下。」

「是，我們這兒全部都是巴黎蒂洛夫水晶，是全世界最高級的水晶製品。」蔡經理要服務生再將剛才的飾品拿出來。

彭俊德看裏面有一條粉玫瑰色的金鍊，上面配了一隻很可愛的小水晶兔子，便說：「蔡經理，這條水晶項鍊請幫我包起來，要禮盒包裝，而且要另外結帳。」

「是，馬上好。」

劉筱君又對蔡經理說：「一事不煩二主，我這個小姪子要幾套合適的西裝，蔡經理您就給個意見吧。」

「這個沒問題，交給我就行了，請你們在這兒等一會，我先去打個電話。」蔡經理說著便轉身離去。

過了十分鐘，蔡經理帶了兩個人進來，並且介紹說：「劉小姐，這位少爺，這是隔壁街的成記洋服店，這位是張老闆，這位是許師父。」

張老闆看起來是個老實人，一進來就不停的鞠躬打招呼，很客氣的說：「劉小姐您好，這位少爺好，這些是我們店裏新式的西服，全部是英國左倫羅的洋服，另外有一些襯衫，都是英國約克夏郡的料子，這位少爺是標準的衣架子，只要稍作修改就可以了，若是不滿意也可以訂做手工西裝，包君滿意，政府的幾位高級長官都是我們的常客……」

劉筱君親自為彭俊德挑選了一套藍色的厚純羊毛西裝，另外又挑了一套淺灰色的可以在春、秋季節穿著，而彭俊德自己則是挑選了一件毛料襯衫。

選購完了，劉筱君給了蔡經理地址，交待他按地址送貨，隨後四個人便走出服飾店。

「有錢人就是這樣買衣服，你們知道了嗎？」林怡珊不服氣的說：「那多沒意思，只能比手劃腳，又不能逛街。」

「那就有意思一下吧，姐帶妳們逛街。」

「好耶！我們逛百貨公司去。」

四個人又搭了阿傑的車到百貨公司購物，劉筱君又幫林怡珊買了一套比較樸素的小禮服，另外也給林怡珊和黃春華兩個人各買了一套運動休閒服。

趁著彭俊德和林怡珊正專心看著服飾，劉筱君把黃春華拉到旁邊，塞給她一個小包裹，小聲的說：「春花，這是姐送給妳的禮物。」

「哇哇！是這球拍……」

「這是在陳教練的體育用品社買的拍子，我要那售貨員幫我挑一支比較適合妳用的，他也挑了老半天。」

「姐，這是比賽專用拍，這支很貴，膠皮也是最好的，真是不好意思。」

「打折以後六千多元買下來的，感謝妳幫大姐的忙。」

「又沒幫太多忙，這球拍真是太貴了。」

「快藏起來別讓他們看見。」

陪著三個女生逛百貨公司可是一件挺累的事，還好劉筱君買東西很爽快，所以彭俊德也樂得幫著提購物袋，四個人一直逛到四點半才離開。

「姐，我和春花還要到別處逛逛，妳和大衛先回去吧。」

「好吧，別玩得太瘋了。」

林怡珊邊走邊回著頭說：「我們兩個人要逛遍台北市，以後要出來選台北市長。」

「姐再見，大衛再見。」林怡珊揮揮手就和黃春華一起走了，彭俊德看到她們兩個人斜背著球袋的背影，覺得很好玩。

劉筱君嘆著氣說道：「大衛，她們還說要出來選台北市長，唉！這哪像市長的樣子……你看她們兩個人，像不像台北市的遊民。」

✦　✦　✦

星期日下午是最悠閒的時間，一般宿舍幾乎都放了空城計，只有少數的學生還會留在寢室內。

丁慶澤手裏拿著一疊書走進了三〇一室，看到彭俊德正在電腦前伏案用功，不禁問說：「阿德，怎麼那麼認真？我看你從早上到現在都沒休息，別把電腦給操壞了。」

「我在設計一套電腦防護系統。」

「喔？你做了防護？」

「是的，我做了防護，這是我最近正在嘗試的新挑戰，花了我一個多月的時間。」

「你說看看你有什麼防護？」

「我做了三層防護，首先是電腦本身的防護，我自己設計了一套特殊的兩層式密碼，而且只有三次機會，另外我將重要的檔案加密，是我自己寫的一個小型加密程式，被加密的檔案必需解密才可以打開來，最後再加上時間鎖，可不好破解。」

「唉，若是我這邊也可以……」

「對呀！阿丁，你來加上硬體的防護機制。」

「硬體防護機制……，我想想……加個鍵…用介面……」丁慶澤苦思後回答說：「我想可以試試看，你的點子真多，真服了你。」

「阿丁，這次若是成功的話，我們可以把它稱為大衛幽靈王系統二代，不過跟第一代的功能可完全不同。」

「好，我們一起加油吧。」

「那你要加油哪一些部分？」

「我的興趣太廣泛了，我想深入研究積體電路設計、微處理機、半導體工程，另外我對介面設計、自動控制、光電系統也很有興趣，最後一年我可能會很忙。」

「你的構想真是很好。」

「那你呢？是不是也要在資料庫方面下功夫？」

「資料庫方面我已經涉入很深了，我現在正在研究一種新玩意，台灣也起步一陣子了，可是落後先進國家太多，我已經花了很多心力下去研究它，或許幾年以後會是電腦界的主流。」

「是什麼？」

「是電腦網路。」

◆　◆　◆

星期一晚上在陳興國的球室裏，資工系的幾個選手正在對練著，陳興國仍然親自餵球給彭俊德練習，只是這次換成左塞的切球，黃色的小球在陳興國的球拍裏一點就飄了出去，林怡珊和黃春華在一旁幫著陳興國。

就這樣練了又練還是同一個動作，一直練到九點，大伙兒才收拾器材，準備休息。

資工系的幾個學生便向陳興國告辭，彭俊德和林怡珊、黃春華三人還是留下來陪陳興國聊天。

「謝謝教練。」

林怡珊也問陳興國說：「教練，大衛這幾天練得怎麼樣？」

「練得還可以，不過重點還是那林柏瑞不是省油的燈。」

「可是我看俊德最近的操練，那可都是很刁鑽的球呀。」

陳興國笑著回答說：「妳們也和林柏瑞打過，他哪一個球不是那麼刁鑽？」

彭俊德不禁懷疑的問說：「教練，如果林柏瑞真的那麼可怕，那他是怎麼練球的？」

「他從小學三年級就開始練球了。」

林怡珊大聲的說：「哇，那他已經打了十年的球。」

彭俊德有些擔心的問陳興國：「切球的選手練到像林柏瑞這樣，那豈不是沒有缺點了？」

「是啊，記得當初我在日本的時候，那時遇到日本切球高手水野選手，也是這個樣子。」陳興國回憶起了以前的賽事回答說：「我試了所有的球路，還是找不到他的弱點……」

「最後呢？」

「後來我就想到既然沒有弱點，那就大家各憑本事，我的強項就是左推右攻，而且我的左快板殺球威力很強，於是我就用我的方式處理每一個球，用我的強力抽拉和精準放球，不再想找出他的弱點，就盡量發揮自己的實力狠命的打，最後總算是險勝了那一場比賽。」

「是啊！教練把最強的手段拿出來才能贏他。」

「哈哈，沒錯沒錯，只是我們最拿手的手段要能夠壓得過對手，這只有靠苦練了。」

林怡珊在旁邊稱讚說：「我看你們資工系五個人可真是認真，沒有人叫苦，沒想到你們五個人又會唸書又會打球，真是文武全才。」

陳興國生氣的說：「對呀，哪像妳們兩個人，每天只知道打球，不知道用功讀書。」

「偏心，教練還不是天天打球……」林怡珊低著頭小聲的喃喃自語。

「珊珊，不是教練愛說妳，妳就只會吃飯、睡覺、打球，哪一天妳跟教練說妳喜歡讀書，妳很會讀書，那教練可要高興死了！」

「哪一天？我想下……下輩子吧……」

「沒一句正經話，不想理妳！沒事你們可以先回去，我要休息了。」

三人便起身向陳興國告辭，等公車的時候林怡珊突然想到一件事情，便對彭俊德說：「大衛，我表姐說星期日的宴會你要穿藍色的那一套西裝去，還叫你要去買雙皮鞋，還建議你配一條漂亮的領帶。」

「好的，我過兩天會去買皮鞋和領帶。」

「我好期待星期日喔，還有六天……」林怡珊興奮的說：「有人請客我怕會興奮得睡不著覺。」

✦ ✦ ✦

在台北最大的五星級飯店的宴客廳裏，丰勝的張董事長慶祝六十五歲大壽，席開五百桌，許多政商名流都來祝賀，張董名字叫做張鎮三，經營丰勝企業已經四十多年。張鎮三的三個兒子克誠、克璋、克帆和劉筱君正在招待前來賀壽的賓客，其中有幾個政府的官員，另外也來了幾位立法委員、市議員。

因為有頭有臉的賓客人數甚多，張鎮三和張夫人便要三個兒子和劉筱君到各桌一一敬酒，主桌上只有張鎮三和幾個親近的家人。

劉筱君特別安排彭俊德和林怡珊坐在一起，陳智豪也坐在同一桌，同桌還有幾位電腦資訊同業的人。

宴會進行到一半，有幾個人吵嚷著要張鎮三出來說幾句話，張鎮三便和夫人出來招呼大家：「非常感謝各位貴賓的蒞臨，大家都知道……今天做生日，也收乾女兒……是我最高興的日子……」

「今天來的長官、好朋友很多，在這兒我先謝謝大家……讓我三個兒子和我的乾女兒代替我向大家一一敬酒，希望大家不醉不歸……」

張鎮三說了沒幾句話便想下台，這時候台下有人起哄：「不行，不行。」

「要唱一首歌才可以。」

「不能下台。」

「張老和夫人親嘴才行。」

「不可以走。」

「……」

張鎮三笑著揮了揮手，張夫人聽說要唱歌又要親嘴，便想找個地方躲起來，大家哪肯讓他們跑了，還是在台下叫嚷著。

這時候張鎮三的大兒子，也是丰勝的副董張克誠出來打圓場，他笑著說：「那我來唱歌好了。」

「張副董這兒沒你的事，你走開。」

「張老不唱歌可以，但是一定要親嘴。」

「……」

張克誠半開玩笑又半恐嚇的說：「是誰說要親嘴？不要鬧了，是哪一個說的？」

外商銀行的郭襄理站起來倚老賣老的說：「是我說的，怎麼樣，大人說話，沒你們小孩子的事。」

「郭叔叔你別胡鬧，要親嘴你們去親嘴，別在這兒瞎起哄。」

「親嘴就親嘴，誰怕誰。」郭襄理說著便拉起坐在旁邊的太太就親吻了下去，這一吻竟足足吻了半分鐘，郭太太想要推拒，郭襄理就是不理她，親吻完了便哈哈大笑道：「哈哈，張老換你了，親嘴。」

眾人看到這情形不禁大笑了起來，便一起鼓掌說：「親嘴、親嘴。」

兩人又被眾人簇擁著上台，張鎮三拉著夫人的手說：「親一下也沒什麼。」便輕輕的親了夫人的臉頰。

「不行，不及格！」

「要親嘴才行！」

這時候劉筱君也走上台，微笑著說：「我也要親乾爹和乾媽。」

劉筱君親吻了張鎮三和張夫人的臉頰，還小聲的說：「乾爹乾媽你們先下去，郭叔叔我來應付就好了。」

張鎮三和張夫人感激的點了點頭就下台去了。

郭襄理和幾個愛起哄的好友還不放過他們，紛紛大聲嚷嚷著說：「快回來，蘿拉這裏沒妳的事，快下去，要張董……」

「郭叔叔饒了我乾爹和乾媽吧，待會兒我向您多敬幾杯酒陪罪好了。」劉筱君有備而來，還特別將『酒』字說大聲了些。

「哈哈，郭襄理有人向你挑戰，要找你拼酒了。」

郭襄理還是不放過張鎮三夫婦，很大聲的說：「這不關喝酒的事，我要張董和……」

「郭叔叔你若是喝酒贏了我，我沒話說，不然我先讓你三杯好了。」劉筱君看郭襄理還不放手，只好使出殺手鐧了。

「說什麼話，妳給我過來，真氣人，誰怕誰？我還讓妳三十杯呢！」郭襄理沒辦法讓張鎮三夫婦出糗，也真有些被激怒了。

劉筱君微笑著下台走向郭襄理的酒席，這時候郭襄理那一桌早已坐滿了幾個大男人，劉筱君數了一下，一共是八個人，連郭襄理的太太也躲開了，大家看她以一個弱女子對著七八個不懷好意的大男人也不害怕，都覺得好玩，眾人也存著看好戲的心態。

這時候陳智豪也跟了過去，他怕劉筱君一個人招架不住，想看能不能幫得上忙，只見那一桌人吵吵鬧鬧，倒是話說得多酒喝得少。

郭襄理先為在座每個人都倒滿了一杯啤酒，對劉筱君說：「來，這兒一人一杯，妳先向王經理敬酒，一共要喝八杯。」

「郭叔叔，我是向你敬酒，可不是給王經理敬酒。」

「什麼話？王經理也是長輩，要尊敬長輩。」

「我知道，我先尊敬郭叔叔，待會兒再來尊敬王經理。」

王經理也拿起酒杯對著劉筱君說：「妳先向我們這一桌的每一個人敬一杯酒再來說話。」

「王經理，我也不怕你，你們有八個人，找一個最厲害的出來說話，我若是輸了再向每個人磕頭陪罪。」

「不行，妳要陪罪，先向我們這邊的人敬一杯才行。」

「可以，你們八個人有任何人贏了我，沒第二句話，我每人奉送三杯酒，三八二十四，二十四杯酒我喝下去，若是皺個眉頭就我就不姓劉。」

「……」

陳智豪看劉筱君一時不會有事，就回到自己的桌席上，告訴彭俊德說：「你看蘿拉真行，要多學著點。」

彭俊德佩服得搖了搖頭說：「她還真厲害，要是我可不知道要怎麼辦才好。」

「你看張董和夫人還有張克誠都沒辦法應付的場面，讓她三兩下就搞定了，真是一等一的公關好手。」

林怡珊看了有趣也說：「是啊，你看他們鬧了十幾分鐘，卻連一杯酒也還沒喝，我看是在鬥嘴不是在鬥酒。」

郭襄理那一桌酒席上的人還在鬧著，劉筱君在自己面前擺了三小杯酒，無色透明看來像是陳年高粱酒，劉筱君指著面前的酒說：「我這兒有三杯高粱酒，小女子先乾為敬，算是向各位叔叔伯伯們陪罪。」

「好，妳先喝給我們看。」

「不行，我要看是不是礦泉水……」郭襄理不放心的聞了三個杯子，確定是高粱酒沒錯，沒摻一滴水。

「郭叔叔你不要以小人之心度君子之腹，好！第一杯我先喝了，請大家鼓掌。」劉筱君說完，將酒一口就吞下肚子裏去了。

眾人看到這情形不由得全都拍手叫好「好，阿莎力！第二杯。」

「加油！加油！」

「好，再喝第二杯。」劉筱君笑了笑，又是一口就吞下去。

「好，好！喝第三杯。」眾人又是一陣掌聲。

「好！看我喝第三杯。」

這時候王經理拿出了一杯喝汽水用的大杯子，裏面也是裝滿了高粱酒，只是容量大了許多，可能有一百五十西西，拿到劉筱君的面前大聲的說：「有膽量妳就喝下這一杯！」

劉筱君爽快的接過來說：「好！喝就喝，誰怕誰！」，但是這一杯酒實在太大杯了，劉筱君皺著眉頭慢慢喝下去，一臉痛苦的表情。

劉筱君將整杯酒喝了精光，再將酒杯高高的舉起來給眾人看，很瀟灑的說：「郭叔叔謝謝你們的酒，我想到別桌敬酒，可以嗎？」

「唉！算妳行……」

過不多時劉筱君來到彭俊德這桌敬酒，她先和同桌的客人寒暄了幾句，再仔細打量了彭俊德和林怡珊。

果然是佛要金裝人要衣裝，劉筱君也是第一次看彭俊德穿著正式的西裝，只覺得丰姿俊爽，真是一表人才，而林怡珊穿了件粉紅色的洋裝，臉上薄施脂粉，增添了幾分俏麗。

劉筱君很高興的說：「珊珊，妳今天不一樣了，大美人一個。」

「姐，妳怎麼會認識那麼多人？陳經理、李董、周大律師……妳都叫得出來。」

「那當然了，妳表姐我十八歲高中畢業就出來混了，待過十幾家公司，工作了十二年，認識的人當然多了。」

「喔，表姐妳十八歲出來，又混了十二年，那豈不是三十歲了嗎？」

彭俊德差點笑了出來，趕忙說：「妳別亂說話。」

劉筱君很生氣的說：「后！碰到妳這個直腸子真沒辦法，機關都讓妳洩漏光了。」

彭俊德忙岔開話題，問劉筱君說：「那妳大學是怎麼讀的？」

「沒辦法，我只能半工半讀的唸夜校，那時候可真辛苦，工作經常換，公司也換了好幾家，幸虧我人緣好，朋友交得多仇人結得少，這就是我的人脈。」劉筱君一邊嘆氣一邊說：「大姐我一輩子都是做業務，見過的人很多，可是只要讓我見過的人我一定記得起來，這是大姐我在職場工作的利器。」

「真是難為妳了，妳真是厲害。」

劉筱君又小聲的對彭俊德說：「張董說酒會散了以後，要你別走，到他那兒去。」

劉筱君想到了剛才陳智豪過去幫忙的事，也對陳智豪說：「傑森，剛才真是多謝你了。」

「又沒幫上什麼忙，本來想幫妳擋幾杯酒的，哪知道妳那麼行，他們七八個人也不是妳的對手。」

彭俊德也說：「對呀大姐，沒想到妳的酒量那麼好。」

劉筱君小聲的說：「我在那八個人裏面放了一個內奸，暗地裏幫我。」

「內奸？是誰？」

「就是王經理！」

「啊！原來是他！那剛才……」

「對呀，剛才那第三杯酒是礦泉水冒充的，是不是把每個人都唬過去了？哈哈……」

「可是妳的臉都紅了，看來妳今天也喝了不少酒。」

「是呀，我剛才一桌一桌的敬酒，現在好像有點頭暈，珊珊待會兒我若是醉了的話，妳可要幫我的忙。」

「喔，好的。」

賓客終於慢慢的散了，張董的三個兒子只剩下小兒子張克帆在送客人，彭俊德和林怡珊便一起走到內廳，只見張鎮三和幾個比較親近的好友正在泡茶，劉筱君也在一旁陪著聊天。

「乾爹，你們那桌怎麼今天忽然改成素桌了？」劉筱君說話的時候有些結巴，看來今天是喝了不少酒。

「這都是妳乾媽的主意。」

「我和妳乾爹都想著我們這輩子真是太幸福了，三個兒子都那麼乖，也給我們生了好幾個乖孫子，想不到在這晚年的時候又有個這麼漂亮乖巧的乾女兒，唉……」張夫人說著，眼角已是含著淚水。

「這都是好事，有什麼好哭的？真受不了妳。」張鎮三忙接著說：「我們怕這輩子把福都享盡了可不是什麼好事情，想改吃長齋，少殺生多積德……」

「乾爹做那麼多善事，光是每年捐給慈善機關的善款就是一大筆金額，不過吃素也是件好事，我也贊成。」劉筱君點頭稱是，只是每一點頭就覺得一陣頭暈。

張鎮三指著坐在旁邊的一對中年夫婦說道：「我哪有做什麼善事，妳看人家蘇董和夫人才真的是有善心的人，聽說蘇董夫人在各處認養了好幾個孤兒。」

蘇董夫人很不好意思的說：「張董言重了，這都只是一些小事，沒什麼大不了。」

這時候劉筱君將彭俊德拉到一旁，小聲的說：「大衛，我快不行了，今天一時高興喝太多酒，我和珊珊先回去，待會兒傑森會開車送我們回家，唉！酒量退步了，我怕等一下會嘔吐。」

「是呀大姐，我看妳的臉色不太好，妳先回去吧，可是回去了誰照顧妳？」

「珊珊今天住我那兒，她會照顧我，我要你幫我在這兒撐場面。」

「這怎麼行？我的口才又不好，公關也不會。」

「沒辦法了，張董的三個兒子也被灌了很多酒，現在比我還慘，你就當作是幫大姐的忙。」

「好吧，可是我真的不知道該怎麼辦？」

「沒關係，這裏都是長輩，說幾句哄老人家高興的話，半個小時後再陪我乾爹和乾媽回家去，再來就沒你的事了。」

「半個小時……那好辦，反正就是陪老人家聊天。」

「傑森和珊珊在外面等我，我先翹頭了，萬事拜託。」

「好，拜拜。」

「大衛，過來這邊坐一下。」丰勝的會計鄭主任招手叫彭俊德過去，這鄭主任和彭俊德也很熟。

鄭主任為彭俊德和在場的幾個人介紹說：「大衛，這位是蘇董和夫人，這位是陳董、這位是劉董，大家都是十多年的老朋友。」

「蘇董好，蘇董夫人好，陳董好，劉董好，敝姓彭，我在昇智科技上班。」

「這位是大衛，他是蘿拉的同事，是昇智科技的年輕工程師。」鄭主任很熱心的介紹彭俊德給現場的人士，接著又說：「像大衛這樣熱心的年輕人真是難得，去年我們請大衛幫忙修理會計室的一台電腦，他修好了以後還免費幫我們檢查其它十幾台電腦，到現在我們會計部門的電腦都沒出過毛病，現在大衛到我們公司，連警衛也不會攔他，你看人有多麼紅。」

彭俊德很不好意思的說：「鄭主任太客氣了，我也只會電腦，幫客戶檢修電腦本來就是我的責任。」

在旁的陳董聽了很熱切的問說：「改天也請大衛到我公司看看，我們公司的電腦也常出問題，花了不少錢維修，還是常給我找麻煩，手底下沒幾個能幹的助手也真頭痛。」陳董說著便拿出一張名片給彭俊德，彭俊德看上面印著「精巨精密模具公司」，底下寫著董事長陳天賜。

彭俊德心想這種精密模具公司都是使用頂級專業的電腦，有時候光是一片圖形加速卡或是繪圖處理器就要六、七萬元，因此有必要問個清楚，「請問陳董公司是哪些電腦有問題？是現場還是業務部門的電腦？」

「都有，不論是現場的電腦、研發部門的電腦、業務部門的電腦都有問題，我的公司在去年已經全面電腦化了，現在很依賴這些電腦，比較重要的大概有三十台。」

「我知道了，改天我和陳董聯絡，保證沒問題，包在我身上。」彭俊德看陳天賜煩惱的表情有些於心不忍，便立刻拍胸脯給接了下來，可是心裏又想著三十台電腦，可不好搞定。

聽彭俊德這麼肯定的回答，陳天賜很高興的說：「哈哈，那我在這兒先謝謝你了。」

在一旁的劉董也急著問：「那我正豐公司也想要電腦化，也要麻煩你……」

「好！沒問題，不過我會找蘿拉一起去，因為她是這種整體業務最好的人才，她一定會給您做最好的規劃，我再和您約時間，我和蘿拉一起到貴公司做簡報。」

「好的，我也叫我公司的人先做好相關資料的準備工作。」

「這樣最好了。」

張鎮三看大家談得高興，也笑著問說：「喂？你們怎麼都在談正事？今天我是壽星，怎麼大家都忘記了？」

「對呀，真是失禮，怎麼忘記我們的壽星了。」

「先別說這個。」這時候張鎮三感覺好像少了一個人，便問說：「你們有沒有人看到我的乾女兒？」

彭俊德遵照劉筱君的交待，親自送張鎮三夫婦回去，張鎮三夫婦回到家以後，也交待司機阿傑順路送彭俊德回到宿舍，因為時間已經很晚了，彭俊德也就不加以拒絕，一路上和司機阿傑談得非常投緣。

「阿傑，你就叫我大衛，別再叫彭先生了，我聽說你的孩子已經很大了？」

「是啊，三個男生現在都讀小學，大兒子今年就要上國中了。」

「三個男生？那你很辛苦了。」

「前幾年生活比較苦，我太太做清潔工，有時候我們兩個人回到家，孩子都已經上床睡覺了，所以我很感謝張董，都是他提拔我。」

「喔？你三個小孩子現在怎麼樣了？」

「人家說家和萬事興真是沒錯，以前三個傢伙皮得要死，老大總是在學校打架欺負人，每次都是我太太到學校向老師道歉，現在我太太專心照顧孩子，三個小孩也乖多了，只是……」

「只是什麼？」

「只是功課不太行，我和我太太的學歷都不高，也不知道怎樣來幫他們。」

「功課？」

「像我的大兒子，每個老師都說他頭腦聰明，可是成績只能維持在中等程度，最後老師也不再鼓勵他，好像放棄他了。」

「這太可惜了，千萬不要放棄，一定要加強他的功課才行！」

「對呀，我太太也只會罵孩子不用功，又幫不了他。」

「沒關係，改天我到你家看看，可以的話，我來輔導他的功課，現在要升上國中，正是最重要的階段。」

「真是太謝謝你了。」

「哪裏，這只是小事情。」

✦　✦　✦

彭俊德仔細盤算了兩天，維修陳天賜公司三十台電腦可不是小事情，於是事先約好了丁慶澤、譚元茂和周偉民，早上十點鐘四個人在精巨公司的會客室商議。

「大家先說好了，今天的工作是做個人情，做好了有多的錢大家平分，沒錢拿的話晚上我請大家吃西餐。」

丁慶澤有些不高興的說：「阿德，以後這種事少做，行情我雖然不是很清楚，但是整理三十台有問題的電腦，每台工錢至少也要五百元，一共是一萬五千元，還不包括零件在內，若是電腦公司就要估價五萬元，簽一年保養約再加十萬元，你這是虧本生意。」

「所以說是做人情嘛，其它的事情我已經安排好了，我在公司請陳主任給我公假外出，另外我也在公司先借了五個鍵盤、五片顯示卡、五顆硬碟，一些記憶體、接頭、排線和其它零件，我猜軟體損壞的可能性會更高，所以我也準備了幾套必備的軟體，另外我也要求陳董公司專用的CAD和CAM還有其它特殊的軟體要先準備好。」

彭俊德很有系統的指揮著大家，又接著說：「等一下阿丁和偉民一組，你們負責現場和研發部門的電腦，我和蛋塔一組，負責其它部分的電腦，每一組他們公司還會派兩個年經人支援我們，一個專門拆電腦，一個專門組合電腦，這樣可以事半功倍，希望六個小時內可以完成，中午吃便當，做完了回到這兒集合。」

看到彭俊德這麼熱誠和巨細靡遺的說明，大家的心也動了起來，丁慶澤心想已經來了就該好好的做，便大聲的說：「好，就這麼辦！大家開工！」

於是四個人和公司支援的四個年輕人就這麼一台接著一台電腦，一個部門接著一個部門修理過去，到了下午五點，四個人終於在會客室會齊。

「后！打球也沒這麼累！有五台電腦重灌。」

「這裏的電腦亂七八糟的，暫存檔一大堆，還灌了很多電玩，也抓到了很多病毒。」

「還好零件帶得齊全。」

「一些趨動程式都沒有安裝好。」

「全身腰酸背痛，我都快站不起來了。」

「對呀，晚上還要練球，不去還會挨罵。」

幾個年輕人累得斜躺在會客室的沙發上，抱怨聲連連，彭俊德也覺得很過意不去，便說：「不好意思，晚上我請客。」

「爬都爬不動了……」

彭俊德拿出一張紙，照著上面的金額唸給大家聽：「我剛才算了一下，五顆硬碟都用光了，每顆七千元一共是三萬五千元，用了三片鍵盤每片四百五十元，一共是一三五〇元，顯示卡每片四千五百元，用了四片一共是一萬八千元，加上其它的小零件一共是六萬二千三百五十元，我剛才已經開單子給陳董，另外還有兩台電腦的主機板壞了，還好不是重要的電腦，我們帶回去，明天修理好了我再拿來這兒安裝。」

譚元茂問說：「你一共開了多少錢？」

「我照實開，就是六萬二千三百五十元。」

「你怎麼這麼老實？你就不會加個幾千元，我們四個人都快累死了，多少也賺一點零頭花花。」

「我想下次有機會再加好了。」

「還有下次？我投降了。」

這時候陳天賜進來了，旁邊一位年輕秘書小姐手上還拿著一個小信封袋和一些文件，陳天賜很客氣的說：

「謝謝大家，大家辛苦了，抱歉早上我忙，沒空招待各位，剛才我的秘書已經向我報告過了，很謝謝四位的幫忙。」

「哪裏，這些事我們還能勝任。」

陳天賜將秘書小姐手上的小信封袋交給彭俊德，並且說道：「這是一些小意思，請你先收起來。」

彭俊德看信封裏面裝了厚厚一疊現金，便拿出來點算，竟然有十五萬元，彭俊德有些驚訝的說：「陳董，這裏面是十五萬元，不必這麼多錢。」

「不要跟我客氣，我也不隱瞞你們，你們看我這兒有兩張估價單，第一張連工帶料是二十五萬，另外一張是五萬元工資，材料費另計。」

秘書小姐拿了兩張電腦修護的估價單給彭俊德看，陳天賜指著上面幾行數字說明著：「這張估價單上面說明了一部分現場修理，比較嚴重的要送廠修護，工期一個月，你們幫我想想，我的工廠怎麼可能停工一個月讓他們修電腦，而且以前請他們修電腦可沒像你們這麼認真。」

「陳董過獎了。」

「沒有過獎，剛才我公司幾個部門的主管都打電話回報給我，對你們幾個稱讚得不得了，還說電腦已經沒問題，一些老毛病都修好了，真是感謝你們。」

「謝謝，這十五萬元我就不客氣收下來了。」

「你們那麼認真，這次全部費用我就當作二十五萬元，我故意留下十萬元，算我欠你們一份人情，以後你們有事可以來找我，我一定幫忙，絕不食言。」

「好，那就謝謝陳董了。」

「你也不用謝我，今天我要是只拿出六七萬元打發你們走，改天這件事情傳了出去也不好，我若是拿二十五萬元出來，我怕你不敢收這麼多錢，另外你們今天維修工程雖然只花了我十五萬元，但是我的保守估計，至少帶給我的公司五百萬元的產值，哈哈。」

✦　✦　✦

星期三下午，彭俊德和劉筱君依約到劉董的公司做初步的接觸，傍晚時分彭俊德邀請劉筱君一起吃晚餐，劉筱君門路比較熟，就帶著彭俊德一起來到洛克山莊。

「蘿拉，今天讓我請客。」

「怎麼了，發財了嗎？那我要吃明蝦特餐，是這兒最貴的套餐。」

「我昨天發了一筆小財，請妳也是應該的。」

「你是說陳董公司的事情嗎？恭喜你了，昨天陳董打電話給我，他一直誇讚你們四個人，說你們做了一整天只給他開了六萬多的材料錢。」

彭俊德看到服務生過來，便點了兩份明蝦特餐，兩個人邊吃邊談。

「你昨天賺了多少？」

「昨天陳董給了十五萬，扣掉成本六萬多元，大概賺了八萬多元，四個人分，每個人可以拿二萬一千元，我到畢業以前的學費都沒有問題了，我其他三個同學也都很高興。」

「大衛，我覺得你真是做生意第一流的人才。」

「沒啦，我又沒有在做生意。」

「不，你這種手法是做長久生意的方式，雖然不流行了，但是卻很實用。」

「是這樣嗎？」

「你聽我說，我在電腦公司也很多年了，昨天三十台專業電腦維修的行情至少也要二十萬，若是我來接這個工程，我也沒有辦法在一天內完成，我至少也要四個人，一個星期才能完工，有些出了大毛病的電腦可能還要送修，還要再加兩個星期，這樣子時間才比較充裕。」

「對呀，我們昨天去了四個人，再加上他們支援的四個人，一共八個人，拼命的做了一整天，差點就累死了。」

「你想想看，你在兩天內完成規劃，集合了四個電腦高手，借了一堆電腦零件，一天內完成工程，你這樣的規劃幾乎是無懈可擊，你這不是做生意的能手嗎？我說的準沒錯。」

「是的，我以前都是跟著別人跑，昨天第一次帶隊衝鋒，還蠻順利的。」

「真服了你，我再告訴你一件事情。」

「什麼事？」

「我要離開公司了，我要到乾爹的公司上班。」

彭俊德十分震驚的說：「我竟然沒想到這件事，妳什麼時候走？」

「我想做到四月底，五月一號就走。」

彭俊德知道劉筱君要離開已成定局，便笑著說：「謝謝妳這一陣子那麼照顧我。」

「別這麼說，我哪有照顧你？今天還讓你請客不是嗎？」

「上次凱悅可是妳出錢請我，那可貴得很呢。」

「哈哈，你還在跟我斤斤計較，今天看在你請客的份上，再告訴你一個秘密……」

「什麼秘密？」

劉筱君瞇著眼笑著說：「那天傑森偷偷的親吻了我。」

彭俊德睜大了眼睛說：「什麼，傑森他竟然敢……」

「幹什麼呀，小聲點，你想要大家都知道嗎？」

「傑森他怎麼會……」

「那天他開車送我和珊珊回家，我實在醉得不行了，珊珊又是瘦巴巴的也扶不動我，我只好讓他們兩個人把我架到了二樓……」

「就這樣……」

「傑森以為我醉暈了，趁珊珊不注意的時候偷偷親吻了我一下，好像小偷一樣，好好笑。」

「那妳又怎麼會知道？」

「我是醉得不能動了，可是我的意識還清醒得很呢！不過我可沒裝醉，我還頭痛到星期二才能上班呢。」

「那妳吃虧大了，難道放過他。」

「我還能怎樣，只好裝作大家都不知道這件事了。」

「其實傑森人也蠻好的，這幾年也沒看他交女朋友，蘿拉妳也是一樣。」

「唉，我和傑森都是感情上受過傷害的人，要再談感情真的是很困難。」

「世事難料，有誰知道以後的事情會是怎麼樣？」

「是啊，即使是女強人也有身不由主的時候。」

✦ ✦ ✦

已經晚上十點多了，看彭俊德悠閒的吹著口哨，林家星不禁問道：「你今天怎麼了，沒看你這麼輕鬆過，今天晚上練球不累嗎？」

「不累，最近我是人逢喜事精神爽，只覺得人生真是晴空萬里、海闊天空啊。」

「算了吧，在中文系學生面前別咬文嚼字的，小心漏氣了。」譚元茂在一旁有些看不過去。

「誰說的，若是靈感來了，我也可以出口成章，斐文詩句如海浪般波濤洶湧，就好像……大鼻子什麼的？」

「喔？你是說大鼻子情聖？那影片要下星期才上演。」

「是啊，大鼻子情聖，哈哈，我就是大鼻子情聖。」

譚元茂問彭俊德說：「奇怪了，憑你阿德怎麼會是大鼻子情聖？你知道什麼是大鼻子情聖嗎？」

「大鼻子情聖？那不就是一部電影的名字嗎？」

「誰不知道那是一部電影的名字，我問你電影裏的大鼻子情聖最後怎麼了？」

「他最後怎麼了？」

「他最後死了！」

「喔？他最後死了？那是一部悲劇電影了。」

「廢話，那你還要當大鼻子情聖嗎？」

林家星在一旁幸災樂禍的說：「大鼻子情聖影評的評價很高，而且又是改編自法國的知名劇作，你最好先做一下功課，免得到時候在謝淑華面前漏氣了。」

聽到說會在謝淑華面前漏氣，彭俊德可有些緊張了，便說：「快快救我，若是叫我做電腦功課還好，可是這種文學的東西，我可真是沒辦法，阿星你一定要救救我才行。」

「對呀，謝淑華讀的是外國文學，又兼修法語，一定對這部電影很有興趣，我怕到時候你電影看到一半睡著了，女朋友也跑了，哈哈，再說我讀的是中文系，這電影我也不懂，我看你完蛋了。」

看譚元茂和林家星一起嘲笑自己，彭俊德不高興的說：「算了，這點小忙也不肯幫，我自己想辦法。」

「好！有骨氣，不過你可別想到圖書館找資料，所有和大鼻子情聖有關的書早就被借光了。」

彭俊德本來就是想到圖書館借書，現在聽到連圖書館的書也借不到，心想這下子完蛋了，忙說道：「阿星，這個忙你一定要幫，平時你的電腦有問題，還不都是我幫忙修理的。」

譚元茂在一旁奸笑著說：「阿星，以後你的電腦我免費幫你修理就好了，不用找這臭小子。」

彭俊德也不理譚元茂，轉向林家星求助說：「阿星你幫幫忙，改天請你吃牛排。」

「牛排免了，看你猴急的樣子，真要笑死人了。」林家星笑著說：「告訴你也可以，不過我先問你，你剛才說的什麼……出口成章，斐文詩句如海浪般波濤洶湧……，是誰教你的？」

「是淑華剛才在電話中告訴我的。」

「我就知道！」林家星這才恍然大悟，接著說：「其實這部電影的內容還蠻淺顯的，而且劇情也很生動，你看了也會喜歡，我剛才只是和你開玩笑，至於劇情內容……」

「嚴格說來這應該是一部愛情電影，其中的男主角名字叫做西哈諾，可以說是悲劇性的人物，像貌醜陋，最特殊的是他長了一副特大號的鼻子，所以電影就叫做大鼻子情聖。」

「劇中的男主角西哈諾劍法高強，有英雄氣概，但他也是才氣橫溢的詩人，就如你剛才說的出口成章，斐文詩句如海浪般波濤洶湧。」

「西哈諾個性善惡分明，忌惡如仇，對惡人不假辭色，對好人卻是謙恭有禮，慷慨仁慈。」

「西哈諾有一個美麗動人的表妹羅珊，從小西哈諾便深愛著她卻不敢表白，有一天表妹羅珊表示喜歡上年輕英俊的克里斯廷，這克里斯廷除了長得帥以外，肚子裏全是草包。」

「不忍心讓表妹失望的西哈諾，便幫忙為兩人拉線，這大鼻子的心裏是無比的痛苦。」

「而克里斯廷真是草包一個，最後還是由西哈諾在背後代他在花前月下朗誦情詩，他真的是文思泉湧，優美的詩篇滔滔不絕由他口中朗誦而出，就此克里斯廷贏得美人芳心，而西哈諾內心的痛苦可知。」

「但是不知道表妹羅珊愛上的是西哈諾的感性心靈還是克里斯廷的英俊外貌。」

「一直到西哈諾和克里斯廷到了前線作戰仍是由西哈諾代寫情書，每天寫出的都是西哈諾對表妹羅珊的思慕與深情。」

「後來克里斯廷由一封充滿愛意與思慕的信中察覺西哈諾對羅珊的深情蜜意，他發覺自己的不對，想要找機會向羅珊解釋。」

「有一天羅珊到前線探視他們，克里斯廷卻因為戰爭而身受重傷瀕臨死亡，他想告訴羅珊事實的真相，但卻在說出最後一句話之前傷重而死。」

「羅珊找西哈諾問克里斯廷生前想說的是哪一句話，西哈諾卻不敢說出真相。」

「羅珊以為摯愛已死，便進入修道院隱居，不再眷戀人生，也不言婚嫁，但是卻將西哈諾寫給她的最後一封信封存在胸前，作為對克里斯廷的懷念。」

「時間就這樣過了十五年，西哈諾每個星期六下午，都會去看表妹羅珊並且陪她談天，羅珊不疑有他，只當做是表哥對表妹的照顧。」

「故事的終局，有一天西哈諾被仇家暗殺，身受重傷，但是仍然硬撐著來到修道院，羅珊不知西哈諾已經瀕臨死亡，兩人只是聊天，最後西哈諾已是精神恍惚，他拼著最後一口氣，唸出了他寫給表妹羅珊最後一封信的詩文。」

「這時候羅珊才驚覺事實的真相，因為那封信的內容從來沒有給別人看過。」

「她才知道以前那些充滿靈性與愛意的詩篇都是西哈諾的傑作，但是為時已晚，西哈諾已經傷重而死了。」

「而羅珊，也在知曉真相的同時失去她一生的最愛。」

「這真是很感人的故事情節，我一定要去看這部電影。」

「不過這些只是我所知道的部分，電影有些地方會改編，應該也是大同小異。」

「這故事真是太淒美了！難怪史教授會說哲學、語文、藝術、史地都是好東西，世界上不只有電腦才是一切，阿星今天真的很感謝你，若不是你，別人還沒有辦法告訴我這些。」

「不必客氣，其它的我不敢說，文學方面我還知道一點。」

譚元茂對彭俊德說：「阿德，告訴你一件事……」

「什麼事。」

「看這部電影有一個好處，那就是女生看到最後都會因為感動而哭泣，到時候你就可以為謝淑華擦眼淚，擁抱她，安慰她。」

彭俊德喃喃的說著：「淑華她會掉淚？我還要為她擦眼淚……」彭俊德心想連手都沒牽到，怎麼可能擁抱她安慰她。

第四章　為人師表

星期四晚上彭俊德和譚元茂兩人來到學校的體育館，四個羽毛球場地被人佔滿了，十幾張球桌也都有人在練習。

遠遠的看到陳孟勳在招手，兩人便走了過去，陳孟勳說：「我聽說物理系的選手今天晚上要在這裏練球，便叫你們過來看。」

「理事長說有重要的事，我已經向教練請假了。」

「蛋塔，到底是什麼事？」

陳孟勳指著場上兩個正在練球的選手，一個就是曾見過的趙榮弘，另一個滿臉青春痘的選手，身手比趙榮弘還要好，應該就是沒見過面的林柏瑞。

只見兩人都是走切球陰柔型的球路，現在正是林柏瑞發球，看他打球時非常的認真，發球時皺著眉頭幾乎是用盡全身的力量，出去的球又低又直，球發到了球檯的角落。

彭俊德和譚元茂看了都搖了搖頭，難怪教練這幾天都在操練這種極難對付的球路，彭俊德已經練了好一陣子還不能得心應手。

趙榮弘起初還能應付，可是只要趙榮弘的球稍微處理不好，就被林柏瑞猛一揮拍將球殺了回來，可說是一點兒機會也沒有，過不多時球賽結束，十五比七，兩人實力差距甚大。

譚元茂更加擔心了，心想這林柏瑞有這種超水準的實力，難怪大家都在煩惱，自己也很難在林柏瑞手裏吃上十球。

彭俊德很大方的上前說道：「我們是資工系的學生，要不要一起打？」

林柏瑞很客氣的說：「好呀！我待會兒有事，不過現在還可以打一場。」

彭俊德暗示要譚元茂上場，小聲的對譚元茂說：「蛋塔你和他打，你用盡全力試試，腳步稍微退後一點。」

譚元茂和林柏瑞兩人都是切球型的選手，由林柏瑞先發球，他先發了一個旋球，似乎有點輕敵，譚元茂將球切到了右邊，待那林柏瑞回球時譚元茂使用右手殺球先取得第一分。

林柏瑞也不在意，只是第二球便是那種又低又直的飄球，而且發到了譚元茂球檯的右角落，譚元茂聽彭俊德的話腳步先退了半步，正好用拉球將球擊了回去，林柏瑞處理得不好又失了這一分。

隨後林柏瑞不再輕敵，便將自己全部的實力使了出來，譚元茂也是如此，兩人一來一往，只是在實力上有些差距，最後譚元茂還是以十五比九輸了球，兩人很客氣的握手。

隨後換彭俊德和趙榮弘比賽，趙榮弘的實力很不錯，也很沉得住氣，不管彭俊德如何快殺，如何抽球，他總是防守得密不透風，兩個人一來一往比剛才那一場還要有看頭。

彭俊德的進攻策略成功，沒多久就破了趙榮弘的防守，以七比二領先五分，只是隨後好像洩了氣一般，每次殺球的落點都不是很準，殺過去的球都被趙榮弘接了回來，每一個球都要來回了十幾次才結束。

一直到彭俊德以十比八領先的時候，彭俊德的球路好像被趙榮弘給看破了，打得很不順手，於是彭俊德便改用切球的方式打，結果更是不順利，最後竟然被趙榮弘追上，兩人打到丟士還沒結束，最後彭俊德很不幸被連吃兩分，竟然輸了球。

三個人到小飲食店裏叫了三杯熱飲，陳孟勳的心情很不好，問彭俊德說：「阿德，連你都搞不定嗎？」

「不，我剛才故意讓他，那趙榮弘根本不是我的對手，蛋塔憑你現在的實力也不輸給他。」

聽彭俊德這麼說，陳孟勳也安心多了，便又問說：「你剛才為什麼不認真打？」

「我是故意隱藏實力，蛋塔你剛才第一次和林柏瑞對打就吃了九球，我想你對趙榮弘的勝算很大，我剛才和趙榮弘打，也覺得他並不可怕，可怕的是林柏瑞。」

譚元茂回想著剛才的比賽說道：「對，可怕的是林柏瑞，我先騙了他兩球，還讓他連續追上來，最後還輸了六球。」

「真的這麼厲害？」

「阿德，你知道我高中的時候是桌球校隊隊長，一輩子也沒遇上幾個對手，這個林柏瑞我真的打不過他。」

陳孟勳很擔心的問說：「那怎麼辦？前三點能不能先搶兩點下來。」

「不太可能，態勢非常明顯，物理系剩下的三個選手我們都認識，前三點只有偉民那一點有希望，再加上蛋塔這一點……」彭俊德很仔細的分析著。

「阿德，可是……唉。」

「理事長，我真的很抱歉，這種東西就是靠實力，林柏瑞他打了十多年的桌球，不是我練習一個月就可以勝他。」

「唉，這個我知道，可是……」

「理事長，我真的很想贏這場球，可是剛才的比賽你也看到了。」

「你們輸球就算了，上個月我和系主任開玩笑，我說你們若是拿不到冠軍，校慶當天我就在操場裸奔。」

彭俊德和譚元茂兩人都睜大了眼睛說：「什麼？」

彭俊德有些生氣的說：「原來這些日子你找教練逼著我們練球，就是這個原因！」

「我本來認為外文系今年不是我們的對手，那天才會在系主任面前臭屁一下，誰知道會碰上林柏瑞這個……」

「你怎麼這麼臭屁，這下子怎麼辦……」

「偏偏我們系主任也喜歡打桌球，他聽我說這次桌球比賽會拿冠軍，高興得不得了，早上還跑到校長室跟校長嗆聲，說我們資工系今年桌球要拿冠軍，不然的話，全體球員都要裸奔……」

「什麼？誰要跟你去裸奔，又沒問過我們！」

「你們兩個人也都知道，校長和系主任都喜歡打桌球，又喜歡互相嗆聲吐槽，系主任說的話，我可不負責任。」

「那你怎麼辦？」

「管他的，到時候再說，如果真的打輸了，說不得只好半夜三點起來裸奔，或許沒人看到，希望別感冒了才好。」

✦ ✦ ✦

三月裏台北的天氣還是有些涼意，但是天氣總算一天天的暖和了，約好了六點半見面，今天謝淑華沒有讓彭俊德等太久，兩個人一起來到洛克山莊，在靠西側大玻璃窗旁坐了下來。

「俊德，怎麼今天那麼好，要請我上餐廳。」

「請美女上餐廳是我的榮幸。」

謝淑華不好意思的說：「哪裏，我又不是美女……」

「妳不是美女，那誰又是美女了？」

「你怎知道這家餐廳？這裏可是高級消費的地方呀。」

「我前幾天和公司主管一起來這兒用餐，覺得很不錯，就想請你也來試試，這兒的明蝦餐很不錯。」

謝淑華好像有點吃醋，卻又笑瞇瞇的說：「和公司主管一起來這兒用餐？告訴我，是男生還是女生？」

「是業務部的女同事，她一直都很照顧我，所以……」

謝淑華故意低下頭來說道：「喔，是女生，你們兩個人……」

「不是妳想的那個樣子！」

「她一定很漂亮？有沒有比我漂亮……」

「她是很漂亮，不是……可是……」

看彭俊德窘迫的樣子，謝淑華覺得很好玩，又故意追問說：「可是什麼？我是問你她有沒有比我還要漂亮？」

「她只有一點點漂亮，怎麼能跟妳比。」

「她如果跟我比呢？」

「她呀，她跟妳比的話，大概只有妳一半……嗯，大概只有妳一根頭髮漂亮。」

聽到彭俊德的甜言蜜語，謝淑華十分高興，便說：「嘻，你真會說話，我哪有那麼漂亮……，我們先用餐吧。」

用過晚餐，兩人到了二樓的小酒吧台，彭俊德要了一杯咖啡，謝淑華則是點了一杯軒尼詩白蘭地。

謝淑華看彭俊德托著下腮痴痴的看著自己，不好意思的問：「你怎麼一直看著我？」

「妳今天的髮型好像不太一樣。」彭俊德指著謝淑華的頭髮，前面綁了十幾條小辮子，再向後面梳理，最後又結成一束馬尾。

「嘻，你注意到了，很可愛吧？」謝淑華笑著搖了搖後面的馬尾。

「是很可愛，可是這種髮型我怎麼沒見過？」

「我覺得好玩叫我的髮型設計師做的，前面是用銀絲燙，後面變成馬尾，今天下午弄了一個多小時，花了我三千多元，你可是第一個看到的唷。」

「妳自己設計的？太佩服了，大設計師。」

謝淑華很有自信的說：「哪裏，說不定哪一天我不唸文學，改行做髮型設計。」

「可是這樣子……，這個髮型好像不能戴帽子？」

「不能戴帽子？哇，損失太大了。」謝淑華想到自己喜歡戴帽子，不禁嚷嚷起來了。

「後面的馬尾綁得太高了，帽子會戴不下。」

謝淑華有些緊張的說：「是呀，看來我回去要洗掉才行……，我看我還是回去唸文學，我以後不敢再想髮型設計了。」

「對呀，唸文學系很好，妳可別真的去改行。」

謝淑華皺起小眉頭問說：「你怎麼會說唸文學很好？」

「沒有啦，我是說唸書很好，其實像哲學、語文、藝術、史地都是很好的學問……」

「那髮型設計就不好了？」

「不是，我不是……」

「我只是逗你玩的，我也沒那本事去做髮型設計師。」謝淑華突然想到彭俊德剛才說的話，便問說：「對了，你剛才怎麼說唸文學很好？你又不是我們文學院的學生？」

「我是說每一個學門都很好，尤其是妳們文學系。」

「哪裏，我才覺得你們學電腦的人真了不起，我都搞不懂那些奇怪的玩意，你說說看學電腦和文學有什麼不一樣？」

「我們學理工的人都有一些共同的現象，大家都習慣將研究主題當作考驗或是關卡，如果解題了或是實驗成功，就好像通過考驗一樣，會覺得很快樂。」彭俊德比手劃腳的解釋道：「所以有老師曾經告訴我說理工科的內容比較冰冷，我一直體會不出來，我一直覺得理工和電腦都是很好玩的東西，反而像文學、史地、哲學我都搞不太懂。」

「那你又怎麼知道文學是好的呢？」

「就好像下星期的大鼻子情聖這部電影，描寫英雄氣概、描寫愛情、描寫痛苦，用斐文詩篇來表達思慕和愛情，像在花前月下朗誦詩篇，在戰場上寫情書，這些都是很感人的情節，我的電腦可是一點兒也不能感動人……」

謝淑華不禁高興的拍手說道：「俊德，我真的要對你刮目想看了，你真的很了不起，你不是普通的棒耶。」

「哪裏，沒有啦……」彭俊德覺得很不好意思，心裏也很感謝林家星前幾天幫自己惡補的資料。

「可是電影還沒有上演，你怎麼知道大鼻子情聖在演些什麼？」

「我去查了一些資料……」

「喔？你先去查過資料……」謝淑華又突發奇想的說：「俊德，如果哪一天你也寫幾首詩給我，我可就要快樂死了……」

彭俊德可嚇呆了，急著說：「什麼？大小姐！我這輩子從來也沒寫過什麼詩，我連作文都寫不好。」

看彭俊德這樣直接拒絕自己，謝淑華很不高興的說：「哼，我就知道！」

「你不要生氣，我真的不會寫詩。」

「你又沒試過，怎麼知道不行。」謝淑華還是有些生氣，低下頭來說：「我知道你根本就不喜歡我……嗚……」

「淑華你不要這樣，好好，我試試看好了……」

「我不要你試試看，我要你寫給我。」

「好啦，好啦。」

「是你自己答應我的，那我就不哭了。」謝淑華抬起頭來微笑著，眼裏閃著調皮慧黠的神情，卻是一滴眼淚也沒有。

「妳不要嚇我了，不過我真的不會寫詩，到時候妳可不要笑我。」

「好，我不笑你，可是你想一想，要是到我老了都沒有人寫情詩給我，那我豈不是很可憐？」

「喔？妳是這樣想的啊？」

「對了，為了獎賞你，給你一個東西。」謝淑華說著就從手提包裏拿出一個淺藍色的小信封給彭俊德。

「是什麼東西？」彭俊德接了過來，打開的時候還聞到信封有一股淡淡的香味。

「是我們的班刊，只剩下這兩張，給你就沒有了。」

「喔，那我去影印，明天就還給你。」

「你不要還我，給你就是了。」

「真是謝謝妳，看來我不寫詩是不行了？」

「是呀，知道就好。」

彭俊德將班刊從信封裏拿出來，是兩大張的影印紙，一張淡綠色，一張淡黃色，上面標題寫著「小草班刊」，裏面有很多主題，不過都只有單面影印，彭俊德問道：「怎麼全部都是中文？你們不是外文系嗎？」

「我們班裏又不缺英文、法文、德文、西班牙文的人才，所以我們自己規定班刊只能用中文。」

「是這樣啊？妳看這一句

如何讓你遇見我……

在我最美麗的時刻

這是很美的句子啊！」

「那是詩人席慕容的新詩，感動了很多人，就有人拿出來討論。」

「…一個人的時候，我並不感覺寂寞

擁有了愛，卻又失去了你
我才深深了解什麼叫做孤獨……」

「這是我們班上一個失戀男生寫的，叫我一定要刊出來。」

「唉，妳們的班刊真的很好，我們班上如果要出班刊的話，大概只有寫電腦和打球了。」

「或許過一陣子我自己也要寫一篇關於大鼻子西哈諾的討論。」

「嗯，可能要等下星期看過電影再寫了。」

「俊德，你要當我的西哈諾還是克里斯廷？」

「我要當妳的西哈諾，可是我又不會寫詩……」

✦　✦　✦

彭俊德一直到了晚上十一點才回到宿舍，趁著丁慶澤和譚元茂都不在，直接開口要林家星教他寫詩。

聽到說要教彭俊德寫詩，林家星張大了嘴，人都嚇呆了，過了一會兒才對彭俊德說：「阿德，你站在我的立場來想，你說說看要教你這種電腦狂寫詩簡不簡單？」

「我想大概是很難吧？」

「是啊，你為什麼要強人所難？」

「我知道是不容易，可是我也沒辦法了，你再不幫我的話，我只好去跳河了。」

「跳河很好呀，或許謝淑華會為你掉一兩滴眼淚，我可沒關係。」

「阿星，拜託拜託，這是你們文學院的專長，我不找你找誰去呢？」

看彭俊德眼淚都快掉下來了，林家星嘆了一口氣說道：「好吧，先訂一天請我和阿娟吃牛排，我拿一些資料給你，再來就看你有沒有這個天份。」

「好，那就明天晚上，我請你和阿娟到台北最高檔的餐廳吃牛排。」

「就這麼辦，我知道你最近發了財，也不為你省錢，到時候一手交錢一手交貨。」

「別說得這麼可怕，什麼一手交錢一手交貨的，事情要是成了，我就太感謝你了。」

「別說這個，其實寫詩的規則也不重要，阿德我問你，你認為要寫好詩要有什麼條件？」

「我想大概要有天份吧？」

「那只是次要的部分，最重要的有兩個條件……」

「是什麼？」

「一個是肚子裏要有墨水，書要讀得多。」林家星解釋著說：「另一個是要有感情，沒有感情是寫不出好東西的。」

「有道理……」

「比如我現在說，妳好像月下輕風中的玫瑰，搖曳著動人的舞姿，這句子你想如何呀？」

「嗯，這樣的詞句很美，可是很假，你隨口說出來不帶一點感情。」

「太好了，你有天份。」林家星繼續說著：「可是如果你經常在月下散步，也常欣賞花園中的花卉，有一天你看到心愛的人向你走來，裙擺飄飄搖曳生姿，而你就隨口說出妳好像月下輕風中的玫瑰，搖曳著動人的舞姿的句子，那這又是什麼？」

「嗯，這是因感情而逑發的詩句，我想那是因為眼睛看到了和以前經驗有關的東西，就順口說了出來。」

「是的，這就是因景生情，你的心中早就有了花卉、月亮的美好印象，再將這些印象和妳眼中的愛人印象重疊，就創造了美好的詩句。」

「好像很難。」

「不難，說到肚子裏要有墨水，能夠讀我們學校的人不會差到哪裏去，若是說到感情，你可能就需要一些啟發了。」

「好，與君一席言，勝讀十年書，我今天的收穫太多了。」

「我覺得你要隨時隨地用心體會周遭的東西，一沙一世界，世界上有太多美好的事物，絕對不只有電腦而已。」

✦　✦　✦

這已經是彭俊德在女校第四次上課，課堂上彭俊德很認真的說著：「上次的作業請社長收齊後交上來，今天我們上課的內容有三個項目，第一個是分析上次作業的內容，第二是我們今天應該要有個小考試，第三是今天上課的主題，我們要講解變數的正確寫法和習慣……對於上課內容有問題可以用紙條寫下來，下課放在我的桌上，我有空會處理，但是上課還是不准說話。」

「第二件事情，最近校長找了我好多次……」彭俊德想到或許可以拿校長來壓這些小毛頭，便繼續說道：「校長說六月份台北市有舉辦電腦軟體設計比賽，還說我們這一組一定要參加資料庫軟體設計項目的競賽，而且一定要有好的名次，若是成績不好，我以後也不用再來上課了，所以我們的目標就是六月份台北市的電腦軟體設計比賽。」彭俊德不停的唸著，全然不管底下那一群學生每個聽得都張大了嘴。

好不容易終於十二點下課鐘響，彭俊德發現桌子上多了幾張紙條，便將紙條收起來，隨後匆匆離開了教室，因為早上碰到蘇老師，兩人約好中午一起吃飯。

在校外的西餐廳裏，彭俊德和蘇老師兩人正在聊天，蘇老師問彭俊德說：「彭老師下午還有事嗎？趕不趕時間？」

「我下午兩點還有課，所以不能待太久，蘇老師請妳叫我大衛就好了。」

「好吧，那我就叫你大衛，你也不可以叫我蘇老師，我的名字是蘇宜倩，你叫我宜倩或是叫我的英文名字蘇珊都可以。」

「好，我就叫妳蘇珊，對了，妳說有重要的事情找我？」

「也不是太重要的事，只是校長說有些事情先跟你說清楚比較好，免得誤會。」

「不會有什麼誤會，妳請直說好了。」

「是這樣的，學校最近醞釀著要成立一個獎助學金基金會，名稱還沒有定案，家長會和校友會都有人出面支持，學校的老師也很熱心，可能在五月份會開一個成立大會，當天也要展開募款工作。」

「這是很好的事情，可是和我好像沒有關係吧？」

「校長說這是一件好事，開會當天老師們都要盡量參加，你若是不方便的話，那天不勉強你去，所以要我先知會你一聲。」

彭俊德想了一下，便對蘇宜倩說：「校長想得很周到，開會那一天若不讓我去可能會讓我沒面子，以為把我當外人看待，若是要我捐款的話，我又是剛來的社團兼課老師，也沒領多少鐘點費，更不好意思要我的錢了，是不是這樣？」

「你的心思真是敏捷，一下子就想到了校長的難處。」

「我想開會的時候我也要參加，那天若是沒事我一定到，請校長將我列入開會名單。」

「好的，開會的名單是由我擬定的……，你手上那些是什麼紙條？」

「哦，是學生寫給我的紙條，我上課不准她們發問，有問題可以寫下來給我。」

「你辦事的方法真奇怪。」

「其實我是怕死了，真怕這群女生會搞什麼鬼怪出來，我看她們就是一副不懷好意的眼神，只好用這個方法和她們劃清界線了。」

「喔，那你小心不要成為三板老師了。」

「什麼是三板老師？」

「那是說一般新老師沒有經驗，眼光只會上看天花板，下看地板，後看黑板，就是不敢看學生。」

「喔？我覺得我好像就是三板老師，那怎麼辦？」

「沒關係，過一陣子就好了。」蘇宜倩將彭俊德手上的紙條拿過來，一張一張的翻看，輕聲的唸著上面所寫的字：「我看這條子寫什麼……問題一，請問變數名稱LOVE和LOVER和LOVER01和LOVER001有什麼不同，各有何用途？問題二，請問變數名稱KISS和KISSER和KISS01和KISS001有什麼不同，各有何用途？這你很難回答囉，這學生還不敢具名。」

「還有這張條子……老師好，老師我和阿珠、小香、阿淡和如意好想參加比賽喲，老師你一定要派我們參加比賽喔，我們一定拿金牌拼冠軍回來，老師你要親自教我們喲！肉麻死了，這些小鬼頭。」

蘇宜倩繼續翻著紙條，笑著說：「還有這張，我好累，我已經累了，每天的電腦作業壓得我喘不過氣來，人生好痛苦啊！為什麼……為什麼會這樣？天啊！請告訴我，請不要讓我走上不歸路……。」

「什麼？什麼不歸路……」彭俊德嚇得額頭直冒冷汗。

「別被騙了，這是副社長的筆跡，什麼不歸路？她叫作小安妮，班上最皮的就是她。」

「差點讓她嚇死，我還以為她要尋短見呢。」

「這傢伙才真的最怕死了，甭提尋短見了！別管她，我們先用餐。」

餐後，彭俊德想知道有關基金會的事，便問蘇宜倩說：「這個獎助學金基金會要如何成立？可有打算要募多少錢？」

「這都還是一團亂，上學期有幾個學生家庭經濟出了問題，有些人想要辦休學，引起了校友會的注意，校友會會長去教務處查問，發現上個學期有三十多個學生休退學，有一半以上的學生是因為家庭經濟出了狀況，會長當場就罵了出來，說這事怎麼沒讓她知道，這才有人提議設立基金會，本來假設每年提供五十個名額，每人六千元，每年大約要三十萬元，可是若是這樣年年勸募三十萬元也是沒完沒了，就有老師提議一次募款五百萬，那每年定存下來的金額也有三十萬元，只是校長覺得要募一兩百萬沒有問題，要五百萬可就難了……」

「五百萬和一兩百萬是差太多了，可是每年都要去找三十萬也是很麻煩的事。」

「所以說這件事讓校長很頭疼，我兼管學校家長會和校友會的事務，校長交辦的事，我也只好盡量為她分憂解勞。」

「家長會和校友會應該有很多企業家願意捐錢吧？」

「家長會和校友會每年都會提供固定金額作為家長會基金和校友會基金運用，只是因為今年發生了幾個特殊的個案，大家才想要特別成立一個獎助學金基金會，好徹底解決這個問題，雖然有幾個人很熱心，可是想再要大家拿錢出來就比較困難了。」

「是啊，我知道貴校每年的成績優秀學生獎金、清寒獎金就需要不少錢，再要家長會和校友會慷慨解囊就比較難了。」

「學校裏三千多個學生，總會有幾個學生的家庭出現困境，學校也是一番好意，我怕這次成立基金會的行動會失敗。」

「先別那麼洩氣，時間還早，還有幾個月的時間可以運作，你個人願意捐多少錢出來？」

「我和教務主任說好了，每人一萬元，其他老師若是每人一千元到兩千元，二百個老師大約會有三十萬，校長答應捐五萬元，學校裏大概就是這樣子。」

「家長委員和校友會方面呢？」

「前幾天家長會的黃會長拍胸脯說他願意捐十萬元出來，我一聽臉都綠了。」

「十萬元也不少？是怎麼回事？」

「這種事你沒有經驗，一般來說會長捐十萬元，其他人最多就捐個七萬八萬，我本來想說會長若是捐個一百萬元，我就不必頭疼了！」

「哇，妳要會長捐一百萬出來？這不會太……太那個……」

「會長有的是錢，他上個月買一輛三百多萬的車，用的都是現金，只是他們這種人會看情況，畢竟學校只是小單位，也怪校長和我沒早向會長說明，現在會長已經開口十萬元，這是我這次最大的敗筆，我也看開了，今年多募一點，以後每年三十萬元，然後每年再募款一次。」

「這件事或許還有辦法，不必急著放棄。」

「哦？你是不是有什麼法子？」

「我暫時還沒有想到，妳先將電話號碼給我，我到時候再和妳商量，或許有辦法也說不定。」

「希望到時候有好消息。」

✦　✦　✦

晚上彭俊德在陳興國的球室練球，彭俊德和一個體育學院的桌球選手在對練，大家都管他叫鐵齒，鐵齒的技術非常好，是陳興國得意的門生，而且是現役國手，但是他今天只防守不進攻，彭俊德則是左右開弓，不管近檯遠檯都是強殺過去，鐵齒的防守非常嚴密，而且回球的時候左右放點，並不怕彭俊德的攻擊球。

一直練習到晚上九點，資工系幾個學生先行離開，彭俊德照例留下來和教練討論，譚元茂也主動留下來陪彭俊德。

「鐵齒，你評論一下大衛的球路怎麼樣？」

「他已經練得很不錯了，他每一種球路都能夠應付，可是高手比賽往往只差一兩球而已。」

陳興國點頭說道：「你先告訴大衛，你以前是怎麼練球的。」

「我從國小三年級就參加學校的桌球隊，每天練五六個小時，我們每個小學生隊員都能夠做一百個伏地挺身，練習不好還要打屁股，國中就被桌球重點學校吸收參加校隊，訓練更加嚴格，高中以後就以打區運和大型比賽為主，後來就參加亞運和世界性的比賽，我們周遭甚至有些選手經常出國受訓，你看我們所下的苦功如何呢？」

彭俊德讚嘆道：「你們一路走來真是辛苦，你們的球技確實是千錘百鍊出來的。」

「林柏瑞所受的訓練或許不如我們，但我想也不會差很多，到時候你準會有苦頭吃。」

「是呀，我在幾天前已經看過林柏瑞打球，我也曾經向教練報告過，我真的打不過他，實力有一些差距。」

在一旁的陳興國忽然問道：「實力有差距？你為什麼不甘脆放棄算了？」

彭俊德一時不知如何回答，過了一陣子才說：「我不甘心這樣子就放棄了，不努力就放棄不是我的作風。」

「哈哈，就是這樣，我也不許你放棄。」

聽到幾個人的說話，黃春華著急的問陳興國說：「教練怎麼辦？趕快想想辦法！」

「妳急什麼！要不然妳下去打，真囉唆。」

「要不然教練你來打，不然叫鐵齒下去打，一定贏的。」

彭俊德對陳興國說：「對了教練，我想在最後一個星期再加倍訓練的份量。」

鐵齒很關心的問彭俊德說：「你的身體支撐得住嗎？如果可以的話，我多找一些朋友來幫你的忙，反正只有一個禮拜，也不會太麻煩他們，何況我們以前受陳教練的照顧，現在過來幫忙也是應該的。」

「我想我的身體沒問題，最近公司也沒什麼事，正好可以多花些時間在練球上面。」

「好吧，你最後一個星期就練晚一點好了，晚上住我這兒。」陳興國看林怡珊一整晚都是靜靜的在一旁聽大家談話，便說：「珊珊妳陪大衛再練半個小時好了！」

「好呀，只是怕大衛會太累。」

「我還不累，還可以再練習半個小時，鐵齒、教練你們聊天，我和珊珊先去練球。」彭俊德轉過頭來問譚元茂說：「蛋塔你呢？」

「我有些累了，我就在這兒陪教練泡茶聊天。」

彭俊德和林怡珊就走向球桌去練球，兩人一直練習到十點才結束，回到會客室時所有的人竟然都跑光了，連桌上的茶具都收拾得乾乾淨淨。

彭俊德奇怪的問說：「怎麼都沒人，連春花和蛋塔都失蹤了。」

「是呀。」

「管他的，我猜他們一定是去買宵夜了。」

這時候黃春華和譚元茂正好從外面進來，黃春華對兩人說：「你們兩人怎麼在偷懶？我還跟教練說你們會練到十二點呢。」

「十二點？你要累死我們？」林怡珊大聲的抗議說：「你們剛才去了哪兒，我還以為你們去買宵夜請我們？還有教練怎不見了？」

黃春華回答說：「教練去別的地方泡茶，他說有一個好朋友要出錢贊助一些國小的桌球隊，一定要教練親自過去談，教練很高興的就走了，今天晚上不會回來。」

「喔？那你們剛才去了哪兒？」

「我和蛋塔上去頂樓走一走，有人在那兒種蘭花，不過晚上有點冷，我和蛋塔就下來了，你們休息多久了？」

「我們也是剛下來休息。」

林怡珊問彭俊德說：「大衛，剩下沒幾天就要比賽，你怎麼一點都不緊張？」

「我當然也會緊張，不然今天也不用多練習一個小時了，可是緊張也沒有用，我一向比較冷靜，在球場上我的綽號是冷面殺手，這還是蛋塔給我取的綽號。」

「厲害！冷面殺手，聽這綽號就知道你很酷了。」

譚元茂也點頭說：「以前和阿德打球就很傷腦筋，他打球就是那一副死板板的臉，球數輸了也不會緊張，讓人猜不透他心裏在想什麼。」

「太神了，我和春花可就不同了，我們兩個人打球的時候，球數落後了就會生氣，兩人還會罵來罵去的，如果輸了球還會哭。」

「阿德，我讓你看一樣好東西。」譚元茂說著就從球套裏拿出一隻全新的桌球拍。

「哇，超級無敵球拍，這傢伙很貴呀，你怎麼會有這個東西？還是全新的拍子？」彭俊德驚訝的撫摸著拍子。

「這是春花的球拍，今天借我練習，你拿了感覺如何？」

彭俊德覺得這拍子拿在手中感覺很好，點了點頭又問黃春華說：「春花你怎麼買得起這拍子？」

黃春華回答說：「這是珊珊的表姐送給我的，她說上次買了幾件禮服給珊珊，可是我又不需要禮服，所以就送了這球拍給我，說花了她六千多元。」

林怡珊嘟著嘴說：「是啊，我表姐最偏心了，球拍也不送給我。」

「妳表姐人最好了，那件小禮服一萬多元買的，比拍子還貴。」

「那你球拍給我好了，我的禮服給你，算我做賠本的生意。」

「哼，誰要妳的禮服，已經穿過的東西才要給人家。」

彭俊德問兩個女生說：「下個星期就開始比賽了，妳們兩個女生要不要過來加油。」

「好呀，我們一定會去加油，翹課也要去加油。」

✦　✦　✦

彭俊德期待的星期六終於來了，和謝淑華相約在百貨公司十五樓的電影廳看電影，今天謝淑華果然將頭髮洗成了直髮，領間又圍了一條小紅絲巾，彭俊德看在眼裏真是漂亮極了。

「俊德，今天人好多呀，這部電影聽說影評很不錯呢。」

「是呀，聽說男主角因為這部片子一砲而紅，成為了國際明星。」

「不過他長得還真是醜，很適合這部片子的造型。」

「我也想看看片子裏的造型能把他的假鼻子做得多長，或許二十公分吧？」

「鼻子也算公分？我看你的鼻子好小，只有一公分。」謝淑華說著還用手捏了彭俊德的鼻子。

「妳的鼻子才小呢，才零點一公分，我也要捏一下。」彭俊德也伸出手要去捏謝淑華的鼻子。

豈料謝淑華不高興的退後一步，並且說道：「你不要這樣子。」

彭俊德看謝淑華有些生氣，也不敢再靠近她，兩人就這樣子陷入了沉默，過了一會兒彭俊德看時間也差不多了，便說：「好了，現在可以進場，不過我先聲明一下。」

「什麼啊？」

「待會兒看電影，妳可不要哭得淅瀝嘩啦的，我可不理妳。」

「哼，誰會哭得淅瀝嘩啦，我才不理你呢！」

電影很精彩，雖然戲中有一些幽默的劇情，但也有很多感人的場面，尤其最後西哈諾瀕臨死亡之際，許多觀眾都受了感動，謝淑華也是深受劇情的影響。

離開電影院，兩人來到百貨公司十二樓的義大利餐廳用餐，彭俊德看到謝淑華的鼻子有一點紅紅的，便問她說：「妳剛剛哭了是不是？」

「沒啦！……」謝淑華摸了一下鼻子，也看到彭俊德的眼眶泛紅，便說：「你的眼眶怎麼紅紅的，你剛才是不是也流眼淚了？」

「沒啦，我的眼睛又沒有紅紅的……」

「還說沒有，明明就是紅紅的，你騙不了我。」

「是有一點感動啦，最後西哈諾好可憐，一個英雄人物死得好不值得。」

「我覺得羅珊才真的可憐呢，被兩個大男人騙得這麼慘……」

「她怎麼會被兩個大男人騙得很慘？」

「還說沒有？西哈諾明明深愛羅珊，卻還要幫克里斯廷去追表妹，後來知道羅珊愛的是男人的內在與才華，卻還是不敢表明心意，真是笨死了，還說什麼情聖，害死人的傢伙。」

「沒辦法，劇情就是這麼演的。」

「難道男人的承諾會比追求愛情還來得重要？」

「我想西哈諾長得實在太醜了，怕表明心意會被表妹拒絕吧？」

「這是什麼理由？被拒絕也不過一次，西哈諾連千軍萬馬都不怕了，被拒絕一次又有什麼可怕，你們男人真令人想不透。」

「對啊，碰上了愛情，連大英雄都變成了狗熊。」

「嘻，連我們俊德也都感動得流眼淚了。」
「沒啦，我哪有流眼淚？」
「哼！騙不了我，你流淚了對吧？」
「剛才有一隻蚊子飛進了我的眼睛，所以眼睛才紅紅的。」
「哈哈，又在騙人，告訴我，男生怎麼會流淚？我可沒看過男生流眼淚。」
「妳剛才不也是哭得鼻子紅紅的，真好笑。」

✦　✦　✦

桌球比賽是一系列校內運動競賽的第一個項目，全校報名大爆滿，連研究所也有很多隊伍參賽，一共報名了四十五隊，全部分成八組，各組只取兩名進入複賽，這樣就有十六隊出線第二輪，再分別進行單淘汰賽，最後只取四隊進行準決賽，比賽熱烈的程度正逐漸加溫。

分組比賽安排在第一個星期，資工系分在第三組，果然一個月的訓練有了成效，每一場比賽都是以壓倒性的比數得到勝利，周偉民、蔡克強和鄭坤男三個人幾乎包辦了每場比賽的勝利，結果連贏六場進入最後四強的比賽，當然物理系也是一樣很輕鬆的進入了四強賽，

另外數學系和外文系也辛苦的打進四強賽，但是這兩系的實力稍弱，對於資工系和物理系的威脅不大，因此私底下耳語頻傳，資工系和物理系都各派間諜刺探敵情，彷彿如臨大敵。

學校為了增加比賽的可看性，將最後四強的交叉比賽安排在第二個星期，也讓四隊選手有兩天的休息時間。

✦　✦　✦

座落在郊區有一家很雅緻的庭院咖啡屋，外觀並不起眼，但是裏面卻很寬敞，還有一處擺放了二十多張咖啡桌的庭院，也是高級消費的地方，不是內行人不知道門路。

星期六下午，謝淑華和彭俊德來到這家庭院咖啡屋，兩人選了一個小角落坐下來，不遠處有鋼琴彈奏著，今天彈奏的都是英文老歌的變奏輕音樂，氣氛感覺輕鬆又寧靜。

「淑華，妳不是說今天有事要忙嗎？」

「你不喜歡和我出來嗎？」

謝淑華笑著說：「今天本來要到老師家練小提琴，可是老師臨時有事，我無聊才找你出來玩。」

「喔？」

「這兒可以點歌，不過今天的鋼琴彈奏是以英文老歌為主，你可不要點其他的歌。」

「好吧，我正要點個歌。」彭俊德拿出放在桌上的紙筆，在上面寫了幾個字。

「你點什麼歌？」

彭俊德故意將紙條遮起來，很神氣的說：「不告訴妳。」

「哼！故作神秘！」

「寫好了。」

謝淑華忽然笑著說：「我唱一首歌給你聽好嗎？」

「好呀，可是妳怎麼會突然想要唱歌給我聽？」

「哎呀，別管那麼多嘛，我只唱給你一個人聽唷！」

「好啊，妳唱吧。」

「我唱得很小聲，你要認真的聽！」

「好。」

「我真的要唱了……」

謝淑華故作緊張，彭俊德真是有些急了，便說：「好好……」

「你注意聽清楚了。」謝淑華很小聲的唱著：「祝我生日快樂，祝我生日快樂……」

聽謝淑華唱這歌，彭俊德有些驚訝，接著又低下頭難過的說：「對不起……，我不知道今天是妳的生日。」

「別這樣子，我只是跟你開玩笑……」

「今天不是妳的生日嗎？」

「我星期二才過生日，今天是假日，所以我提前慶祝生日。」

「真是對不起，妳提前慶祝生日，我卻沒有買禮物給妳，真是罪該萬死。」

「哪有這麼嚴重，我又沒有事先跟你說，你不要在意嘛。」

「可是我還是很難過，怎麼辦才好？甘脆我現在出去買禮物。」這時候彭俊德看到服務生，便招手叫他過來，將剛才的小紙條遞給了服務生。

「你不要這樣子，過兩天再買好了，我又不急。」

「啊，我身上怎麼會有這個？不知道是什麼東西，甘脆送給你當禮物好了。」彭俊德說著就從口袋裏拿出來一個小盒子，盒子包裹著一張很漂亮包裝紙，上面還用緞帶綁了一個小蝴蝶結，十分別緻。

謝淑華覺得今天彭俊德有些怪怪的，又不知道怪在哪兒，不高興的問說：「這是什麼東西？你怎麼剛好身上帶著禮物？」

「妳拆開看看嘛！」

謝淑華將包裝紙撕掉，裏面有一個非常精緻的小禮盒，再打開禮盒一看，裏面是一條粉紅色的金鍊，尾端還扣接著一件水晶飾物，謝淑華十分識貨，一看這精緻的手工便知道不是尋常的玻璃飾品，又仔細的瞧了一下，驚訝的說：「哇！這是巴黎蒂洛夫水晶，好漂亮！」

謝淑華再細看那兔子造型的水晶，這蒂洛夫水晶在燈光下晶晶閃閃，十分耀眼，謝淑華不禁讚道：「好可愛的小兔子呵……」

欣賞了一會兒，謝淑華抬頭看到彭俊德正托腮微笑的瞧著自己，便冷冷的對彭俊德說：「你早就知道我的生日到了，是不是？」

看謝淑華不高興，彭俊德生怕說錯了話，結結巴巴的說：「我……」

這時候鋼琴檯上傳來彈奏者的聲音：「今天本店裏有一位美麗的壽星，非常恭喜謝淑華小姐，我們在這兒一起祝謝小姐生日快樂！」

鋼琴檯上的歌者邊彈奏邊演唱：「祝妳生日快樂，祝妳生日快樂……」

現場的客人也紛紛鼓掌。

看彭俊德這麼重視自己的生日，謝淑華眼角閃著淚光說：「我生氣了，你不要看我，你眼睛閉起來。」

彭俊德不敢違拗她的意思，便將眼睛閉了起來，接著感覺到謝淑華親吻了自己的頰邊。

彭俊德驚得張開眼看了謝淑華，只見謝淑華雙頰泛紅，低著頭說：「謝謝你，這是我最快樂的生日禮物。」

「哪裏，只要妳高興就好了。」

「你怎麼會知道我的生日？」

「我記得妳的星座是牡羊座，我想妳的生日應該也快到了，就請我的同學蛋塔幫忙調查，妳可不要生我的氣。」

「你幫我慶祝生日，我不會生你的氣……，你說的蛋塔就是桌球打得很好的那一個同學是不是？」

「是啊，我們資工系已經打入四強賽了，星期一開始就要進行最後的決賽。」

「你們好強啊，不知道我們外文系現在怎麼樣了？我比較不注意這些運動比賽的訊息，聽說我們去年是冠軍呢。」

「可是外文系去年的選手畢業了好幾個，今年都是一些年輕的選手參加，聽說他們想要拚第三名。」

「下星期我去幫你們加油好嗎？」

「好呀，那我也去幫妳們外文系加油！」

「好喔，讓兩隊都拿冠軍。」

「哪有兩隊都拿冠軍的？」

謝淑華開玩笑的說：「好吧，那你讓我們外文系拿冠軍。」

「好呀，妳再親我一下，我就讓妳們外文系拿冠軍。」

聽彭俊德說話隨便，謝淑華馬上扳起臉孔來說：「你不要再說這種話，我不喜歡。」

「好啦！對不起，我不開妳玩笑了。」

兩人一陣沉默，過了一會兒謝淑華又問說：「參加最後決賽的是哪四個隊？」

「是資工系、物理系、外文系和數學系，我們星期一和妳們外文系比賽，星期二和數學系比賽。」

「星期一我有空，我一定為你加油。」

「好呀，不見不散。」

「好，不去的是小狗。」

✦　✦　✦

星期一開始的桌球四強決賽果然熱鬧，四隊分別安排了啦啦隊加油，另外有許多外系的學生也來湊熱鬧。先上場的是物理系和數學系的比賽，資工系的選手也在一旁觀戰，彭俊德和譚元茂想要看林柏瑞和趙榮弘出賽。

謝淑華也到場為彭俊德加油，只見她一身白色的名牌運動休閒服，還戴了一頂網球帽，彭俊德也真佩服謝淑華的穿著還真能唬人，不知道的人還以為哪兒來了這麼漂亮的運動健將。

因為比賽還沒開始，彭俊德為謝淑華和譚元茂做了介紹，謝淑華顯得落落大方。

「嗨，蛋塔你好，久聞大名，我聽俊德說你是資工系的主將，冠軍全靠你了。」

「我沒有那麼厲害，謝小姐打球嗎？」

「你叫我淑華就好了，我不會打球，不過我會加油。」

這時候彭俊德聽到身後黃春華的聲音，黃春華故意大聲的說：「嗨，大衛帶女朋友來了，怎麼也不介紹一下？」原來黃春華和林怡珊不知道什麼時候已經來到體育館觀戰。

黃春華主動向謝淑華打招呼說：「嗨，謝小姐嗎？妳好，我叫黃春華，大家都叫我春花，我和大家都很熟，我們是球友。」

謝淑華也微笑著擺擺手說：「妳好，我叫謝淑華，妳也叫我淑花好了。」

「哈哈……」本來對謝淑華懷有敵意的黃春華，看到謝淑華這樣幽默又大方，也不禁對她起了好感，又接著說：「這個是我的死黨，她叫作林怡珊，妳叫她珊珊好了。」

「嗨！珊珊妳好。」

「妳好，妳也來看球？」

「我看不太懂桌球，但是我會加油。」

「妳今天替誰加油？」

「我今天替俊德加油，妳不要說出去，我會被我們系的人罵死的。」

黃春華對謝淑華說：「哦？誰敢罵妳我就扁死他！」

「那妳又替誰加油？」

「我……嗯，我替蛋塔加油。」

林怡珊在旁邊插嘴說：「蛋塔又不是妳男朋友，幹嘛替他加油？」

「誰說不是男朋友就不能加油了？淑華替俊德加油，蛋塔又沒有人替他加油，那他豈不是太可憐了。」

「算了，反正他們還要一個小時才比賽，我們先到別處玩，我帶妳們到校園逛逛！」謝淑華拉著黃春華和林怡珊的手就往校園走去。

「好耶，我還是第一次來這兒！」黃春華興奮的說著，三人有說有笑的離開了。

過了一會兒，班上的小美女葉怡伶過來坐在彭俊德的旁邊，「阿德，聽說女朋友也來了？是來加油的嗎？」

「是啊，怎麼了？」

「哎呀，真是感人，外文系的大美女趕來為我們阿德加油，看來下一場跟外文系的比賽一定是……輸慘了。」

「哈哈，妳猜對了，我一定輸給外文系，怎麼樣？」

「唉，英雄難過美人關……」

譚元茂笑著對葉怡伶說：「小美女，要不然妳也去迷惑外文系的選手，叫他們也輸給我們！」

「算了吧，本姑娘沒這個本事，阿德你說，本小美女和你的謝淑華比起來，誰比較漂亮？」

「那……當然是妳漂亮了！」

「對呀，妳的背影比較漂亮……」譚元茂在一旁說著風涼話。

葉怡伶怒視著譚元茂說：「蛋塔，我和阿德在說話，你少在一邊插嘴。」

彭俊德不知道葉怡伶的來意，便問說：「小美女，妳有什麼話就直說好了，拐彎抹角的話我聽不懂。」

「也沒什麼，我聽說你和外文系的美女在交往，本來以為只是謠言，今天總算眼見為憑了，只是怎麼也想不到，你一向木訥又沒有女人緣，怎麼會那麼厲害交了這麼漂亮的女朋友。」

「我想這只是緣份吧？」

「好吧，我也沒別的事，我只是來告訴你們，我們班上的女生全部都來替你們加油了，最後三場比賽我們全部都會到場，你們可不要漏氣了！」葉怡伶指著後面幾排女生，彭俊德看班上十個女生真的都到齊了，彭俊德和譚元茂便站起來向她們招手。

彭俊德很感動的對葉怡伶說：「小美女，我真的很感謝大家，我只怕表現不好，讓大家失望。」

葉怡伶開玩笑的說：「嘻，你們拿冠軍是最好了，如果拿第二名也沒關係，我們還要去看理事長裸奔呢！」

聽了這話，彭俊德和譚元茂都驚訝的問說：「妳怎麼會知道這件事情？」

「是系主任自己講出來的，他還誇口說我們系今年穩拿冠軍，不然理事長和五名選手都要去裸奔，後來還是理事長去向系主任解釋說一切後果由他自己承擔，裸奔只有他一個人去。」

譚元茂嘆了一口氣說道：「理事長還挺夠意思的，不過看來他想要半夜三點去裸奔也不成了？」

「哼，想得美，我們都預備好了，他想要半夜三點去裸奔也成，但是我保證至少有一百個人會去拍照存證，哈哈。」

資工系已經二比一領先外文系了，現在是譚元茂和外文系二年級的一個選手在比賽，彭俊德看譚元茂的實力可以贏得比賽，所以看得不是很有興趣，反倒是林怡珊和黃春華全神灌注在觀賞比賽，遇上緊張的時候還會尖叫嘶吼，比彭俊德班上的女生還要投入。

謝淑華在旁邊看得無趣，還好有彭俊德陪著聊天。

「俊德，你這幾個朋友都很有趣，每一個都是桌球高手。」

「對呀，所謂物以類聚，說得還真不錯，你有沒有興趣？改天也來玩玩，其他的運動像籃球、排球我都會一點。」

「算了吧，我沒這個本事，我最怕運動了，還流得滿身汗。」

「有空運動一下也好，這樣身體才健康，而且現在全世界也正流行健康美，皮膚要晒得黑黑的才流行不是嗎？」

「你說得對，可是我還是怕運動怕流汗，或許有一天我想運動了再找你教我。」

「不要太晚了，等到我七老八十跑不動了，還怎麼教妳？」

「好啦，對了……俊德，我明天就不來看你打球了，明天晚上七點，我在鐘樓下面等你。」

「好呀，我明天準時到，妳有什麼事嗎？」

「也沒什麼啦，只是想找你逛逛街。」

「好啦，說好了準時七點，不可以黃牛。」

「好！不見不散，失約的是小狗。」

「失約的是臭小狗。」

✦　✦　✦

星期二晚上謝淑華竟然失約了，彭俊德越等越是著急，一直等到晚上九點半才跑回宿舍打電話給謝淑華，一直到十點整彭俊德已經撥了十幾通電話，仍然沒有人接聽。

譚元茂、丁慶澤和林家星看彭俊德那副衣衫不整、滿頭亂髮的焦急模樣，也覺得不忍心。

林家星安慰著彭俊德說：「阿德，她大概臨時有事吧，不然也不會沒人接聽電話。」

「我在想要不要再打給她？我怕現在有點晚了。」

「現在是很晚了，不要再打電話了。」

「我想也是……」彭俊德很失望的放下電話。

「謝淑華又不是三歲小孩子，她不會弄丟的，放心好了。」

「話是這麼說沒錯，可是我還是很擔心。」

譚元茂也說：「別擔心，我蛋塔被放鴿子的情形可多了，說不定你明天又會看到你的大美女。」

「謝謝你的安慰，唉……」

「看她明天上些什麼課，直接到她教室找她去。」

「我知道她明天早上有課，可是又不知道她上些什麼課程？也不知道在哪一間教室上課？」

「這事情簡單，我蛋塔只要撥幾個電話，馬上就知道了。」

彭俊德焦急的說：「真的？拜託拜託！」

看彭俊德那麼急切，譚元茂搖搖頭嘆了一口氣說：「我可真是勞碌命呀……」

譚元茂說著就拿出自己的電話號碼簿撥了幾通電話，彭俊德在一旁焦急的等待。

過了一會兒，譚元茂有了好消息，「謝淑華明天早上有四節課，下午沒課，早上八點是『莎士比亞悲劇』在文五〇一教室，十點是『英詩選讀』在英研討室三。」

✦ ✦ ✦

彭俊德今天為了找謝淑華第一節就翹課了，早上在文五〇一教室外面等了一個小時，下課時間問了謝淑華班上的同學，才確定她今天沒來上課，彭俊德十點又跑到英研討室三去找，最後還是失望而回。

一直到了晚上，四個人在宿舍休息，彭俊德還是一副失魂落魄的樣子，看著彭俊德頹喪的模樣，大伙兒也都替他難過。

「阿德！你的電話！是她！」丁慶澤緊張的放大嗓門。

「喂……」彭俊德緊張的拿起電話。

「喂？俊德嗎？」電話中傳來謝淑華的聲音。

「是啊，淑華，妳……妳昨天去了哪兒，我好擔心！今天到妳教室又沒看到妳……」

「我昨天和我媽咪去桃園國際機場，我姐姐從美國回來了，我們昨天很晚才回到家，今天早上的課也沒法上……，這次她們說要玩一個月才回去，我小姪女也回來了。」

「我擔心死了。」

「真對不起……」

「沒關係，知道妳沒事就好。」

「我這幾天要陪我姐，可能比較沒空，我再打電話給你好嗎？」

「好。」

「就這麼說定了，拜拜！」

「拜拜！」彭俊德說完，整個人竟然虛脫得坐了下來。

林家星關心的問說：「阿德，你沒事吧？」

「沒事，淑華說她的姐姐從美國回來了，要陪她幾天，昨天是去機場接機。」

「嗨，嚇死人了。」

譚元茂也說：「怎麼……擔心了老半天，怎麼就說這麼兩句話？也不用半分鐘就講完了？」

「不好意思，讓你們為我擔心了。」

丁慶澤也生氣的說：「后！這種事別常來，看你昨天的樣子我還以為你中邪了，蛋塔還不是常常失戀，哪有像你這樣子的。」

「不好意思。」

「還好今天下午對數學系的比賽不需要你上場，偉民、克強和蛋塔先拿下三點，不然像你這樣子怎麼下場打？」

「對不起，下次改進。」

第五章 詩情畫意

終於到了最後四強決賽的時刻，外文系和數學系的比賽終於結束，兩隊因為實力相當，每一點都是拼了全力而以些微的比數分出勝負，最後外文系終於以三比二辛苦贏得第三名。

資工系和物理系的冠亞軍決賽也在第一點就出現高潮，去年資工系的常敗軍周偉民有如猛虎出閘，前面的比賽不但沒有輸過半場，而且和物理系第一點的比賽就連連得分。

物理系排第一點的大四生去年就參加過比賽，本來很看不起周偉民的球技，沒想到周偉民在一年之間就有那麼大的轉變，物理系的選手頻頻被周偉民殺球搶攻得分，最後直落三輸了球。

可是接下來的兩點卻都被物理系拿了去，雖然蔡克強和鄭坤男也是拼力搶攻，可是技不如人，最後還是輸了球。

彭俊德、譚元茂和陳孟勳等資工系的學生看到這種情況，心裏不禁都涼了半截，譚元茂心想死馬當作活馬醫，第四點的比賽反而放鬆了心情，而且一個月的戒煙和集訓也有了成效，兩人都卯足全力搶分，最後譚元茂終於報了一箭之仇，以三比一打敗趙榮弘。

所有的比賽結果正如資工系的學生先前所預測的一般，最後的勝負還是決定在彭俊德和林柏瑞的比賽，這時候物理系的啦啦隊卯足全力大聲的吆喝著，而資工系的聲勢就弱多了，在幾次加油聲得不到迴響以後，啦啦隊索性也不再加油，只在一旁觀戰。

彭俊德和林柏瑞兩人的實力果然在一般選手之上，兩人一交手便使出全力，不論是發球、切球、回球、殺球都是一流的動作，任何人只要稍有閃失，就會受到對手無情的攻擊，可是彭俊德的攻擊似乎比較凌厲，就這樣子彭俊德驚險的贏了第一局。

第二局也是相同的打法，每個人都看得出來兩個人的實力差不多，球數差距只在一兩球之間，果然第二局林柏瑞奮力一博，以十五比十三贏了第二局。

第二局結束暫時休息，彭俊德正奇怪第一局還很順手，怎麼第二局卻打得十分彆扭，很多球該進不進，而林柏瑞一直猛攻自己的左邊，這正是自己的弱點。

這時候陳孟勳走了過來，拿一張紙巾擦了彭俊德的嘴唇，上面滿是鮮血，原來彭俊德剛才打球太過入神，竟然咬破自己的嘴唇，陳孟勳很憂心的說：「阿德，你怎麼會打成十五比十三？你輸得可惜，系主任看不下去就先走了。」

「林柏瑞上一局好像看出我的弱點，讓我發揮不出來。」

「剛才偉民說有兩個人在休息時間指導他，不過我不認識。」

「有人在指導他？物理系就是他的實力最強了，還有誰夠資格來指導他？」

「我也不知道，唉……我完蛋了。」

「要害你裸奔，真不好意思。」

「裸奔是小事，不過是脫光褲子跑一圈操場，但是差冠軍只有一步了，我真的很不甘心。」

「你也看到了，林柏瑞那傢伙的球技真不是蓋的，難怪他們會嗆聲說要讓我們難看。」

「我也無話可說了。」

彭俊德突然想到一件事情，便對陳孟勳說：「理事長，如果我為你打下林柏瑞，送你一個冠軍杯，你怎麼感謝我？」

「你……」陳孟勳露出一絲苦笑說：「你別開玩笑了？」

「這時候誰跟你開玩笑。」

「好吧，如果你幫系裏打到冠軍，什麼事隨便你開口，我沒第二句話說。」

「那就這樣，如果我打贏他，你和我一人一半總共拿出五萬元給陳教練，他最近在找金主贊助一些國小桌球隊。」

「好，我拍胸脯保證，不用你出半毛錢，如果你打贏了，明天我立刻叫我老爸開一張五萬元的支票，如果真的贏了冠軍杯，這張支票絕對值得。」

「很好，就這樣，我一定拼了命打。」

「阿德，我不要你拼命打，你今天怎麼會那麼緊張？還咬破了自己的嘴唇，你一向不是這種拼命三郎型的選手，你的特點是冷靜和理智，你是冷面殺手……休息時間結束了，你加油！」

陳孟勳一語驚醒夢中人，彭俊德嚇出了一身冷汗，心想：「是呀，今天太過緊張，這樣不行，要放開來和他打。」

彭俊德用力的彈跳了幾下，只覺得全身體力充沛肌肉靈活，正是在體能最佳的狀況，於是對著自己說：「好吧，對手沒有弱點，就用我的強項來打他。」

林柏瑞也覺得彭俊德球路彪悍，實力和自己差不多，前一局實在贏得幸運，也想用全力盡早結束比賽。

第三局彭俊德先發球，心裏想著：「一定要搶分才行，先騙你幾球。」

彭俊德先發了個很短的安全球，可以讓對手沒有辦法立刻展開攻擊，林柏瑞也回了對角的短球，但是彭俊德不管三七二十一就用右手抽球將球給打到了後檯，林柏瑞來不及反應就這樣連失了兩球。

第三球彭俊德也如法泡製，但是這次林柏瑞卻將球斜切到彭俊德的左檯，但是彭俊德早先一步退到了左邊，不用左板反拍，卻用右板將球殺了過去，腳步快得驚人，殺球的力道也很大。

林柏瑞本來以為彭俊德為了救球，會以安全球的方式將球打回來，沒想到這球竟然直殺到自己後檯，再想接也接不住了。

「不能再騙他，再這樣子自己會吃虧。」這次彭俊德只是輕輕的發了個旋球，林柏瑞又用他一貫精準的切球回了過來，球又直又會飄，彭俊德就照陳興國在球室所教的方式將球抽了回去，就這樣兩人的比賽和前一局不太一樣，彭俊德已經將來往的球掌控住了，論切球彭俊德不是林柏瑞的對手，可是不管林柏瑞如何將球切過來，彭俊德總是能用抽球或是殺球將球控制住。

兩人就這樣一來一往的擊球，這場比賽情勢再度逆轉，第三局彭俊德就以十五比十一贏球。

這時候的資工系的學生全部都站了起來，彭俊德班上的同學更是歇斯底里般瘋狂的叫著，啦啦隊的喇叭、大鼓都拿出來大鳴大放。

第四局開始，彭俊德更是得心應手，抽拉球更具威力，心想再贏這一局就可以結束比賽，因此一下子就打到六比零，可是物理系在這時候叫了暫停。

彭俊德利用暫停時間擦拭汗水，再看物理系那邊有兩個人站在林柏瑞的身邊比手畫腳，顯然正在教導林柏瑞，其中一個中年人全身黝黑，身穿教練的衣服，彭俊德並不認識，心想自己已經領先林柏瑞六分，對方叫暫停也於事無補，這場比賽應該可以贏球才對。

暫停一分鐘很快就過去了，兩人繼續比賽，可是經過一番調教的林柏瑞宛如大夢初醒般朝著彭俊德桌檯的四個角打，有時切球有時殺球，彭俊德一時亂了手腳，正想看清楚林柏瑞的打法時，比賽已經結束，十五比十，彭俊德輸得十分嘔氣，休息之後林柏瑞攻進十五球，而彭俊德只吃了四球。

最後一局兩個人的攻勢更是凌厲，不論接發球都是盡全力咬牙力拼，為了迷惑對方，兩人分別以各種不同的方式發球，不論是誰都不敢掉以輕心，但是好運似乎向著林柏瑞，兩人一下子就打到了十比四，彭俊德淨輸六球，這時候資工系也叫了暫停。

林怡珊走了過來，後面還跟了鐵齒，林怡珊小聲的對彭俊德說：「大衛，我早上看到桃園的張教練過來，另一個比較年輕的可能是林柏瑞的師兄，所以我也打了電話請教練過來幫忙。」

鐵齒接著說：「教練來了好一會，他都快被你氣死了，他要你專攻林柏瑞的左邊後檯。」

彭俊德這才明白原來剛才指導林柏瑞的人就是桃園的張教練，這才知道這幾局林柏瑞一直都有高人指點，難怪球路、戰術一直在變。

鐵齒又說：「教練說千萬不要和他玩短球，你不是他的對手。」

「好。」

「你要注意林柏瑞的左板切球，是他的最大武器，他的右手板很呆板，變化不多，你的右板比他強，他的左板比你強……」

彭俊德注意聽鐵齒的說明，並且頻頻點頭，沒多久裁判吹哨表示要繼續比賽。

接著還是由彭俊德發球，彭俊德默默跟自己說：「就聽教練的話，大家走著瞧。」於是用力切球到林柏瑞檯面的左後角，林柏瑞慌得後退半步，切了一個短球到彭俊德的球檯，可是這球不具威脅性也有點偏高，彭俊德看準了用左板橫掃到對角的球檯去，得到寶貴的一分，就這樣彭俊德抓到林柏瑞的弱點而不斷的吃分，兩人在這一局竟然一路打到丟士。

丟士由林柏瑞先發球，他也在煩惱如何發這個球，五六種拿手的發球都用盡了，可是都不能威脅到彭俊德，只好發了個左旋的短球，彭俊德看出這球不能殺過去，只好用精準放點的方式將球切到極近桌角的後檯，林柏瑞後退一步扭身殺球，彭俊德看準了這球可以控制，便按照鐵齒所說的將球又打到了林柏瑞左後檯去，這個角度林柏瑞不敢殺球，只好將球遠遠的切到彭俊德的後檯，這個球彭俊德雖然可以殺球，但是球的路線長，所以林柏瑞也容易防守，但是一來一往三四次之後林柏瑞竟打了個偏左的球，彭俊德也不客氣的用左板殺球，林柏瑞急向左邊衝過去接球，但是終究慢了一步，只能眼睜睜的看著球落地失分。

接著換彭俊德發球，彭俊德心想：「不能和你耗下去，不讓你有翻身的機會。」於是用力將球切到林柏瑞的右後檯。這個球林柏瑞還是不敢用抽球，於是切了個長旋球到彭俊德球檯的另一側，彭俊德看準了還是將球抽到同一個地方，林柏瑞還是不敢打這球，便將球再切到了彭俊德的左側，可是這球的速度卻嫌慢了些，彭俊德的腳步很快，一個箭步跳到了左邊，再狠狠的殺了下去，林柏瑞只好勉力搶上一步將球救回來，可是這已經變成高吊球，彭俊德再往左前檯強力的抽球，林柏瑞退後一步想要將球救回來，終於不慎掛網而失了這球。

資工系就因為這最寶貴的一分而贏得最後的勝利，彭俊德高興的跳了起來，旁邊觀眾席上的學生也瘋狂的叫著。

資工系學生全部都圍了過來，一兩百個觀戰的學生將彭俊德圍了起來，幾個男生將彭俊德高高的舉起來，並且瘋狂的嘶吼著：「贏了，贏了！」

陳孟勳一聲令下，大家將彭俊德抬到游泳池，十幾個男生將彭俊德丟了下去，彭俊德才剛剛浮出水面就看到譚元茂、蔡克強、鄭坤男、周偉民幾個人也分別被丟了下來。

剛從水裏冒出頭的譚元茂指著陳孟勳說：「把理事長也抓下來。」

就這樣子陳孟勳也被丟了下來，接著又有十幾個男生脫掉衣服也跳下了游泳池。

✦ ✦ ✦

晚上，陳孟勳特別在學校附近的川菜館擺了一桌酒席犒賞選手並且權充慶功宴，系主任也到場慶賀，陳興國教練也被邀請，但是因為有事不能過來。

席上陳孟勳正好坐在彭俊德的旁邊，很高興的對彭俊德說：「阿德，不好意思，今天免費幫你洗澡。」

系主任也高興的拿起酒杯對著彭俊德說：「阿德，你今天給系主任爭面子，主任敬你一杯。」

彭俊德拿起面前的果汁說：「不好意思，應該是我敬主任才對，不過我不會喝酒，主任不要見怪。」

「你都二十多歲了吧？怎麼還不會喝酒呢？喝酒也不是壞事，陪主任喝一杯吧！」

「是。」

「怎麼還有兩位美女？我可沒見過。」

黃春華笑著說：「主任好，我們和系上的幾位選手是球友，大家一起練球，今天我們來加油的時候有看到主任。」

「球友？真是太好了，改天我們一起切磋切磋吧。」

「主任是留美博士，我們怎麼會是你的對手，我們不敢和你打。」

「這和留美博士有什麼關係？我也喜歡打桌球，改天我還要找校長辦個校內教師桌球比賽。」

彭俊德在旁邊說：「主任，這兩個是打遍天下無敵手，你可要小心一點。」

系主任驚訝的說：「打遍天下無敵手！真是失敬了，改天一定要請教，我看也不要改天，我們吃完飯後就去打球。」

黃春華瞪了彭俊德一眼，又笑著對系主任說：「主任不要取笑我們，留美博士要讓我們五球才可以，不然我們會輸得太難看。」

「不行，妳們是打遍天下無敵手，要讓我五球才行。」

「不行，您是主任，不可以和我們女生計較……」

席上陳孟勳趁著空檔很神秘的問彭俊德說：「阿德，今天晚上有空嗎？」

「我打電話給陳教練了，我說晚上要到他那兒泡茶聊天。」

「太好了，那你就替我謝謝他，這次都是承蒙他大力幫忙。」

彭俊德還記得有重要的事，便說：「那沒問題……對了，理事長，那五萬元支票真的要開嗎？」

陳孟勳很爽快的說：「一句話，我絕不食言。」

「能不能幫個忙，五萬元的支票改成四萬加一萬。」

「你這是什麼意思？我不懂。」

「我知道你一諾千金，五萬元肯定是有的，只是我在上課的女校下個月要為一個清寒學生獎助學金基金會募款，所以我就算到了你頭上，那五萬元撥出一萬元給我應用，你看如何？」

「怎麼算到我頭上了，你就不用出錢了嗎？」

「我也出一萬元，這樣可以了嗎？」

「你也出一萬？這還像個人話……好吧，明天我就叫我老爸簽四萬元和一萬元的支票各一張，讓我那小氣鬼老爸做做善事，讓他積點陰德，這也是好事一件。」

彭俊德想到自己還有另外一件煩惱的事情，支支唔唔的說：「嗯……理事長，我最近在煩惱一件事，不過……我看……我想你也幫不了這個忙。」

「什麼事那麼神秘？說出來聽聽，說不定我幫得上忙，我做不到的事情還真的不多。」

「是這樣子，我最近在寫詩，可是又寫得不好，你有沒有法子幫幫我？」

「你……你在寫詩……，你神經病呀？」

✦　✦　✦

星期日晚上彭俊德拿出林家星給他的講義努力研究著，另一邊林家星也正在看書，丁慶澤和譚元茂則不知去了哪兒。

「后！這是什麼東西？什麼平聲為平，上去入為仄，國語一二音為平聲，三四音為仄聲，平仄平平仄、平平仄仄平、仄平平仄仄、平仄仄平平。」彭俊德一臉像苦瓜，兩個眉頭都皺在一起，拿著幾張紙對著林家星說：「阿星，你乾脆一刀殺死我算了，我研究了一個多星期還沒弄懂它。」

「得了便宜還賣乖，我是看在你請我和阿娟吃牛排的份上才給你這五張講義，我整理了好幾天才有這個資料，下次誰再跟我要，沒一萬元我可不給。」

林家星看彭俊德痛苦的樣子，心裏很是得意，嘴裏還不忘損他幾句，接著又說：「音韻、美詞、心境種種難於表達的美好事物，你想要一個星期就學起來？你是神仙嗎？自己不認真還怪別人，算我多事，我跟你抱歉，下不為例。」林家星說著就要將彭俊德手中的資料搶回來。

彭俊德嚇了一跳，趕忙將五張資料折好塞在衣服裏面，這才對林家星說：「我不是怪你，我是真的很感謝你，可是這東西實在太難了，難怪史教授說每個學程都是學問，唉，若是電腦就簡單多了。」

「哈哈！你不是想要學西哈諾嗎？月下窗前吟詩作詞，人家西哈諾可不像你作一首詩好像在吃毒藥一樣，告訴我你作了幾首？新詩唐詩宋詞七言五言絕句律詩都可以！」

「什麼幾首，我連一個字都還沒擠出來呢，你再不幫我忙的話，我可要自殺了。」

「你要自殺？你學習日本作家三島由紀夫也不錯呀，不過切腹你肯定不行，你可以跳樓，這裏是三樓不夠高，你要到頂樓跳才行，也算是千古風流人物，很好！」

「阿星你再幫我一次忙，改天我再請你和阿娟吃飯。」

「不用了，吃飯是簡單的事，我請你就好了。」

「我們寢室四個人就只有你能幫我了，拜託拜託。」

「唉！我可真不知道謝淑華是誰的女朋友，人家出題目要你寫詩，還要我這個老哥幫忙，朋友妻不可戲，我可不太敢做這件事情。」

「阿星我又不是要你幫我寫詩，我只是要你就這講義的內容教教我，不然我根本就看不懂，另外幫我起個頭，還是給我一點提示，這樣子就感激不盡了。」

「你以為一兩句話就可以幫你起個頭，還要給你提示？真累！坐下來談吧。」

「太謝謝你了！」

「這講義可是我心血的結晶，沒事別給旁人看，說不定哪天我發表論文還要用到，我先告訴你一些大原則，另外一些嚕哩叭唆的小細節諒你一輩子也學不會，先和你談平仄吧。」

「好，先談平仄。」

「大家都知道國語有四聲，可是又不太符合平上去入的發聲，若是用河洛語也就是閩南語來發音就清楚多了，其它的客語粵語可就更豐富了，但也更難。」

「是。」

「河洛語平上去入的發音在作詩詞的時候很容易分辨，分別是上平上上上去上入、下平下上下去下入共八個音，但第二六音相同，所以事實上只有七個音，例如『君滾棍骨、拳滾郡滑』，這八個字你發音看看。」林家星將八個字寫下來交給彭俊德。

「君滾棍骨、拳滾郡滑。」彭俊德將八個字很仔細的唸了一遍。

「好，這就是了，君是上平聲拳是下平聲，兩個字都是平聲，唸的時候會拉長有餘韻，適合作詩詞的收尾，所以……」

就這樣子兩個人在宿舍裏討論起來，一個認真學一個認真教，如此過了一個多小時。

「……阿星你剛才說的都很有條理，可是這樣限制的話，那寫詩填詞不是很難了嗎？寫新詩不就容易多了？」

「那要看是由什麼角度來看，我舉一個例子，現在有兩個人要你幫他們各組裝一台電腦，甲說你隨便幫他組裝一台，乙說要一台美工用的電腦，速度要快，週邊要齊全，我問你哪一個人給你的題目比較簡單？」

「嗯……乙的要求比較簡單，他對所要求的功能做了限制與方向，我很容易就可以組裝一台讓他滿意的電腦，甲說得太籠統了，我會很傷腦筋。」

「所以雖然有這些限制，熟悉了也就不會覺得麻煩，何況以前的宋詞還可以入調吟唱，沒有這些限制是不行的。」

「你雖然說得輕鬆，我可能要一段時間來消化。」

「不用消化了，我現在就亮出一個法寶，我先出一個題目給你。」林家星說著就從抽屜拿出一張淡黃色的信紙，上面用彩色筆畫了一些手工漫畫稿，上面畫著一個很可愛的小女生，還點綴了一些星星和花卉，也用藍色筆畫了幾條細橫線。

「這是什麼東西？」

林家星笑著說：「你來猜猜看。」

「啊……是阿娟和你專用的信紙，女生是阿娟，星星是你，橫線條是寫信用的。」

林家星指著信紙上一處空白說道：「你猜得沒錯，你看看在這兒加幾個字如何？」

「是啊，這兒有些空，加些字會更好。」

「你幫我想想，寫些什麼字好，要有詩情畫意的。」

「哇！你這題目可就難了，你也太有情調了吧？」

「你不是要我給你起個頭嗎？你試試看，你先用一些形容詞來說說阿娟吧。」

彭俊德看林家星不是在開玩笑，想了一下便說：「阿娟？娟娟如也，美女一個，女人是水做的，阿娟是阿星的老婆……我這麼說你不生氣吧？」

林家星頻頻點頭稱是，「不生氣，可是你才說了四五句，再想十句吧？」

想不到剛才胡謅幾句，林家星竟然當真，彭俊德便繼續說：「十句？好吧我想……嗯，娟秀、美女佳人、十八姑娘一朵花，關關雎鳩，在河之洲，窈窕淑女，君子好逑，窈窕阿娟、阿星好逑，蒹葭蒼蒼、白露為霜、所謂伊人、在水一方，大江東去，自是人生長恨水長東……」彭俊德隨便亂說一通，看林家星的臉色倒沒有不高興的樣子。

「很好，詩經、宋詞，就連李後主的詩詞你也背了一些，這就比較好教了。」

「接下來怎麼辦？」

「好，我先試試看，你說了好幾個水，那就用流水加上阿娟……」林家星略加思考便在紙上寫了五個字，「流水娟娟靜」

「這娟娟和流水好像搭不上線，既是流水倒不如用涓涓，涓是說細水流動的樣子，比較適合。」彭俊德邊說邊在林家星所寫的五個字上修改。

林家星將最後一個字也改成了「淨」又自己讚道：「很好，這就是我的本意，讓你看出來了，就是流水涓涓淨。」

「這個厲害！五個字都是水偏旁，有些隱喻，表面上看不出是在說阿娟。」

「好，我再加上五個字……。」林家星又在後面加上五個字，一共是十個字，「流水涓涓淨，輕煙嬝嬝然」

「很不錯，不過不像是詩，雖然是五個字一句……」

「別管這個，今天只是給你一個題目，你也不要想是不是絕句律詩，就想著在這信紙上加字，文雅一點就可以了，你試試後面再加上兩句，一共二十個字，這樣就差不多了。」

「再加十個字？這可能有點難了，我要想一陣子。」

「後兩句我也還沒有想到，我們各想各的，明天拿自己的答案出來比較一下，看大家寫得如何。」

這時候譚元茂和丁慶澤從外面回來，譚元茂一進門就不停的罵著：「這個三八婆！」

彭俊德不解的問道：「怎麼了？你在罵誰？」

「我在罵小美女那個臭三八。」

「發生什麼事了？」

丁慶澤很尷尬的拿出一疊照片給彭俊德看，還說：「這是前幾天晚上你們理事長他們一票人裸奔的照片，剛才你們班上女生拿給蛋塔的，說要給蛋塔留作紀念。」

原來在桌球比賽最後一天晚上，陳孟勳故意放出風聲說拿到冠軍不用裸奔了，暗地裏卻又約了幾個資工系學生會的幹部，還邀了桌球選手說好晚上兩點集體裸奔，可是事機不密，十幾個資工系學生脫光衣服在操場跑了不到半圈，就有一票女生從暗處跑出來拍照，嚇得那些資工系的學生拿了衣服一哄而散，這件事情彭俊德也聽說了，不過自己還是第一次看到他們裸奔的照片。

彭俊德記得那一天自己到陳興國的球室陪教練聊天，事後聽說其他四個選手都有到操場去，看來譚元茂可能也被偷拍了，彭俊德忍著不敢笑出來，只是翻了照片瞧著，在最後幾張照片裏，彭俊德發現譚元茂赫然在列，而且又是全裸的獨照，更奇怪的是影像十分清楚，彭俊德不禁問說：「蛋塔，這怎麼可能？我們操場晚上雖然有燈光，但是亮度不足，就是用閃光燈也要四公尺內才有效，我也聽說那天十幾個女生拍的照片全部失敗了，可是這些照片都很清楚。」

譚元茂對於攝影比較內行，這時候咬著牙很生氣的說：「這是小美女用一千六百度的底片拍的，可以在晚上拍照，而且他用了高倍的長鏡頭躲在樹底下偷拍，我們一票人都不知道。」

「小美女那個窮光蛋哪來的照像機？還有長鏡頭？」

「我就一直懷疑她，她一個多星期前來跟我借照像機，還要借長鏡頭，又借了三角架，結果竟然用來拍我的裸照，我明天見了她一定要扒了她的皮。」譚元茂生氣的搥著桌子說：「我問她借我的照像機要做什麼？她竟然還敢騙我……」

「她說什麼？」

「她說她要到關渡賞鳥。」

四月份台北的天氣最舒服了，晚上在宿舍裏每人各忙各的，譚元茂有氣無力的坐在窗沿彈吉他，看來又因為某位女朋友而失戀了，丁慶澤將自己的小桌子搞得像個小實驗室，不知從哪兒拿來了幾塊電路板正在測試著，林家星正在寫書法，彭俊德的桌子上放了幾本唐詩、宋詞和字典，正在苦心研究當中。

「翩然便眠巔點天添甜、年黏憐蓮簾連間都是押著安韻……」彭俊德一邊抓頭搔耳一邊嘴裏還唸唸有詞。

「Why does the sun go on shining. Why does the sea ……」譚元茂彈著吉他走到彭俊德的身邊湊熱鬧。

彭俊德用功的時候不喜歡有人打擾，更何況現在正遇上了瓶頸，便對譚元茂說：「蛋塔，你沒看到我正在忙？沒事唱什麼……」

「我是在為你唱世界末日，我看你的世界末日也快來了。」

「沒事唱什麼世界末日？不會說一點吉利的話嗎？」

「蛋塔你別煩他，謝淑華給他這個大難題，待會兒他詩寫不出來，我怕他會跟你翻臉。」林家星手裏寫著字，一張嘴還能夠揶揄彭俊德。

「哈哈！誰怕誰，寫詩？騙誰啊，還要查字典？我蛋塔寫詩就不用查字典，我出口成章，也不用七步成詩，只要用我的吉他輕輕一彈。」

「今夜
愁緒
是誰擾亂我的思緒
我唯有

經撥絲弦
才能掩飾
深藏在心底的秘密
我要
離去
揮別背後的天際
我不再
不再繼續
讓我迷惑的遊戲
……」

唸完了，譚元茂又彈了一個低音和弦，算是作了一個終止式。

丁慶澤兩隻手忙著工作，耳朵可沒有閒著，很疑惑的問譚元茂說：「你剛才說的……迷惑的什麼？」

「我一時忘記了，我想想……」

林家星放下毛筆，站起來對譚元茂說：「是迷惑的遊戲，蛋塔你真是不簡單，剛才你順口而出，那些詞句再修飾一下就是很好的新詩了。」

「蛋塔，你怎麼會這些東西的？」彭俊德也問說：「你可別騙我，你剛才是有感而發的，對不對？」

「剛才……是啊，我剛才正在想最近將我給甩了的女朋友，心情不太好……」

彭俊德很難過的對林家星說：「阿星，你看我怎麼辦，蛋塔隨便說幾句就是很好的新詩，可是我想了一個星期，卻還沒個譜，我看我是完了。」

林家星安慰彭俊德說：「阿德你千萬別氣餒，凡事起頭難，我看你也快要突破難關了吧？」

「沒啦！你看還都是一團亂。」彭俊德說著就拿出幾張紙，上面塗塗抹抹寫了不少東西，不過沒有任何一句能夠令自己滿意。

林家星看了倒是很感興趣，不停的說：「很好，就是這樣子……」

「什麼很好？」

「你這些字都用得很好，只是缺少心情，你這些紙先給我，我馬上就可以讓你看成果。」

林家星將桌上的書法練習紙收起來，再從抽屜裏拿出來幾張成卷的宣紙，打開來並且用紙鎮壓住，看來是要正式寫幾個字，宣紙上還灑著點點金粉，看來很是名貴。

「阿德，你這幾句已經成形了，就缺臨門一腳……」林家星一邊看著彭俊德所寫的稿紙，一邊已經在宣紙上寫起來。

「輕煙漫娘娘，流水淨涓涓
無言問孤雁，深情一紙間」

「阿德，你看我改得如何？情寄孤雁，深情隔一紙，真是很有意思！」

林家星接著又寫了一張。

「流水涓涓淨，輕煙娘娘然
雲淡風清後，星光伴孤帆」

「你們看這一張，不帶一點人間煙火，我和阿娟兩人隱喻於內，帆然又有押韻，不容易。」

「流水涓涓淨，輕煙娘娘然
咫尺又天涯，情絲縷萬千」

「望斷天涯，情絲萬千，雖然露骨，亦不為過。」

「流水涓涓淨，輕煙娘娘然
　咫尺天涯路，情牽有誰憐」

「只要情深，莫要腸斷，這兩句催人眼淚，阿娟一定喜歡。」

彭俊德看得目瞪口呆，林家星所寫的正是自己稿子上的字句，只是稍加潤飾而已，看來自己一星期來的努力並不全然是廢物。

林家星很高興的說：「今天實在高興，值得浮一大白。」說著便從衣櫃裏拿出來一瓶酒，並且招呼大家在寢室中間擺好桌子和椅子坐了下來，大家看這酒竟然是金門陳高，林家星又拿出來四個小杯子，為四人各斟滿了酒，指著手中的酒瓶說：「這是金門陳高，小喝幾杯沒關係吧？」

彭俊德將酒瓶拿起來看，「天呀，這金門陳高的酒精濃度是五十八度，別讓我老爸知道了！」

「怕什麼！這酒憑你們三個人還買不到，我也不要你們乾杯，自己喜歡怎麼喝就怎麼喝。」

「好吧，大家嘗嘗看。」譚元茂首先贊同林家星的提議。

林家星對著彭俊德說：「阿德，你要陪我乾三杯才行。」

「三杯？那我可要醉倒了。」

「你喝了這三杯，我保證你寫詩如行雲流水，沒聽說過李太白斗酒詩百篇嗎？」

「真的是這樣子？那我可要試試看了。」彭俊德試著淺嘗了一小口，只覺得酒香濃郁，舌尖有些麻辣感，倒是不難入口。

「今夕貪歡，且尋一醉，得友如此，夫復何求……」林家星心情愉快，說話也文謅謅的。

丁慶澤不小心稍微喝多了一些，「我的天呀！怎麼這麼辣！」

「別浪費了我的好酒。」林家星拿起剛才寫好的字自我品評一番，問說：「你們看我這字如何？阿丁你說說看。」

「書法可別問我，我連是哪家的字體也認不出來。」

「我這是歐體字，是唐朝歐陽詢所寫的字，風格獨特，有人說秀麗無方，我卻認為是有骨有格，稜角迸現，咄咄逼人，不過這是我的見解，我也不會去否定別人的觀感，古人說詩無達詁，藝術、書法不也是如此嗎？」

彭俊德問道：「可是你這字有些草，是草書嗎？」

林家星看著自己所寫的字，越看越是喜歡，不禁讚道：「這離草書還差遠了，我擅長歐體正楷的字，可是剛才一時高興，寫成了行書，是有一點草，可是這字很成熟，我寫了十多年的字，今天總算有一點小小的成就，哈哈……我的字從小講究臨帖苦修，到了大學則是多方嘗試，想走自己的路線，跳脫前人風格，或許今天是個轉機。」

「聽你這麼說，你寫書法寫到入迷了。」

「是啊，你們不也是玩電腦玩到入迷了嗎？大家有空不妨也寫寫字，有了興趣也會入迷，書法除了藝術還講究風格，會越寫越愛寫的。」

林家星看大家的杯子都空了，便為大家再斟滿了酒，又對彭俊德說：「阿德，何不趁著你最近對文學有興趣，也順便練練字，趁著我在學校還有一個多月，我可以好好的指點你，有我的指點，再加上你的天份，一年可有小成，三年可以大成，你也可以寫得很好的。」

林家星今夜存心要和彭俊德一起喝醉，舉杯對著彭俊德說：「阿德你這杯快喝了，莫使金樽空對月，我再為你斟滿。」

看大家心情都很好，彭俊德不再淺嘗即止，放大了膽子將杯中的酒先在口中浸潤，試著讓那酒氣在口中蒸發，充分用鼻舌來體會酒香和酒氣，如此喝了四五杯，只覺得天昏地旋，講話也結結巴巴的。

正想著趁酒意上湧時作幾首詩，此時電話竟然響了起來。

「喂你……你好，我是彭俊德，請……請問找哪一位？」
「喂？俊德嗎？我是淑華，對不起好晚了才打電話給你。」
聽到是謝淑華的聲音，彭俊德頓時清醒多了，便說：「哦？是淑華，妳……妳不是陪妳姐姐和小姪女去玩了嗎？」
「我們回來了，我姐說想要見你，你明天有沒有空？」
「妳姐姐想要見我？明天什麼時候？」
「明天下午三點到我家好嗎？」
「妳家我可沒去過，妳要告訴我地點才行，不然我會找不到路。」
「明天我會派司機去接你。」
「好的，明天下午兩點半，請妳的司機到我公司接我，我公司地址妳知道的。」
「好，就這麼說定了。」
彭俊德掛了電話，自己也很奇怪今晚接到謝淑華的電話卻沒有喜悅的感覺，這是以前所沒有的經驗，以前只要接到謝淑華的電話，不管有事沒事都會令彭俊德高興了老半天，這次卻明顯的有所不同。
譚元茂十分關心彭俊德的事情，便問說：「阿德，接到女朋友的電話，怎麼會悶悶不樂？」
「沒什麼，淑華的大姐說明天想要見我，約好了明天下午三點到她家去。」
「那你怎麼不太樂意的樣子？」
「我也不知道，我只是猜不透淑華的大姐為什麼突然想要見我。」
丁慶澤也說：「只怕會無好會，宴無好宴，你心理最好要先有個準備。」
「哦？阿丁你是不是有什麼內幕消息？」
「是的，我們系裏流傳著一些有關謝淑華大姐的傳言，因為已經過了好多年，知道的人也不多了，我本來也不想告訴你的……」

「你不妨說說看，說不定對我有幫助。」

「我是聽研究所的學長說的，謝淑華的大姐叫謝淑芬，長得比謝淑華毫不遜色，七八年前也是我們學校的校花，那時候和大她一屆電機系的學長很要好，兩人的交往就像你現在和謝淑華交往差不多一個樣子。」

「喔……」

「問題是謝淑華的家境可不是普通的豪富，她們家是以做藥品、生化起家，現在跨國性的企業就好幾家，以整個家族來說，又形成了一個大集團，而你彭俊德呢？」

「我……」彭俊德來自鄉下，家境簡樸，三〇一室的人都知道，彭俊德心想也不必多作解釋。

「當時那個電機系的學長也和你一樣，一個從鄉下來的年輕小伙子，總夢想著靠自己的天份和努力，總有一天可以飛黃騰達，所以也沒有考慮太多，兩人就一直交往了一年多。」

「後來呢？」

「真正的細節並不清楚，我只知道他們兩人如膠似漆的交往，一直到那個電機系的男生畢業前一個月的時候，兩人的感情有了變化。」

「他們分手了嗎？」

「當然兩人後來是分手了，只是當時的原因和細節沒人知道，而那位電機系的男生十分驚恐，不知道事情為何會如此演變，後來他就因為受不了刺激而在畢業前夕自殺了。」

「什麼！自殺？」

「是的，他當時吞了一百多顆安眠藥，求死的決心很強，幸好他的室友半夜發覺不對勁，加上隔壁又有兩個讀醫學院的學生，幾個人一邊急救一邊送醫，後來在醫院躺了好幾天，差一點就活不過來。」

「竟然為了分手而要自殺？」

「我想應該還有一些不被外人知道的細節，只是事情發生得太快，而且事後所有主角都失蹤了，所以真實的情形也無從得知。」

「那麼後來兩個人都怎麼了？」

「男的畢業以後就不知所蹤，當兵、就業都很少和人聯絡，謝淑芬也在那年暑假放棄了學業，後來的學士、碩士都是在外國拿到的，聽說她離開台灣沒多久就在國外結婚生子。」

譚元茂也說：「這件事已經漸漸為人們所淡忘，不過我也有聽過一些。」

「哦？這件事你也聽說過？」

「我知道的內容和阿丁說的差不多，也是研究所的學長告訴我的，大家都叫那個男生奧斯汀。」

「奧斯汀？」

「是的，那個男生姓歐，叫奧斯汀也很恰當。」

林家星問彭俊德說：「你明天去還是不去？」

「都已經說好了，哪有不去的道理？」

✦　✦　✦

彭俊德心想著有好的計劃總比臨場應變要來得輕鬆，於是利用時間準備一番，又抽空買了三份禮物，果然下午兩點半謝淑華派來的車子準時到公司接他。

車子在台北郊區一路彎延而行，過不多時在一處小路轉彎後又繼續開了一小段路才到謝淑華家的牆外，外牆大門並沒關上，車子就直接開了進去，光是從門口進到裏面住家就開了好幾分鐘路程。

彭俊德雖然早已有了心理準備，但是看到謝家豪宅的氣派還真是給鎮嚇住了，只見兩棟一模一樣的大房子，相距約一百公尺，分別矗立在一面小湖的岸邊，小湖中還有幾梢小船漂著，湖岸的另一頭是一片竹林，竹影下有四五對天鵝悠遊其中。

兩棟都是三層樓的房子，外觀不是很大，卻是漂亮的歐式建築，遠觀兩棟房子大約呈一百三十度角相望著，似乎有所牽繫又有所分離，看來也是名家的作品。

車子就在房前不遠處停了下來，彭俊德下了車就有一個女管家過來招呼：「彭少爺請這邊坐，我們家小姐馬上過來。」

房子旁的樹下有幾張室外桌和椅子，桌上放置著熱騰騰的咖啡，彭俊德還沒有走近就聞到一股撲鼻的咖啡香，看來這也是剛煮好的咖啡，沖泡的咖啡不可能會有這濃郁撲鼻的香味。

彭俊德坐了沒一會就看到謝淑華走了過來，今天謝淑華一身家居休閒服飾，這可是彭俊德從來沒看過的模樣，彭俊德笑著問說：「怎麼只有妳一個人在家？」

「我姐和小姪女等一下就回來，我們先坐一會。」

「哦，她們出去了？真不巧。」

謝淑華看到桌子上有三份禮盒，很高興的說：「有禮物耶。」

「一點見面禮，妳姐姐她們不知道會不會很晚才回來？」

「她們一大早就出去了，說好三點就會回來，要不要先去參觀我的房間？」

「那是求之不得的事。」

兩人一邊說話一邊走進東側的大房子，從外觀看不出房子內部的寬敞，進門的換衣間有二十多坪，客廳正中央放了一台純白色鋼琴，裏面所有的陳設全部都是歐式古典風格，謝淑華住在二樓，說是房間實在不恰當，光是臥室就有四十多坪，靠近窗戶有張銅管精彫的大床，床上一組吊式紗帳倒是裝飾的成份居多，另外還有她專屬的書房、起居間、餐廳，甚至還有一張可以坐十四個人的長桌子。

「妳真幸福，這麼大的空間全部都是妳一個人的？」

「其實我平時也很無聊，我家人口又少，還好最近有我的小姪女陪我睡覺，抱著她睡覺好好玩，以前我都是抱著小狗睡覺。」

「什麼？妳抱著小狗睡覺？」

「又不是真的小狗，我是說那一隻小狗。」謝淑華指著床頭放著的一隻毛絨絨白色的玩具狗。

「哦，原來是它，哈哈……那樓上呢？」

「樓上沒什麼好玩，就是休息的地方囉，有吧台、音響間，你想上去嗎？」

「不上去了，這麼大的房子就妳一個人住嗎？」

「以前就我和姐姐兩個人住，現在只剩下我一個人，幾個管家每天來整理一下就走了，沒上課的日子真的很無聊。」

「可以找朋友到家裏來玩呀？」

「我才不要呢，以前有同學提議說要到我家辦舞會，我馬上就拒絕他們了，我寧願無聊也不要同學到我家來，我覺得我的個性還蠻孤僻的。」

「好吧，我已經參觀完了，要不要出去走走？孤僻的小姐。」

謝淑華笑著問：「要去哪裏啊？不孤僻的先生。」

「到樓下喝咖啡，我剛才那杯咖啡還沒喝呢，順便可以等妳姐姐和小姪女。」

看彭俊德對自己的閨房沒有太大的興趣，謝淑華有一點失望，兩人便一起走到樹下喝咖啡。

彭俊德指著對岸的小船問說：「淑華，那邊的小船有沒有人在使用呢？」

「以前有用過，我爸爸說怕我們跌下去，每次都要有四五個管家在旁邊看，我覺得這樣子划船沒意思，所以很久都沒有去用它了。」

「真可惜，這麼好的東西竟然不會享受，要是我……，我還要養一些動物。」

「你要養什麼動物？」

「我也不知道，我家以前養過一隻小羊，也養過雞和鵝，不過還是養羊比較好，羊會吃草，不用餵飼料。」

「太好了，小白羊一定很可愛。」

「我們家以前養的是小黑羊，很兇又喜歡撞人，那就不可愛了。」

「誰管那麼多，小黑羊也一樣很可愛不是嗎？我想只要是羊咩咩一定都很好玩，所以才不會有人吃羊肉。」

「哈哈，誰說沒有人吃羊肉，我猜你以後一定不敢到高雄岡山，因為大家都喜歡去那兒吃羊肉爐。」

謝淑華一臉錯愕，問說：「什麼？在台灣還真的有人吃羊肉啊？」

「當然了，不過如果是妳養羊的話，我猜妳不會把它殺來吃了吧？」

「你在亂說什麼呀？我當然不會了，不過我現在又不想要養動物了，小時候我吵著爸爸說要養一隻小狗，爸爸一直不准，後來被我煩夠了，他才答應說十八歲以後就讓我養，可是我現在早就過了十八歲生日了。」

「怎麼了，妳爸爸又不讓妳養了嗎？」

「不是啦，是我年紀大了，人也變懶了，再說我最近幾年和爸媽越來越少說話，我想等以後再說……，我姐好像回來了。」

「妳怎麼知道？」

謝淑華指著大門方向的樹林說：「只要有車子開過來，那邊樹林的野鳥就會飛起來，是她們回來了沒錯。」

果然過了兩分鐘就有一輛大型車緩緩開了過來，一直到了彭俊德這邊樹下才停下來，車上下來的正是謝淑芬，另外一個四五歲的小女孩也跟著下車，謝淑華和謝淑芬兩姐妹果然長得非常相像，就連穿著、髮型也是類似的風貌，彭俊德實在看不出她們兩人年紀有一些差距，彭俊德站起來想要打招呼，謝淑芬已經先開了口：「彭先生好。」

「妳好，謝小姐和淑華長得太像了，要不是淑華事先告訴我，我還真以為妳們是雙胞胎呢。」

「彭先生太會說話了……」

「叔叔好。」謝淑芬的小女兒躲在母親身後和彭俊德打招呼。

彭俊德看這小女孩長得十分甜美，心裏很是喜歡，便蹲下來說：「妹妹妳好呀，妳長得好漂亮，比阿姨還要漂亮呢。」

「我是米妮，大家都叫我咪咪。」

「咪咪好，叔叔送一個禮物給咪咪。」彭俊德就將桌上最大的一盒禮物拿給咪咪。

謝淑芬笑著說：「彭先生，我怕你這樣子會寵壞我的女兒。」

「咪咪長得那麼漂亮，本來就是生下來讓人寵愛的。」

咪咪打開禮物，很高興的大叫著：「運動明星芭比，還有腳踏車……」

謝淑華這時候也走了過來，很親暱的摟著彭俊德的左手，還撒嬌的說：「俊德，我有沒有禮物呢？」

「當然有了，這是妳的。」彭俊德將桌上剩下的兩盒禮物拿過來，又對著謝淑芬說：「謝小姐，我也為妳帶來一點見面禮，希望妳不要嫌棄。」

兩人分別打開精緻的包裝盒蓋，謝淑華的禮物是一小束紅玫瑰花，裏面包著含水樹脂，玫瑰花可以長保新鮮，謝淑芬的禮物是一盒瑞士蒂妃巧克力。

「彭先生謝謝你，你一分鐘內就收買了三個人。」

「哪裏，都只是小禮物。」

「我們何不坐下來聊天。」

咪咪躲在謝淑芬身後小聲的說：「叔叔，謝謝你的禮物。」

彭俊德也很喜歡這個公主似的小女生，便說道：「不要客氣，妳喜歡就好了。」

「聽說彭先生是資工系的學生，喜歡玩電腦？」

「謝小姐叫我大衛好了，叫我彭先生實在不敢當。」

「好吧，我就叫你大衛，那也請你稱呼我為凱瑟琳……嗯，我聽淑華說你是個電腦迷，因為我的碩士也是主修資訊工程，請不要怪我多問了些。」

「妳太客氣了，電腦是我的本業，我是資工系的學生，本來就應該多學一點電腦。」

「聽說你還設計了一些數位邏輯介面來幫助你設計程式？」

「那怎麼可能？妳也知道我們走軟體路線的人不喜歡去碰硬體的。」

「可能是我聽錯了，是淑華告訴我的。」

「她沒有說錯，是有一些數位邏輯電路，那是我和一位室友合作發展的，由他設計全部的電路，功能也僅止於測試和考驗程式。」

「哦？你們資工系也有高手可以設計數位邏輯電路？」

「不，我的室友是電機系的高材生，他專門玩電路設計，妳如果對這一方面有興趣，改天我可以介紹妳們認識。」

謝淑芬聽到電機系的學生，臉色登時就變了，只是很快的就恢復正常，彭俊德也沒有感覺出來。

「不要了，我也沒空，過幾天我就回美國，以後再說好了。」

「太可惜了。」

「其實我也沒有什麼事，只是想和你見個面而已，等一下我和咪咪要先去休息，我們今天玩了一整天，確實有點兒累了，我父母又剛好出國不在家，等一下淑華會帶你四處走走，我可能無法奉陪了。」

「我也不好打擾妳的休息，我可能現在就要離開了。」

「這樣不好吧？我一來你就要走了？我怕等一下有人會恨我的。」謝淑芬說著還用手指著謝淑華。

「不會的，其實我現在還在上班，我等一下回公司還有些事情要處理。」

「真是太不巧了。」

「妳太客氣了，今天真的很高興能夠見到妳和咪咪。」

聽彭俊德說要離開，謝淑華站起來說：「俊德，我晚上再打電話給你。」

「好，我等妳的電話。」

謝淑華輕輕一招手，剛才載彭俊德來的車子立刻開了過來，彭俊德也不客氣的上車離去。

看著彭俊德的車子遠去，謝淑芬微笑著對謝淑華說：「這就是妳的活寶男朋友呀？」

「什麼活寶男朋友？」

「妳不是說妳們交往了半年多，他卻連妳的手都還沒牽到？」

「那是我不給他機會，我看他有好幾次想要牽我的手，我都轉開他的注意力，故意不讓他牽我的手。」

「妳為什麼要這樣做？真奇怪！」

「沒什麼，我也不知道，我不想進展得太快了。」

「那妳剛才還那麼親蜜的摟著他的手？是想要氣我的嗎？」

謝淑華尷尬的笑著說：「是啊，不過好像沒有成功？」

「妳真的很喜歡他？」

「我也不知道？只是印象還不錯啦。」

「爸爸知道這件事嗎？」

「他不高興的很呢！還說玩玩就好了，媽咪也勸我再多考慮。」

「妳可別像我當年，我們掙脫不了謝家傳統的束縛。」

「妳還忘不了歐大哥嗎？」

歐大哥就是謝淑芬以前的男朋友，謝淑芬不喜歡提起過去的事，眉頭微微皺了一下，接著又說：「那都是以前的事了，我也不想再提起，妳看我都結婚生子了。」

「是啊，我也很害怕，將來的事誰也難以預料，我想我和妳都沒有叛逆到會違逆爸媽的意思吧？」

「未來的事我也不能給妳什麼忠告，我自己也處理得不好，只是希望妳多考慮現實的問題。」

「可是有誰規定一定就要豪門的婚姻才會幸福？」

「說句現實一點的話，難道妳將來要為妳那位活寶男朋友燒飯、洗衣、帶孩子？」

「妳說得對，未來的事誰也說不準，只好走一步算一步了。」

第六章　基金募款

彭俊德和謝淑芬見面以後苦悶了好幾天，但是日子總是要過的，幾天後彭俊德和蘇宜倩約好在餐廳見面。

彭俊德在餐廳等了十分鐘才看見蘇宜倩進來，彭俊德忙向她招手。

「嗨，大衛讓你久等了？」

「沒有，你很準時，我也剛到不久。」

蘇宜倩從手提包裏拿出兩張紙給彭俊德，並且說：「這些是你要的情報，一些基本資料應該都有。」

原來彭俊德要蘇宜倩幫忙找家長會和校友會成員的相關背景，第一張紙列出了家長會長黃順天的簡單資料，彭俊德很仔細的看著，「家長會長有好幾家連鎖商店，還有大賣場，事業做得很大嘛，去年也捐款給一些慈善團體，有孤兒院、基金會……」彭俊德又繼續看下去，問蘇宜倩說：「咦？怎麼校友會的成員都是女生？」

蘇宜倩笑著說：「嘻！我們是女校，從來就沒有男的畢業生，校友本來就全部是女生，校長也是我們的傑出校友呢。」

彭俊德也失聲笑了出來，「我一時忘了，現在回到我們的主要目標，那就是家長會的黃會長，我看他的資料……，這個人也算是樂善好施，要他多捐一點錢出來應該沒問題吧？」

「我也不知道？可是一下子要他從十萬元跳到一百萬元，我可真的說不出口，你不是說有辦法嗎？」

「辦法是有，靈不靈就不一定了……改天妳介紹黃會長和我認識，要有技巧一點，不要讓他感覺不自在。」

「這件事簡單，下星期一早上黃會長會到校長室，我介紹你們認識，還要注意哪一些事情？」

「那天不要跟我談募款的事情，就當做我不知道，要黃會長假裝很器重我，很重視我這個老師，不斷的稱讚我，就是這樣子。」

「就這樣子？這樣就有用嗎？」

「照我預想的情況，這是最重要的部分，如果下星期一早上我和黃會長見面談得順利，募款的事就成功了一半。」

「能不能告訴我你的用意？」

「這先不告訴妳，反正叫黃會長大力捧我就是了。」

「捧人那就簡單了，我先告訴黃會長說你教書教得很好，再告訴他說你明年可能不教書，要走人了，然後再要他拍你馬屁，希望你明年能夠留下來，這樣子也不會去談到募款的事。」

「對了，說好的事可別忘了，校長挪一萬元給我，教務主任和妳各出一萬元，一共是三萬元，到時候可別忘了要借給我運用。」

「可是只有三萬元，會有作用嗎？」

彭俊德從口袋裏拿出兩張支票，「我另外在外面募款，一共有二十一萬元，我自己再出一萬，那全部就有二十五萬了。」

蘇宜倩看了一下支票，問說：「這是陳天賜董事長的支票，他怎麼會給你二十萬？」

「我以前幫他修過電腦，他說有事情可以找他幫忙，想不到他一次就捐了二十萬。」

「喔，那還有什麼重要的事沒有？可別忘了才好。」

「成立大會的時候希望參加的人數多一點，還要讓我有發言的機會，校友會、家長會和學校教職員工，可以動員的盡量都要到場，這樣才熱鬧。」

「我會盡量動員，這是我的責任。」

「這樣就太好了，就希望獎助學金基金會成立大會那天能夠順利，最好一下子就募個一兩百萬元。」

兩個星期後的星期一，學校特別選在早上十點鐘召開獎助學金基金會成立大會，基金會設立董事會來管理所有的基金，校長、家長會長、校友會長是當然董事，另外用選舉的方式選出其他九位董事，分配名額是教職員工三名、家長會三名、校友會三名，一共有十二位董事，再由十二位董事互選董事長。

雖然已經內定黃會長兼任基金會的首任董事長，可是形式上的開會、選舉也要正式進行，光是進行選舉就花了四十多分鐘。

整個選舉和互推董事長的過程總算告一段落，一切都十分順利，校長是名義上的發起人和會議主持人，於是她就宣告結果說：「除了十二位董事名單已經確認之外，董事會也一致推舉家長會的黃順天會長來兼任獎助學金基金會第一任董事長。」

現場響起熱烈的掌聲，彭俊德發覺禮堂台上有一位女性貴賓十分眼熟，卻一下子想不起來在哪兒見過面。

「我們恭喜黃順天會長，也請我們第一任獎助學金基金會董事長黃順天先生來為我們說幾句話。」

黃順天雖然穿著筆挺的西裝，但是待人十分客氣，也很有親和力，很高興的說：「非常謝謝校長、在座各位貴賓、各位師長給小弟我這個機會……」

彭俊德看這位黃順天會長一說話就淘淘不絕，可能要說二十分鐘以上，再想起上星期和黃順天第一次見面就覺得好笑，正如原先的設計，兩個人雖然是第一次見面，但是黃順天一直誇讚彭俊德年輕有為，是電腦業界不可多得的人才，還一直搭著彭俊德的肩膀，並且握著彭俊德的手不放，生怕讓彭俊德給溜走了似的，弄得彭俊德很不好意思。

今天蘇宜倩也是主要的靈魂人物，正在台上忙著，彭俊德焦急的看著她，不知道一些相關事項是不是聯絡好了。

校長果然老奸巨猾，她看到黃順天剛要說到募款的事情，便很委婉的將麥克風搶過來，表示還有一些項目要處理。

「剛才非常感謝黃董事長為我們說了這麼多話，能夠有這麼熱心的家長來為學校的事務操心，我身為校長真是三生有幸，可是現場還有很多好朋友，還有很多學校的同仁，不知道在場各位還有什麼意見？現在可以提出來。」

彭俊德立刻高高的舉起了右手，校長早就在等待這一刻，便指著彭俊德說：「這位舉手的老師是本學期才來我們學校兼課的彭俊德老師，我們請彭老師上台發言。」

彭俊德裝作很生澀的模樣走上台，心裏卻想著今天會是唱作俱佳還是草草了事，就全看自己這一番演講的表現了。

「黃董事長、校長、各位貴賓、各位本校的同仁大家好，小弟先自我介紹，敝姓彭，蒙校長看重，我是這個學期才到學校兼社團指導的課，從我進到學校這短短兩三個月的時間裏，我受到大家的照顧，有很多話我今天一定要說出來，或許大家在這兒生活久了，很多事情都習以為常，可是在我這個學校新鮮人的眼裏卻有很大的不同，讓我感動的地方很多……」

「今天開會的目的就是要大家出錢出力，我上班的公司每次開會都很不踴躍，但是到了年底討論年終獎金的會議一定全員到齊，為的是要爭取自己的福利，而我們今天在這兒開會，為的是學生的利益，最終的目的就是幫助一些家境有變化的學生，雖然是為了學生的利益，可是還是要大家出錢出力，想不到開會的人數卻這麼的多，有好幾百個人……」

因為彭俊德說得太過激動，校長趕忙過來要彭俊德冷靜下來，彭俊德會心的點了點頭繼續說道：「很多同事都知道我還是個大三的學生，我從小至今領了很多獎學金，也就是我享受了像今天我們成立基金會在座諸位善心人士所捐助的錢，所以如果校長、黃會長容許的話，我要第一個捐錢，我要將以前受到的恩惠回饋給學生。」

「我一向認為自己只是社會上的小人物，在學校教書也只是盡我的本份，我又不是做義工，我來上課學校也給我很好的鐘點費，可是上個星期一我在校長室見到黃會長，我們都知道黃會長是個大企業家，可是他也不會瞧不起我這個小人物，他一直拉著我的手，不斷的鼓勵我，說我年輕有為，說我是電腦業界的人才，說我是青年才俊，要我好好的為學校貢獻心力……」

「我以前就聽人家說黃會長熱心公益，做人最是熱誠，他自己私底下就經常捐款給慈善團體、孤兒院和基金會，可說是貢獻付出不遺餘力……」

看到彭俊德搖頭晃腦越說越激動，黃順天也不禁動容，便站起身走過來要彭俊德放輕鬆心情再說話，彭俊德也是感激得點了點頭，請黃順天坐下以後又繼續說道：「今天謝謝學校諸位好朋友的照顧，也謝謝校長的照顧，最後更要感謝黃會長對我的照顧和知遇之恩。」

「當然我的心力有限，可是我願意用我最大的誠意來表現我對獎助學金基金會的支持，今天更高興黃會長能夠兼任獎助學金基金會的董事長，為了表達對黃董事長的支持和感謝，我個人率先捐出五萬元做為基金……」

聽到這兒，禮堂裏的眾人驚訝得在底下竊竊私語，因為有許多人知道彭俊德的情況，他平時也只是和大家一起擠公車，一副窮學生的模樣，想不到一出手就是五萬元，這大約是一個正式老師兩個月的薪水。

彭俊德繼續說道：「另外我上個星期也在外面為我們基金會募款，一共募得了二十萬元，所以我這兒一共有二十五萬元，我待會兒會將所有款項交給基金會的出納，最後感謝校長給我這個機會在這兒發言，感謝黃董事長對我的提拔，也感謝各位在座的好朋友們，謝謝大家……」

彭俊德話還沒有說完，台下已經響起如雷的掌聲，校長和黃順天也是神情激動，其他家長會和校友會的成員也是議論紛紛，因為彭俊德的一席話已經打亂他們原來預訂要捐出的金額。

黃順天抓著彭俊德的手不放卻也說不出話來，彭俊德藉口說要將捐款交付給出納就藉機離開，留下了議論不停的眾人。

彭俊德下午上完課回到宿舍便接到蘇宜倩的電話，說黃順天晚上八點鐘辦了一桌酒席慶祝基金會募款成功，交待彭俊德一定要到，彭俊德到了餐廳卻只看到蘇宜倩一人在那兒。

「怎麼只有妳一個人，其他的人呢？」

「他們還在忙著，我先過來等你。」

「我今天的表演怎麼樣，還成功吧？」

「你今天是表演啊？我感動得眼淚都流下來了，還好我帶了化粧品，不然臉都哭花了。」

聽蘇宜倩這麼說，彭俊德覺得很好笑，便說：「你怎麼會哭了？妳淚腺很發達哦。」

「還說呢，校長和黃會長也都被你感動了，散了會還一直誇你呢。」

「今天的募款應該還可以吧？」

「校友會的陳會長捐了一百萬，其他的人還不知道？有些人還沒有決定捐款的數目，有些人開支票，學校的同事要用簽名認捐的方式，可能要一個星期才能統計出來，說起來還真的要感謝你。」

「別這麼說，大家互相幫忙。」彭俊德說著就拿出一個信封袋來，蘇宜倩打開一看裏面是兩張支票和一萬元現金。

「這兒有二十二萬，加上妳要借我運用的三萬元，一共是二十五萬元。」

「好，我收下來，真是太謝謝你了。」

這時候黃順天一行人也進來了，三男四女共是七個人，其中一個正是開會時彭俊德覺得很眼熟的中年婦人。

「彭老師讓你久等了，蘇老師請坐。」黃順天很親切的招呼大家坐下來。

蘇宜倩很熱情的拉著那中年婦人的手，撒嬌的說：「嗨，媽咪，妳們怎麼忙到現在？」

「是啊，今天是基金會成立的第一天，要做的事情可多了，多虧黃會長熱心，我想一切應該都沒有問題了。」

彭俊德這才想起來，原來這人在張鎮三的生日宴會上見過面，是蘇董事長的夫人，想不到竟然是蘇宜倩的母親，連忙向她打招呼說：「蘇董夫人好，我們是第二次見面了。」

「我想起來了，我在張董事長的生日宴會上見過你，原來大衛你就是彭老師！我每天聽我女兒唸說學校有個彭老師，聽都聽煩了，原來就是大衛你呀，你也別叫我蘇董夫人，我可沒冠夫姓。」原來這位蘇董夫人名字叫郭麗純，也是學校校友會的成員。

「大衛你就稱呼我媽咪為郭阿姨吧。」

黃順天很高興的說：「原來郭小姐和彭老師也認識，大家都是自己人。」

蘇宜倩向黃順天報告說：「黃會長，我剛才已經收到彭老師的二十五萬元了。」

黃順天很高興的說：「彭老師太熱心了，你在學校教電腦社團，也沒賺到多少錢吧？」

蘇宜倩替彭俊德回答說：「彭老師到目前為止一共領了四千元鐘點費。」

黃順天十分敬佩，嘆了一口氣說道：「唉，你那二十五萬元……」

彭俊德很客氣的說：「哪裏，我那些錢只是小意思，一切全仗黃會長的熱心，以後我們學校也不會再有學生再因為家境有問題而休退學了。」

黃順天指著同桌幾位女士說道：「其實大家都很熱心，你看陳小姐、趙小姐、郭小姐幾位，早上忙來忙去的，也不忘搶著捐錢，讓我這個掛名董事長的人都感到不好意思了。」

郭麗純也說：「哪裏，我們是怕黃會長先開口我們就沒得捐了，我們以前都是唯黃會長馬首是瞻，今天可不行，我怕黃會長一開口就說要捐五百萬，那我們幾個就沒戲唱了。」

「妳不早說，早知道我就先捐五百萬元，大家就不會這麼忙了。」

「其實黃會長是故意留機會給我們，黃會長做人慷慨大家都知道。」

「今天還是彭老師最熱心，剛才黃會長還一直誇你呢。」

黃順天舉起酒杯對著眾人說：「今天承蒙大家幫忙，捐款的數目應該沒有問題了。」

「雖然說現在台灣的經濟狀況很好，台北市又是全台灣的首善之區，可是我們學校有三千多個學生，那就有三千多個家庭，難免有少數學生的家庭會出狀況。」

「其實我們學校裏有三分之一的學生還是外地來就讀的，這些學生都是最乖最辛苦的好孩子，不管是台北還是外地，我們都一視同仁，都是我們學校的學生。」

✦　✦　✦

日子一天天過去，彭俊德還是過得一樣忙碌，讀書、上班、約會，似乎有做不完的事，時間也永遠不夠用。

六月初的早晨，一大早五點多彭俊德就在校門口散步，看著滿地黃色的落花，心中卻有無限的感概，抬頭看到校門口兩排開滿鮮黃色美麗花朵的金急雨，心裏疑惑著為什麼這麼漂亮的花朵卻選擇在離別的月份開放，心想南台灣也該是遍開鳳凰花，處處橙紅的時候了。

五月初劉筱君已經離開公司，彭俊德十分難捨那份在公司共事的感情，尤其後來很自然的以大姐稱呼她，兩人的情誼又更進了一步，現在每次到公司總是覺得少了些什麼似的。

今天正是學校的畢業典禮，幾個平日和彭俊德要好的學長早在前幾日就忙著打包行李，對於林家星，彭俊德更有著萬分不捨，而這一連串的離情別緒也完全沖淡了上星期的喜樂，上個星期，女校的學生不負眾望，在六月初台北市電腦軟體設計比賽裏勇奪團體總冠軍，也拿了好幾面個人獎牌，可是彭俊德完全沒有快樂的感覺，只是在紅磚路上惆悵的踢著地上的花瓣。

過了一會兒人行道另外一頭走來了林家星和阿娟，林家星身上穿著黑色的學士服，帽子卻戴在阿娟的頭上。

彭俊德走上前對林家星說：「阿星，等一下阿丁和蛋塔就過來了……」話還沒說完就看到丁慶澤和譚元茂氣喘如牛的跑過來，後面還跟了林怡珊和黃春華，兩個人因為經常到宿舍找彭俊德和譚元茂串門子，現在和林家星、丁慶澤都混得熟透。

林怡珊和黃春華兩人今天還是各背了一個球袋，丁慶澤手裏拿著大型三角架，譚元茂胸前掛著照像機，肩上還背著攝影器材箱，丁慶澤對著眾人說：「快，我聽攝影社社長說今天的五點三十四分到五十四分是最美麗的時刻，前後可以追加十分鐘，要多拍幾張逆光的照片留念。」

譚元茂對於攝影比較有研究，用專家的口吻指揮著說：「快，良辰美景不可錯過了，每個人都面西背東站好。」

於是每個人都依譚元茂的指示站好，這個角度正好可以斜拍到校門口和東南方向一排的金急雨樹，初晨的陽光也正好撒在眾人的頭髮和肩膀上，每個人周身都泛著一輪美麗的金黃色，譚元茂也不客氣狠狠的拍了二十幾張照片。

「好，換個角度再拍，爭取時間。」這一回譚元茂架上了三角架，並且設定自拍功能，大家換了好幾個姿式和表情，連譚元茂自己也拍了進去，因為校門口的景色很美，所以譚元茂也幫大家拍了不少個人照。

「現在換一卷底片，我們到校園裏去拍。」一伙人又匆匆的往校園裏走去，選定了幾處景點，大家輪著穿林家星的學士服又拍了幾十張照片。

「現在文學院也拍完了，還要拍哪兒？」

彭俊德指著不遠處的鐘樓說：「還有鐘樓，那兒的紅磚很漂亮，到那兒去拍吧。」

林家星和阿娟默默的不說話，彭俊德覺得奇怪，便問說：「你們不喜歡鐘樓嗎？」

「是的，阿娟不太喜歡鐘樓，那兒就不用拍了，時間也差不多了，照像機先收起來，我們先逛逛校園，等一下大家一起吃早點。」

大家看林家星意興闌珊的樣子，又想也拍了不少照片，便同意到處走走，到了七點半大伙兒又聚在附近的豆漿店吃早點。

豆漿店老闆特別給這七個人並排了兩張桌子好讓他們聊天，可是大家今天都很沉默，每個人自顧自的吃早餐，最後彭俊德忍不住的問阿娟說：「阿星嫂，妳怎麼不喜歡鐘樓？等一下拍照的人就多了，那兒可是熱門的景點。」

「這事你得要問你們阿星大哥了。」

「阿星，什麼事這麼神秘？」

「沒啦，我和阿娟考慮到鐘樓雖然是很美的地方，也是我們學校學生談戀愛約會的地標，可是……」林家星低頭說著。

「可是什麼？」

「那個地方也是發生最多失戀、失意的地方，許多戀人在那兒憑添淒美的回憶……」

「哦？是這樣……」

林怡珊高興的說：「是啊，你們少去那個地方，以後不就可以白頭偕老了，不是嗎？」

「反正鐘樓不去也罷，不差那幾張照片。」

丁慶澤也對彭俊德說：「對了，我看以後你也少去鐘樓約會，阿星說的有理。」

彭俊德生氣的瞪了丁慶澤一眼說道：「少烏鴉嘴了，哪有這回事。」

林家星對著眾人說：「這件事別說出去，畢業紀念照不拍鐘樓這件事情也只有少數學生在流傳，你們再說給別人聽，我怕以後都沒有人敢去那兒約會了。」

譚元茂看阿娟一副提不起勁的樣子，便說：「阿娟別這樣子，提起精神來。」

阿娟有氣無力的說：「好了啦蛋塔，你不會看嗎？學校的畢業典禮，有那幾個人是真正高興的？」

大家心想這句話說得確實沒錯，今天即使有些比較輕鬆的時刻，但也是大家硬湊著說幾句高興的話，其實大家的心裏還是因為林家星的畢業而難分難捨。

林家星看都大家都有些感傷，便說：「好了，知道了就好，天下無不散的宴席，我們大家在一起的這兩年不是很快樂嗎？」

「阿星哥，我祝你一帆風順，嗚……」林怡珊竟然忍不住哭了起來。

黃春華拉著林怡珊的手說：「后！珊珊，怎麼哭了呢？真是的。」

「我也不知道……嗚……」

「妳不要哭嘛，妳不要這樣子……嗚……」這下子連黃春華也忍不住哭了出來，最後黃春華和林怡珊兩人竟然擁抱在一起哭泣。

彭俊德制止她們說：「好了，別哭了，真要笑死人了。」

「好了，大家都別哭了，等一下我就要進禮堂了，你們還要去哪兒？」林家星故意轉開話題，其實還有四十分鐘才要進禮堂進行正式的畢業典禮。

林怡珊不好意思的說：「好了不哭了，可是我還是很難過。」

「這樣子好了，等一下我進禮堂，你們帶珊珊和春花再逛逛校園，中午我要陪我父母親，晚上我們一起逛士林夜市好嗎？」

「好呀，我最喜歡逛士林夜市了……」林怡珊立刻破啼為笑，看到大家都微笑的看著自己，林怡珊也越說越小聲。

阿娟想到彭俊德還有一個女朋友，便對彭俊德說：「阿德，要不要找你的女朋友一起來？我都還沒見過她呢。」

「我女朋友？不知道她有沒有空？我打電話問她好了。」

晚上的士林夜市真是熱鬧，宿舍的四個大男生加上阿娟一共五個人正在路邊等著，沒等多久謝淑華、黃春華和林怡珊也坐計程車趕了過來，彭俊德等得有些急了，忙說：「肚子快餓死了，先吃東西吧！」

雖然這一票都是二十多歲的年輕人，可是食量都不是很大，才逛了三個攤位大家都已經吃飽了。

譚元茂問著大家說：「大家要到哪兒逛？我要陪春花去買一台隨身聽。」

「可是……你們買隨身聽，為什麼要手牽著手？」林怡珊看到譚元茂牽著黃春華的手，因此奇怪的問著。

「我們哪有手牽手？」譚元茂嘴裏這麼說，可是還是牽著黃春華的手不放。

「你還敢說，你看你的手還是……」

「這有什麼稀奇，妳看阿星還不是牽著阿娟的手。」

「那個不一樣……」

「哪有什麼不一樣？少見多怪。」

林怡珊很生氣的說：「你怎麼可以這樣子？人家大衛和淑華就不會這樣子。」

聽林怡珊這麼說，謝淑華趕緊抓住彭俊德的左手臂，臉頰還故意貼在彭俊德的身上，笑咪咪地看著林怡珊說：「妳說俊德和我不會怎麼樣？」

「怎麼你們也……」

譚元茂笑著對林怡珊說道：「不服氣的話，妳也可以和阿丁手牽手呀！」

林怡珊不高興的說：「誰要和他手牽手，髒死了！」

丁慶澤生氣的退了一步說：「誰要和妳手牽手，妳的手才有細菌呢！」

看林怡珊生氣的樣子，譚元茂很得意的拉了黃春華的手就往身後的街道走去，還故意大聲的說：「春花，我們不要理她，我陪妳看隨身聽去。」

「好。」

林怡珊大聲的罵說：「臭春花，妳重色輕友，妳給我記住。」

「好呀！妳記在牆壁上吧！」譚元茂一邊說著卻也走遠了。

「珊珊，我和俊德也要去買隨身聽，妳要不要跟來？」謝淑華說著也拉著彭俊德的手跟在譚元茂的身後離去。

「誰要跟妳們走，少臭美了，哼！」

林家星安撫著林怡珊說：「珊珊，他們是故意氣妳的，妳別上當了，阿丁，妳陪珊珊去吃冰，我和阿娟要去看衣服，我們半個小時以後見吧。」

林怡珊聽到林家星的話立刻露出笑容說：「哈哈！其實我早就知道他們是故意氣我的，我才不會生氣呢，阿丁我們走，我請你吃冰去。」

謝淑華和彭俊德走到一間藝品店看飾品，逛了五分鐘覺得沒什麼興趣也就出來了，兩人在街上隨處漫步著。

「俊德，你今天怎麼都不說話？」

「沒啦，我在想事情。」

「看你不太高興，又在想我大姐的事嗎？」

「是呀！」

「別再胡思亂想，都過去那麼久了，她也早就回美國去了。」

彭俊德笑著說：「其實我只是在想說……妳今天是第二次對我那麼好。」

「什麼第二次對你那麼好？」

「妳剛才拉我的手是故意要作弄珊珊，而上次在妳家，妳也是這樣子拉著我的手，記得嗎？」

「嘻，你還記得呀！」

「我當然還記得。」

「那你喜歡不喜歡呢？」謝淑華故意更用力的抓緊彭俊德的手，身體重心也靠在彭俊德的身上。

「這不是喜不喜歡的問題，上次在妳家，妳是故意做給妳大姐看的，我說的沒錯吧？」

聽彭俊德這樣說，謝淑華就放開了手說：「是啊！我是故意氣她的……」

看彭俊德不說話，謝淑華繼續說道：「她一直反對我和你來往，說我年紀還小，以後的事誰會知道，還說我們不太相稱，我聽了就煩……」

「那妳呢？妳是什麼想法？」

「我……我也沒什麼想法，你呢？」

「我自己也沒什麼想法，以後的事……，我也不知道該怎麼辦，在感情的路上，我已經不知道如何再走下去了。」

「喔？」

「我有時候在想，想說……想說我們是不是適合……，很多人都說，我們根本不算是一對戀人。」

謝淑華聽得懂彭俊德的言外之意，很難過的說：「俊德，我知道你的難處，我……我現在不能給你什麼承諾，我……真的沒有辦法……」說到這裏謝淑華的眼淚已經滴了下來。

彭俊德拿出面紙為謝淑華擦去眼淚，輕聲的說：「我不是要妳給我什麼承諾，我只是怕……上次到過妳家以後，我怕失去妳，我覺得失去妳……好像只是遲早的事。」

「俊德，不要這樣……我……」謝淑華難過的伏在彭俊德胸前哭泣著說：「我也不知道……和你交往，我承受了很大的壓力……」

「我知道。」

「我一直和你若即若離的，我都不讓你牽我的手……，我怕投入太深……我好怕會失去你……」

彭俊德輕聲的說：「不要哭了，眼睛都哭花了，醜死了。」

謝淑華最重視自己的外貌，聽彭俊德這麼說，便從小皮包裏拿出一面小鏡子，看了以後鬆了一口氣說：「還好，不太嚴重。」

「原來妳是故意不讓我牽妳的手？」

「是啊，我覺得越早得到的東西會越早失去，所以我就想還是細水長流的好。」

「我知道就好了，這也沒什麼嘛。」

謝淑華又用力牽著彭俊德的手，還俏皮的說：「你真的不生氣？那以後我來牽你的手好了。」

彭俊德卻故意甩開謝淑華的手，笑著說：「不要，妳的手有細菌，髒死了。」

✦　✦　✦

過去的一個月真是彭俊德一生中最快樂的時光，雖然有很多作業和期末考，但是這些對於彭俊德一向都不是問題。

謝淑華一有空就約彭俊德出去，在譚元茂的建議下，彭俊德和謝淑華到公園、到百貨公司、到海邊、到近郊，兩人形影不離，每次出去的時候謝淑華也都牽著彭俊德的手，深怕彭俊德跑了似的。

暑假已經過了一個多星期，彭俊德、謝淑華、譚元茂和黃春華四個人相約到苗栗南庄一處休閒山莊玩，下午五點時分，在山莊東側的走廊上，四個人慵懶的躺在休閒椅上面，一面悠閒的喝著冷飲，一面享受著山上吹來的涼風。

謝淑華都快被這柔和的山風吹懶了，有氣無力的對彭俊德說：「俊德，你明天不可以到機場送我喔。」

「好吧，那誰要去送妳？」

「我媽咪會陪我到機場，還有管家會幫我的忙。」

「那妳的行李呢？」

「我也沒什麼行李，到了美國西雅圖，我哥哥那兒什麼都有。」

「妳哥哥在美國讀書嗎？」

「不，他前年已經拿到碩士了，現在管兩家公司，不過他說還在學習，怕做不好，家族企業也有很多無形的壓力，外人不會知道。」

「喔？那麼妳姐姐怎麼沒有接管什麼企業？」

「我也不知道，好像說嫁出去了就隨緣吧，公公婆婆也有十幾家公司，可是很怕什麼似的，生怕她接管了夫家的企業，只要她生小孩、養小孩就好了。」

「好像家家都有本難唸的經？」

「是啊，不過我又不是去美國上班，我可是暑假去玩的呢！」

「妳可別玩瘋了。」

「好吧，那你也要乖乖的才行。」

「啊！現在那麼舒服，我真想一輩子躺在這裏都不起來了，你說是不是呀？蛋塔。」彭俊德搖著譚元茂，譚元茂竟然都沒有回應，「蛋塔？蛋塔？這傢伙睡著了。」

黃春華笑的說：「是呀，玩了一整天，躺在這裏我也快睡著了。」

彭俊德問黃春華說：「淑華明天要去美國玩，那妳暑假裏要做什麼？」

「我也不知道，珊珊回台南去了，後天蛋塔也要回台中過暑假，就沒人陪我了，我好可憐喔，看來我可要過一個最無聊的夏天了。」

✦　✦　✦

暑假裏彭俊德特別抽空請了兩個星期假回到南部老家，一方面陪父母親，另一方面也看看家裏的弟妹，妹妹暑假過後升上高二，弟弟考完聯考每天跑籃球場，前幾個志願填的都是農學院的學系，今年鐵定是上農學院了。

一天的午後，彭俊德正在自家後院的樹底下打電腦，身上只穿著一件運動短褲，上身打赤膊，一張小桌子放著從台北帶來的手提式電腦，再加上一條長長的延長線，對於彭俊德來說，這是最好不過了，冷不防從家裏後門跑出來譚元茂、林怡珊和黃春華三個人來。

「后！醜死了，救命啊！有人沒穿衣服。」林怡珊故意叫得很大聲，想要糗一下彭俊德。

譚元茂好奇的問說：「阿德，你在做什麼？」

彭俊德很快的穿上衣服，抱怨著說：「你們三個人怎麼會到嘉義來？要來也不說一聲。」

黃春華佩服彭俊德放暑假還那麼用功，便問說：「大衛，你放假還那麼認真？」

譚元茂指著電腦說：「阿德，這不是你公司的工作，這是單機版的資料庫設計，這好像是……，這是設計給錄影帶出租店用的單機版軟體。」

「噓，別說出去，這是我私底下接的案子，不可以讓公司知道。」

「你真行，私底下接案子，怎麼拆帳？」

「我是和嘉義一家公司接洽的，我看他們出版的軟體不實用，又常常出錯，所以就和他們簽約，賣出去一套四萬元，我抽八千，其他管銷費用我一概不管。」

「算你厲害，拼死拼活就會賺錢。」

「別這麼說我，你們找我幹嘛？」

林怡珊興奮的說：「我們找你出去玩，可別怪我沒想到你呀！」

「找我玩？那很好啊！」

黃春華很失意的說：「本來想找你打球，誰知道你跑回嘉義了，而蛋塔回台中，珊珊人在台南，我好無聊，就想找大家一齊出去玩。」

林怡珊接著說：「是啊！我接到春花的電話就搭火車到嘉義車站，蛋塔和春花已經開車在那兒等我，我們再一起過來的。」

「從台北、台中和台南來的？實在太感恩了。」

「感恩什麼？要不要出去瘋幾天？」

「我想想？我還有三天假……，出去瘋個三天也好。」

「那你的案子怎麼辦？今天趕得完嗎？」

「我的案子沒問題，早就寫好了，晚上抽個空交貨，明天就沒事了，我們可以一路玩回台北。」

黃春華很高興的說：「對呀，我們就一路玩回台北，聽說台東、花蓮、宜蘭都有很多好玩的地方，回到台北也正好快開學了。」

林怡珊也快樂的說：「耶，準備發瘋吧！」

✦ ✦ ✦

四個人一路從嘉義到台南再走南橫公路，幾個人早上五點鐘就出發上路，公路的坡度很陡，只好放慢速度，車子一路蜿蜒的走著，時時可以看到遠山巍峨壯觀、近崖陡峭險奇，四個人不時發出讚嘆的聲音。

車子一路走著直到高入雲聳，除了在沿路漂亮的景點拍了幾張照片之外，早上十一點多四個人在大關山隧道口作片刻休息，山上的溫度很低，雖說是在盛暑卻也只有十幾度，林怡珊和黃春華去了洗手間，彭俊德和譚元茂到路邊的攤子買香腸。

兩人靠著懸崖旁的鐵欄杆聊天，彭俊德很認真的問譚元茂說：「蛋塔，你和春花是玩真的還是玩假的？」

「你說這話是什麼意思？」

「我當你是好朋友才敢這麼跟你說，可是春花也是我們的好朋友，你可別害她。」

「我哪會害她，你別亂說。」

「我和你同學三年來，你女朋友一個換過一個，也換過六七個了，那些女生哪一個不比春花漂亮？又哪一個學歷不比春花高？我怕你玩幾個月又把人家甩了，以後大家都不好見面。」

聽彭俊德這麼說，譚元茂卻是一句話也說不出來。

彭俊德催促著譚元茂說：「你在想什麼？你倒是說話呀？」

「你的意思我知道，你也是為春花好，我和春花也交往兩個多月了，我也不知道是什麼原因，我就是喜歡她，她長得又不好看，又黑又瘦巴巴的，照道理我是看不上眼，可是不知怎麼了，我就是喜歡她，原因我也說不上來……」

「你不要睜著眼睛說瞎話，我不相信你。」

「我是說真的，信不信由你，我很在乎春花，你可不要破壞我們的感情。」

「誰要破壞你們？我只是警告你不可以亂來。」

「你們誰要亂來？」後面傳來了林怡珊的聲音。

彭俊德忙掩飾道：「沒有啦，剛才蛋塔說要從懸崖跳下去，我叫他不可以亂來。」

林怡珊走前一步，探頭看著前面的懸崖果然是崖高千丈，再多看一會兒肯定要頭暈，便問說：「蛋塔你要跳下去啊？」

譚元茂也笑著說：「是啊，我是男子漢大丈夫，我想算算跳下去要花多久的時間。」

林怡珊不太相信的說：「我的天呀？哪有人要證明是男子漢大丈夫就跳下去？這裏到底有多高？」

「這裏是南橫的最高點，海拔二千七百二十二公尺，有九百多層樓的高度。」

「我的天，九百多層樓？嚇死人了，難怪從這兒看下去都看不到底？」

「我算了一下，用自由落體來算，從這兒跳下去大概二十四秒就到海平面了，很快吧！」

「誰要你算這個？別嚇人了好嗎？」

彭俊德不想再嚇這兩個小女生，便說：「對啊，妳們看這兒水氣很多，其實我們正是在雲霧當中呢！」

林怡珊高興的拍著手說：「哇，那我們豈不變成神仙了？太好了，太好了。」

黃春華也高興的說：「對啊，這趟出來玩還不錯吧？」

「實在太棒了，我下次還要到南橫來玩，這裏真是太美了。」

「是啊，你們看剛剛路旁的大樹，又高又直的，比電影裏的還要漂亮，還有剛才我在天池看到的松樹，真是美極了，我真的愛死這兒了。」

看兩人說得高興，譚元茂笑著說：「真的嗎？寒假我再帶妳們來，那時候零下好幾度，冷死妳們兩個人。」

林怡珊嘟著嘴說：「我才不怕冷，以後我一定還要再來。」

✦　✦　✦

暑假過去了，彭俊德的弟弟順利考上中部公立大學的農學院，小帥哥周偉民也搬進三〇一室和大家一起住，升上大四的彭俊德更加忙碌了，公司的業務部因為走了劉筱君而大亂，剛開始還沒有感覺，可是三四個月下來，新吸收的客戶不多，老客戶卻多有怨言，這些事工程部也幫不上忙，總經理也光只會罵員工而已，卻又罵不出重點來，可是劉筱君一到丰勝就馬上接了總經理的職位，也沒辦法要她再回來上班了，整個公司的氣氛變得很不好。

正在打電腦的彭俊德看到陳智豪臉色很不好看，心想一定是剛才開會又被總經理罵了，便問說：「傑森，聽說老總早上又發飆了？這回又是什麼事？」

「誰知道？我們工程部又沒給他捅摟子，連我們也罵上了，這工作真不想做了。」

這麼多年來陳智豪縱然有再不順心的事，彭俊德可還沒聽他說過想要離職的話，便問陳智豪說：「傑森，你不做了，那我怎麼辦？」

「你別開玩笑，依你現在的能力，我可以介紹你到別的地方，薪水再加兩倍。」

「你真的要離開嗎？」

「這可說不定，還沒到那個時候，哪一天老總再囉哩囉唆的，可別怪我轉頭就走人。」

「你若是再走了，我看這裏馬上就雞飛狗跳的，我怕公司會整個垮了。」

「大衛我告訴你一件事，當初老總將我從別的公司挖角過來，他所答應要給我的優沃條件全都做到了，我的薪水和其它公司的總經理差不多，我也一直很感謝他，我所領導的工程部也從來沒有讓他失望過，可是這幾年來我也一直在做離職的準備。」

「離職的準備？」

「是的，人會離職有很多原因，像蘿拉在公司那麼多年，一直都是公司的第二把交椅，現在不也離職了嗎？我也希望能夠很愉快的在公司上班，可是卻也提醒著我自己，哪一天我真的要離職了，我不會完全沒有準備。」

「你做了哪些準備？」

「我做了好幾項準備，比如說工程部雖然是公司內部的組織，可是在外面我也小有名氣，今天如果我離開公司，我不用介紹信就會有人來找我去上班，另外一項更重要的準備就是……」

「是什麼？」

「我的存款簿已經有三百萬元的存款了。」

「喔？你已經存了三百萬元？」

「沒錯，多年前我就決心一定要存個一百萬元，這是我給自己設定可以離開公司的標準，有了一百萬，我不怕被炒魷魚，我兩年不用工作也可以渡過，也可以投資企業或是自己創業，哼！希望老總可不要小看我，這麼多年來我省吃簡用，現在已經存三百多萬元了。」

「傑森，你要離開我沒有意見，可是公司怎麼辦？其他的人怎麼辦？」彭俊德心想現在公司一團亂，陳智豪再走人的話，公司可能就支撐不下去了。

「我知道你的委曲，公司對你又不好，我也認為你在這兒不會待太久的。」

「我想再救一救公司，也算是仁至義盡了，大家好來好散。」

「你說得好，我也想到外面混混，在公司太久，一些功夫都生銹了，不過你說要救公司……你好像有腹案了是吧？」

「這件事再簡單不過了，公司不就是少了個業務部的領導人，現在的代理主任保羅是老總的親戚，他的領導能力實在不行，老總也是不信任他才一直讓他暫代，保羅實在成不了氣候，偏偏老總最愛管業務部的事，可是卻又是越管越差，所以……」

陳智豪立刻接口說出來：「所以要到別的公司挖角。」

「是的，業務部的流動性很大，最資深的也不過來了三年，而且都是一些年輕人，找個人來管他們應該不難。」

「是呀，我怎麼沒想到，你再繼續說。」

「可以請蘿拉幫忙找人，這是她留的缺，她一定會幫這個忙，她認識的人又多，接觸的又都是業務的人才。」

「這好辦，我馬上打電話給她。」

✦　✦　✦

星期日下午四點，彭俊德和謝淑華正在校園裏散步，九月的台北熱得嚇人，兩人跑到鐘樓東側去，看看正好沒人，趕緊跑過去透個氣，因為鐘樓已經將陽光全部遮住，還有微風從南側徐徐吹來，最是舒服不過了，兩人在草地上背靠著背坐了下來，謝淑華載著大墨鏡享受著涼風，覺得整個人都快睡著了，彭俊德也閉著眼睛休息。

「俊德，你暑假裏都在做什麼？兩個月不見你，你不會每天都在睡覺吧？」

「哪有啊，我也是跟以前一樣上班寫程式，不過我也幫阿丁研發一些特殊的介面，自己也接了一些小案子。」

「喔？就這樣嗎？」

「是啊，哪像你那麼好，到美國玩了兩個月，看妳都晒黑了。」

「哎呀，不要說出來嘛，我好難過喔，害我還每天擦防晒油，一點用也沒有，真氣人。」

「我是騙妳的，其實妳一點都沒變黑，是妳想太多了。」

「嘻，真的嗎？我知道你在安慰我。」

「真的啦，不過日本最近不是流行健康美嗎？好像還出現很多棕色的化粧品，還有人賣一種塗抹了會有健康膚色的油不是嗎？」

「這我可不知道，反正我不喜歡晒黑就是了，春花最近走路也要撐傘了，她也怕晒黑呢！」

「別說她了，她已經那麼黑了，還救得回來嗎？」

「你真是不懂女生的心理，她現在有了男朋友，整個人比以前淑女多了。」

「哈哈，是沒錯，不過蛋塔不是一直說很喜歡她的健康美，也喜歡她的黑皮膚嗎？」

「男朋友說的話怎麼能算數？哪天要分手了可什麼話都說得出口，我也贊成春花去美白。」

「妳別亂出主意，萬一美白不好變成斑馬，有的地方黑有的地方白，春花可真的嫁不出去了。」

「你怎麼可以這樣子說春花，她是我的好朋友呀。」

「我是說真的。」

「你還說，看我不打死你才怪。」謝淑華聽了有些生氣，轉過身來用力打了彭俊德的肩膀，彭俊德慘叫一聲：「哎，很痛耶……」

「哼！讓你知道本姑娘的厲害，看你還敢不敢說春花的壞話。」

彭俊德一邊撫摸著被打的肩膀一邊還在耍嘴皮子，「好啦，我不敢了，不過春花……春花還是很像斑馬耶。」

「你還敢說，看我不掐死你才怪。」謝淑華真的生氣了，便用力掐住彭俊德的脖子，彭俊德重心不穩倒了下來，還裝作不能呼吸的樣子，最後連舌頭都吐出來了，哀聲求救著說：「救命啊，救命……快放手。」

「我不放手，你快道歉。」

「不道歉，妳快放手。」

「我不放手，你趕快道歉……哎呀髒死了。」謝淑華連忙將兩手放了開來，原來彭俊德用舌頭舔了謝淑華的手。

「妳不是不放手嗎？看來妳原諒我了是吧？」彭俊德站起來後退一步，深怕謝淑華又過來打他。

「噁心死了，怎麼可以用舌頭舔人家的手？」

「怎麼不可以，妳掐我的脖子，我不能呼吸，舌頭就吐出來了。」

看彭俊德裝瘋賣傻的樣子，臉上又是一副詭詐的微笑，謝淑華生氣的說：「還說，你故意的，你不准笑。」

「沒有，我真的是不小心的，不過……不過妳的手甜甜的，還蠻好吃的。」

謝淑華忍不住噗嗤笑了出來，將手不停的在身上擦拭，笑著對彭俊德說：「你亂講，我的手有細菌。」

「反正妳不要再掐我的脖子就好了。」

謝淑華還是將手不停的在身上擦拭，「你不要再舔我就好了。」

這時候謝淑華突然又用力打了彭俊德一下，彭俊德疼得叫了出來：「怎麼又打人，很痛呢！」

謝淑華：「還裝蒜，不是說好今天要給我的嗎？」

「我哪有說要給妳什麼東西？」

「還敢說？快拿來。」

「不給。」

謝淑華舉起拳頭恐嚇著說：「你再不拿出來我又要打人了！」

「好啦，動不動就打人……」

彭俊德乖乖從口袋拿出一只信封給謝淑華，信未封口，謝淑華從裏面抽出一張信紙，上面寫了一些字，原來是彭俊德答應寫給謝淑華的詩。

「傾聽我說

七月的風

妳自遠方而來
可曾
帶來她的音訊
即使是
一絲一毫的氣息
也能悸動
冰封的心

我問
過往的雁兒
不要只是偶遇
為我停留片刻
告訴我
遠方的消息
即使是
一點一滴的話語
也能激落
戀人的淚滴

天上的星

聽我細訴
不論
妳來自何方
我願隨妳而行
一同尋找
一同墜落
遙遠的他鄉

歸來吧
我的愛人
月光之下
彷彿有妳的身影
只是
難以捉摸
不能尋覓
難道要我
獨自
伴隨淒冷的夜」

謝淑華看了又是高興又是感動，覺得這詩雖然有些生澀，字句略嫌雜亂，但是富於情感算是很好的詩。

當謝淑華正在細細品味這詩的時候，冷不防彭俊德從後面過來又舔了一下謝淑華的手，謝淑華還沒會過意來，彭俊德已經退了一步說：「妳的手甜甜的，真的很好吃。」

「臭俊德，你敢……別跑，打死你。」

✦ ✦ ✦

星期二彭俊德照例上一整天的班，一直忙到晚上八點才回到宿舍，就拿了籃球想要放鬆一下，到了籃球場看到譚元茂和周偉民正在一旁休息，場上有兩個年輕學生正輕鬆的投籃。

「咦？你們怎麼在偷懶，不打了嗎？」

譚元茂指著周偉民說：「不是啦，我們七點就來了，剛才偉民被肥仔撞倒，還好在地上翻了兩滾沒有受傷，我們就先休息一下。」

「肥仔呢？」

「他和小斌打工去了，改天再報仇吧。」

原來彭俊德宿舍樓下住著四個同系的學弟，其中有兩個人是周偉民的同班同學，分別是大頭和小黑，另外兩個是資二乙的學弟，分別叫肥仔和小斌，其中大頭和小黑因為家境不好，每學期都要辦助學貸款，四個人也都在加油站打工。

彭俊德向場上一個穿紅色球衣的學生大聲說道：「大頭，哪有那樣子打球的，還用肥肉撞人！」

「學長，那可是肥仔撞人，又不是我。」大頭遠遠的回答彭俊德，他的本名是許仁宏，另外一個大近視眼的學生綽號小黑，本名是章守義。

「我怕是你和偉民有仇，故意叫肥仔撞他的吧？」

「哈哈，我比偉民還要帥，我的女朋友也比他多，我怎麼會和他有仇？不過肥仔和小斌去打工了，你只好明天再找他算帳了。」

「哦？打工？他們什麼時候回來？」彭俊德心情不好，正想找肥仔打球順便出出氣。

許仁宏和章守義索性球也不打了，兩人一起走過來，許仁宏對彭俊德說：「他們今天要打工到明天清晨六點。」

「你們怎麼又不用打工？」

「我們兩個人今天是白天班，也才剛下班回來，還沒吃飯呢，蛋塔學長和偉民就找我們打球了。」

章守義想到前一陣子聽說彭俊德在接案子賺錢，便問說：「學長，我聽說你有門路可以賺錢，可不可以分一些給我們？」

「我上班一個月也才賺一萬二，又不是很輕鬆，你們有興趣嗎？」

「一萬二也比我們現在好多了，我上個月全勤也才六仟元而已。」

「那麼少？」

「是啊，我聽說你有接外面的案子，每個案子都有好幾萬元是嗎？」

「你怎麼知道的？這事我都沒告訴別人。」

「是偉民說的，我上次到你們寢室找他聊天，看到他正在修改一些程式，還說有錢賺呢！」

在旁邊的周偉民生氣的說：「大頭你不要害我，我不是說了那只是偶而才有的嗎？也不過只有兩三仟元。」

「對不起，我一時忘記了，我們四個人最近想錢想瘋了。」

彭俊德靈機一動，便說：「門路是有，可是都是寫資料庫程式的案子，又都必需達到商業等級的水準，我怕你們的能力不夠，我看等明年你們電腦能力比較強了再說吧。」

許仁宏很有自信的說：「學長，資料庫我最熟了，班上同學這方面的能力也是我和小黑最強了，不信你問偉民好了。」

周偉民不但不幫忙許仁宏，反而在一旁嘲笑的說：「別吹牛了，二年級修『資料結構』的時候，你們不是翹了好幾節課嗎？不要讓我為你們作偽證了吧！」

許仁宏氣急敗壞的說：「學長，你別聽偉民胡說八道，他是妒忌我比他帥才會這樣子，我真的很行。」

「我回去考慮看看。」

「學長，不必考慮了，再說我不行的話還有小黑。」

章守義也是滿腦子想賺錢，頻頻點頭說道：「是啊，我很行的，我不行的話也還有大頭。」

彭俊德、譚元茂和周偉民打球打得滿身大汗才回到寢室，看到丁慶澤又在忙著他的積體電路實驗，三人也就不打擾他。

「阿德，你真的要把案子交給他們做嗎？」譚元茂一想到許仁宏和章守義那個財迷心竅的樣子就覺得好笑。

「是啊。」

周偉民比較清楚這四個學生，其中還有兩個是同班同學，因此不免怕彭俊德會吃虧，便說：「這幾個傢伙的實力我很清楚，你那麼照顧他們，我怕你會吃虧。」

「這件事我已經決定了，我現在只是想應該怎麼做才好。」

「我怕他們又要上課、又要打工，若是再接你的案子，可能會應付不過來。」

「這個不行，若是要接案子，他們就不能再打工了。」

譚元茂對彭俊德說：「這四個窮光蛋如果每人一個月算五仟元給他們，一個月就要兩萬元，一年就要二十四萬元才行。」

彭俊德在心中盤算了一下，便說：「這樣子好了，原則上每人一個月給一萬元，我畢業前可以和他們合作九個月，一個月四萬元的話，只要三十六萬元就夠了，不過不知道他們能夠幫我賺多少錢回來？不要讓我賠太多了。」

「阿德，不是我愛說你，你這樣子很冒險，你現在的小案子大多是一萬到三萬元，他們要接二十多個案子才夠本，我建議你再考慮看看。」

彭俊德還是很堅決的說：「看來這是一筆賠本生意，一般人光是訓練就要六個月，後面三個月能賺多少錢回來？再等到他們真的會寫程式了，可能一萬元就不夠了，到時候可別跟我獅子大開口。」

「對了，你的錢從哪兒來？難道公司給你加薪了？」

✦　✦　✦

劉筱君答應陳智豪的請求，沒兩天就介紹一個人進來，只是長相其貌不揚，才四十歲卻已經半禿了，聽說在別的公司當個副主管卻也一直升不上去，劉筱君卻保證是個領百萬年薪的人才，還堅持要給他相當於劉筱君離開時的薪水，那就是每年加上三節就有八十萬的固定薪資，還不包括業績獎金在內，另外要先給他十萬元安家費，總經理平日雖然小氣成性，這次卻是爽快的答應了。

這位新來的業務部主任叫吳凱立，是留美的企管碩士，英文名字叫查理，經過兩個月的整頓，公司的情況果然漸漸好轉，另外吳凱立因為以前工作的性質，也拉來了好幾家的外商公司，給公司帶來新的客源。

而等公司穩定之後，也正是陳智豪和彭俊德離開的時候了，在兩人堅持之下，總經理無法慰留，只好勉強答應了。

公司裏十幾個小伙子搶著要為他們送行，因此利用月底的星期日開了兩桌酒席大家吃得愉快，到了晚上卻只有吳凱立一個人在餐廳等陳智豪和彭俊德，吳凱立等了不到五分鐘，陳智豪和彭俊德就依約到來。

「我點了三杯酒，我先敬你們，好日子實在太短了，我真捨不得兩位，難得大家那麼談得來。」

看到吳凱立身上穿著直條紋的襯衫，再配上義大利的絲質領帶，十分的有精神，陳智豪不禁讚嘆道：「蘿拉果真沒有找錯人，公司已經上了軌道，我為公司謝謝你。」

「哈哈，別那麼客套，我們先點餐，這裏的法國料理很不錯。」

餐後三人繼續聊天，陳智豪舉起酒杯敬吳凱立，並且說道：「查理，我們明天就不上班了，你有沒有什麼事要交待？」

「沒了，你們建議湯姆升為主任，可見得已經將所有的事情都交待好了，湯姆一定不會出紕漏的。」

「是啊，而且工程部的幾個老鳥實力也很行，和你們配合絕對沒問題。」

「都是你們幫忙，我想問你們，你們另外找到工作了嗎？」

「這一陣子有四家公司找我談，我決定要到『金鑫』上班，一樣是做軟體工程的工作，可是大衛的出路我也不知道，我也正想問他呢！」

彭俊德回答說：「我想要休息一陣子，或許過一兩個月再找工作吧。」

吳凱立很熱心的問道：「那你的收入呢？要不要我幫忙？找工作的話或許我可以幫你介紹……」

彭俊德十分感激的說：「這倒是不用，我最近也有一些收入，錢的事暫時不用愁了。」

陳智豪訝異的問說：「喔？你怎麼那麼厲害，連我也不知道？」

「前一陣子我自己在外面接案子，有一些進帳，比較大筆的收入是我賣的一套錄影帶出租管理系統，我和嘉義一家公司簽約，他們推銷得很好，賣一套我抽八千，若是特價、打折、昇級減價，我也照比例抽成，到目前一共抽了三十多萬元。」

吳凱立讚嘆的說：「你真行，真服了你。」

陳智豪好奇的問說：「你是怎麼做到的？」

「那也是很偶然的事，有一次我看到市面上的錄影帶出租管理系統很差，我就自己找了那家公司，原來那是一家嘉義錄影帶出租的大盤商賣出來的，老闆突發奇想找了兩個人寫了一套管理程式，利用他的管銷通路順便賣程式，可是程式不好用，又常常當機出錯，都快被罵死了，我運氣好直接和老闆接洽，我說一個星期內給他們更好的軟體，但是要簽約抽成，若是一套都賣不出去就算我白做工，他們很高興接受了，事情就是這樣子。」

「你不怕那一家公司坑你嗎？」

「這可不能怪我卑鄙了，我給的只是已組譯完成的應用軟體，很難再反組譯成原始檔案，而且我在程式裏開了後門也放了炸彈，如果他們不照合約來的話，到時候軟體會自動解除安裝，灰頭土臉的可是他們。」

陳智豪和吳凱立兩人面面相覷，只覺得這年輕人不簡單。

吳凱立問彭俊德說：「什麼是開後門和放炸彈？」

陳智豪幫彭俊德解釋道：「開後門是說大衛有設計者的專用程式或密碼，可以直接進入任何一台電腦的錄影帶出租管理程式，放炸彈可能是設定時間程式，在一定的時間後會啟動一些特殊功能程式，又叫做時間炸彈。」

彭俊德看到兩個人的臉色不太好，便接著說：「你們別這樣子看我，我的炸彈要安裝六個月以後才會發作，而且我上個星期就到嘉義解除了所有的炸彈。」

吳凱立問說：「你怎麼解除的？」

「我先設計了一個漂亮的使用畫面，將嘉義公司的LOGO放在上面，便藉口說設計了漂亮的使用介面，免費給他們更新，他們很高興上面有他們公司漂亮的LOGO，又有電話和公司地址，事實上更新版就是乾淨沒有炸彈的程式，我再親自跑了五六十家錄影帶出租店去為他們更新，已經確定不會有問題，他們也覺得和我合作很愉快，我已經和他們又簽了飯店管理、訂房系統和小說出租店的管理系統合約，同樣是每件抽兩成。」

「和你合作的公司好像還蠻誠信的。」

「是啊，那個老闆姓楊，才三十幾歲，我到他的公司去，他就立刻將帳本拿給我看，帳目一清二楚，他還算是個老實人。」

「大衛你還真的有些可怕，以後我要防著你了。」

第七章　聖誕舞會

在宿舍裏，譚元茂和周偉民正在電腦前指指點點的，兩人手中拿著幾張電腦報表紙正在商討程式的內容。另外一邊彭俊德和丁慶澤也正在研究著電腦，兩人似乎正在研討著有關電腦安全的問題。

「阿丁，這個不成，我只花了兩個小時就破解了，看來得走別條路。」

「看來沒有真正安全的密碼系統，這套密碼系統防君子還可以，防小人可就不中用了。」

「拜託你再寫一個更強的密碼程式，我再試著破解它。」

「好吧，給我一個星期的時間，下星期四給你。」

「今天就到此為止，下星期再來商量吧！」

「就這麼說定了。」丁慶澤看一下手錶，對彭俊德說：「快十點了，要不要到樓下看看？」

「蛋塔，拜託你看家，我們要到樓下去。」

譚元茂將桌上一疊報表拿給彭俊德，並且說：「我也懶得下去，這些報表別忘了拿下去。」

彭俊德、丁慶澤和周偉民三個人拿了電腦報表一起走到二樓的二〇三室，丁慶澤問彭俊德說：「阿德，今天還是讓你來當壞人吧，反正你習慣了。」

「扮黑臉我最行了，無所謂。」

周偉民也笑著說：「反正你等一下少說話，只要皺皺眉頭裝作不高興的樣子，其餘的事就留給我和阿丁。」

丁慶澤笑著說：「哈哈，等一下我嚇得他們屁滾尿流！。」

三個人徑自開門進入二〇三室，只見四個年輕學生正在電腦前努力用功，雖然已經是十一月份了，天氣還是有點悶熱，其中一個胖子竟然只穿著一件內褲。

靠近門口的一個人看到彭俊德，立刻說：「學長好。」

「好啊！程式寫得怎麼樣了？」

「快寫好了，可是連結方面出了一點問題。」

「喔？你們今天能不能交出來呢？」

寢室的四個人你看我我看你，其中一個學生先說了話：「學長……今天有點困難，或許過兩三天……我們儘量試試看……。」

「今天交不出來？大家可要加油了，已經兩個星期了，不能再拖了。」

「是，我們再試試看……」

彭俊德也不答話，只是皺著眉頭很失望的離開二〇三室，走到門口彭俊德又轉過身來對著四個人說：「唉！你們再試試看，做不好也沒辦法了。」

四個人很難為情的目送彭俊德離去，周偉民這時不禁抱怨說：「喂，大頭，你不是打包票說不會讓學長失望的嗎？」

原來這幾個都是資工系的年輕學生，分別是大頭許仁宏、小黑章守義、肥仔蕭立原和小斌周瑞斌。

彭俊德在月初便要周偉民先將有關一個客戶的人事、會計、倉管的小案子交給他們做，也給了每個人一萬元先讓他們安下心來，可是這四個傢伙剛開始只會吹牛，做到一半才發現要寫出成熟而完美的程式實在不容易。

許仁宏是周偉民的同班同學，說話也比較隨便，「偉民，這程式可不簡單，二十多個檔案的連結，我一直出錯，肥仔和小斌兩個人也是今年才開始修資料庫系統的課，我們……」

周偉民幸災樂禍的說：「我又沒說你們什麼，那麼緊張幹嘛？」

「不是啦，剛才阿德學長好像很不高興的樣子。」

丁慶澤在一旁說：「沒錯，我知道他和廠商簽約明天交件，做好了是三萬元的版權費，超過時間交件的話每天罰三千元，而且廠商有權利毀約，你看他會高興嗎？」

四個人聽丁慶澤這麼說都不好意思的低下頭來。

周偉民走到小學弟周瑞斌的旁邊，笑著說：「小斌你資料庫系統是不是經常翹課？怎麼一個小程式寫成這樣子……」

周偉民又再看了旁邊的蕭立原說：「肥仔你穿這樣子能看嗎？你……」

「不好意思讓你看光了……」蕭立原忙找了條運動短褲穿上，只是上半身還是一樣打赤膊。

周偉民在每人的桌上各丟了一份厚厚的報表紙，對著四人說：「這裏有四份資料是學長改好的，他說程式要寫得讓人看得懂，有問題的話四個人要多商量，先將紅色的部分改好，再按照綠色的指示做，看明天能不能趕好。」

許仁宏在一旁說：「偉民，明天哪有可能？現在還是一團亂，我都三天沒約會了……」

丁慶澤和周偉民回到三〇一室，看到彭俊德正在電腦前很用心的觀察著，丁慶澤不禁問道：「你在看什麼？」

「阿丁，這個網站在討論病毒的事，說有幾個網站被病毒整慘了，還有人一個星期開不了站。」

「難道就沒有辦法了？」

「國內外已經有幾家公司出版防毒軟體了，不過這就好像是現實世界上的病毒，防不勝防。」

「說的也是，上次學校的電腦聽說還中了『愛滋病毒』。」

彭俊德嘆了一聲說道：「唉，會寫病毒的人都是電腦高手，可能比我們都還要厲害，阿丁你說是不是。」

「別想了，再厲害我們也不用怕他。」

「阿丁，你可別誇口，這些傢伙可不簡單。」

「你別忘了，我不行還有你彭俊德，你再不行的話，還有誰能夠贏得過我們兩個人聯手合作呢？」

看丁慶澤這麼樂觀，彭俊德也高興的說：「哈哈，那是當然，對了，樓下那四個傢伙呢？」

「我剛才嚇得他們臉色蒼白的，現在還在趕工呢，不過你的演技也進步了不少。」

「哈哈！」

「那合約怎麼辦？」

「程式我昨天就寫好了，明天抽個空去交件，偉民你幫我跑一趟好嗎？」

「沒問題，對了……你們月底不是有電腦程式大賽嗎？你們準備得如何了？」

「花了那麼多的心力，我希望她們能夠拿冠軍回來。」

「你要跟去嗎？」

「我是指導老師，當然要去了。」

✦　✦　✦

在女校一間可容納三十個人的小會議室裏，校長和幾位主任剛為即將出發的六個選手說了一些鼓勵的話，史逸梅和上學期電腦社的社長和副社長都是參賽的選手，家長會的黃順天也坐在一旁，此時彭俊德手上拿著幾份簡報正在對選手們說明。

彭俊德在銀幕上輪流放著幾張它校選手的幻燈片，很凝重的說：「……這是南台灣霹靂火，他們自稱是台灣最強的隊伍，另外這是台中的奔雷隊，他們所寫的程式送美國芝加哥參加比賽也拿到了首獎……，這是科學園區訓練的黑衫軍，他們宣稱不會讓冠軍獎杯離開新竹……」

彭俊德將幻燈機關掉，轉過身又對著幾個選手說：「但是我敢誇口，這些都將只是襯托我們超強實力的隊伍，幾個月近乎嚴酷的集訓，我們就要收穫了，你們說是不是？」

現場六個女生雖不說話，但也都堅定的點頭稱是。

「還有一些事項我要說明一下，這次比賽是用過五關的方式進行，五組題目和評審都不一樣，除了看功能之外還要檢查程式，沒有投機取巧的機會，每次評分都會去頭去尾，所以也不會有評審不公平的情形發生，另外這次比賽雖然說是全國大賽，但卻是民間機關所辦理的，是由台灣區經理人協會主辦的大型比賽，地點就在新竹科學園區，比賽包含開幕和頒獎一共六天，所提供的獎品有獎杯、獎狀、獎金和未來升上大學的全額獎學金，所以才會稱為全國大賽。」

「這是為學校爭光的最好機會，我們學校有最優秀的學生，師生感情融洽，而且我們也是最用心、最認真辦學的學校，今天我們出去就是要告訴大家這個訊息，現在我要請家長會的黃會長為大家說幾句話。」

黃順天已經等很久了，便走上講台說道：「各位同學好，這是我在本校當家長會長的最後一年，今天我看到我們的孩子成長了……」

選手終於收拾好行李出發了，黃順天也熱心的要彭俊德坐他的車，兩人一路上正好可以聊天，此時彭俊德和黃順天已經是無話不談的好朋友，只是關於設計黃順天捐錢的事情，彭俊德還是不敢將真相說出來，看來這件事將永沉海底了。

「會長，你今天的口才怎麼變得那麼好？那些學生聽了都好激動。」

「廢話，我的口才本來就很好。」

「是是，我說錯話了。」

「其實我今天說的都是實話。」

「喔？」

「是呀，有時候有感而發的話反而最真實感人，這些事要等以後你也當了家長才會感覺到。」

「要我當家長那可要等很久了，你是什麼事有感而發？」

「你看我養女兒十多年了，我每天都捧在手裏保護著她，生怕她受傷、受委曲了，可是今天她很有自信又很勇敢的要參加這麼大型的比賽，我看到她的意志這麼堅強，讓我感覺到她真的成長了。」

「會長的女兒也是選手？是哪一個？」

「你不知道嗎？她就是去年電腦社A組的副社長。」

彭俊德嚇了一跳，激動的說：「什麼！是她？」

「怎麼了？幹嘛這麼吃驚？」

「這傢伙最皮了，我還罵了她好幾次！」

「哈哈，你被她氣死了？她也說你好凶，都不敢惹你生氣。」

「這傢伙又聰明又調皮，我被她作弄了好多次……」彭俊德想到重要證物還沒丟掉，便從卷宗裏拿出來給黃順天看，指著上面的字說：「這是她去年寫給我的小條子，差點嚇死我了，原來她是你的女兒，班上的同學都叫她小安妮，我現在想起來她是姓黃沒錯。」

黃順天拿過來看，雖然沒有具名，不過確實是小安妮的字跡，上面寫著，「……我好累，我已經累了，每天電腦的作業壓得我喘不過氣來，人生好痛苦啊！為什麼……為什麼會這樣？天啊！請告訴我，請不要讓我走上不歸路……。」

「笑死我了，小安妮竟然這樣子整你……」

彭俊德不好意思的說：「希望她以後不要再這樣子嚇人，有些人是經不得嚇的。」

「哈哈……這小安妮真行，不過她最怕死了，連被蚊子叮也要消毒，又怕疼，每次打針都是哭天搶地的，想不到作弄老師這麼行。」

比賽就在新竹科學園區浩浩蕩蕩的舉行，許多外國媒體也爭相報導，比賽分成大專組和高中組，彭俊德看到幾個程度很好的大三學弟也報名參加，心中暗暗地為他們加油，只是自己忙著為選手打點一切，沒法抽空去看他們了。

比賽十分熱烈的進行著，幾所名校的選手都志在必得，每天一組題目限定時間內完成，因此氣氛十分緊張，甚至有許多隊伍因為不能完成程式而得到零分。

高中組的比賽氣氛更是駭到最高點，每天下午四點公佈成績，大會分別在會場十個不同位置張貼成績單，每張成績單又詳列每個項目的分數，可見得評分非常公平，連續三天比賽，每隊的成績都十分接近，可是彭俊德領隊的娘子軍竟然跌破所有專家的眼鏡，連續三天領先群雄。

第四天傍晚，一位電視台記者找到了彭俊德要採訪他，兩人約好了比賽最後一天下午五點整，如果女校選手得到冠軍，電視台將做獨家的深入訪問。

雖然最具冠軍相，但是未到最後一刻誰也沒有把握，因此比賽第六天下午，在會場公佈成績的地方早就擠滿了人，女校的選手們果然堅持到底，最後一天仍是以最高分領先，總分不必結算就篤定可以拿到冠軍，彭俊德和六個選手高興的都跳了起來。

所有媒體記者立刻圍了上來，強拉了彭俊德、黃順天和六個選手要訪問，黃順天不停的打電話回台北報告好消息，六個女生則是興奮的尖叫，彭俊德也因為人多嘴雜，只是對著十多支麥克風應付了幾句話就走了。

到了約定的五點，彭俊德和電視台的女記者在會場的貴賓室見面，彭俊德心裏想著一定要藉這個機會捧黃順天，上學期設計黃順天捐款的事一直讓彭俊德耿耿於懷。

「彭老師，看您還很年輕，在學校教書多久了？」

「很對不起，我並不是學校正式的老師，我是學校聘請來指導校內電腦社的指導老師，在學校只有一年的資歷，在這裏我要藉這個機會謝謝校長、教務主任、蘇老師和許多同仁給我的機會和支持。」

「貴校這次拿到冠軍讓很多人感到意外，其他隊伍連女選手也沒有幾個，想不到冠軍竟然會讓貴校的六個女學生拿去了。」

「是的，從一開始大家就沒有注意到我們這支隊伍，可是大家要想到，今年六月初台北市電腦軟體設計比賽時我們的傑出表現，那時候我們已經拿到冠軍了，我們今天的表現並不能說是一匹黑馬，也不算是意外。」

「請問你們是不是有什麼秘密武器？」

「是的，這幾天來參加比賽的人都是強勁的對手，我們之所以能夠勝出，主要是因為我們準備得比別人更多、更充分而已，我們對於選手的訓練，幾乎達到了魔鬼訓練的地步，而這一切我只能在這兒感謝我們家長會的黃順天會長，在訓練的時候，不論遇到任何困難，不管學期中還是放暑假，全都依賴黃順天會長為我們排除萬難，讓我們的選手無憂無慮的為比賽而準備，黃會長就是我們的秘密武器。」

「那位黃會長在這兒嗎？」

「黃會長這六天來全程跟著我們，這次所有的活動經費也是他一人獨力資助的，他現在好像有事忙著，大概不能過來了。」

「實在太可惜了，有機會我們很想訪問這位熱心的家長會長。」

晚上的頒獎典禮更是熱鬧，許多在電腦業界熟識的朋友也出現在會場，連一陣子不見人影的陳智豪也來向彭俊德賀喜，最後連電腦界幾個大老闆也親臨現場頒獎。

因為電視台的報導，彭俊德一下子變成現場的紅人，到處說謝謝也說不完，最後大會還特別頒發兩面獎牌，一面『最佳指導教師獎』給了彭俊德，另一面『最佳貢獻獎』給了黃順天，黃順天領獎的時候高興得嘴都合攏不起來。

✦　✦　✦

彭俊德有好一陣子沒有到史教授家來拜訪了，晚上八點在史教授家的客廳裏，史教授、史師母和彭俊德正在閒聊，這時候史逸梅端出來一大盤水果。

「阿妹，今天怎麼那麼乖？」史師母很高興史逸梅今天竟然會主動幫忙。

「沒啦，只是感謝俊德哥而已，讓我們拿冠軍回來。」

彭俊德很高興的說：「這都是妳們自己努力的成果。」

「還是很感謝你。」

「不過比賽完了就要全力準備聯考，都已經是高三生了。」

「好吧，俊德哥你陪爸爸聊天，我要去讀書了，明天還要考試呢。」

「對，比賽結束也該用功了。」

史教授問彭俊德說：「阿德，老師聽說你有在做一些股票？有沒有賺到錢？」

「我只有十多萬元的股票而已，現在好像還是差不多，沒賺也沒賠，不過我實在沒有空來思考股票的做法，所以很少去動它。」

「做股票可不能掉以輕心！有一份報導說只有百分之二十二的人承認在股票上賺了錢，那就表示有多達百分之七十八的人沒有賺到或是賠了錢。」

「我覺得應該是大部分的人都賺了錢才對吧？」

「怎麼說？」

「老師你看，每年那麼多公司都有配股配息，這些就是公司賺錢分出來的紅利，假設股價不漲不跌，大家應該都有賺到錢，不是嗎？」

「理論上是這樣子，可是股票卻經常不照著理論來走，事實上在股票上賠錢的人比比皆是。」

「老師一定在這上面賺了很多錢吧？」

「哈哈，你又想要來探我的口風了？我以前有一陣子可是賠慘了，股票這玩意可不好玩呀。」

「我知道了，過一陣子等我比較空閒了，我再來好好研究股票。」

「你想要怎麼個玩法？心中有沒有個譜呢？」

「我想大概是用分析的方式吧？我也不知道玩股票有哪些方式？」

「你想要用分析的方式？這很好呀，一般有中長期的做法，也有投機式的玩短線，另外也有緊跟大戶來做，有人只做配股配息，另外也有人專看解說盤，不過要加入股友社，其他的方式還有景氣面、消息牌、專玩主流股、炒作低價股，各種方式都有。」

「老師覺得哪一種方式比較好？」

「我倒是想要問你，你自己有沒有想到要怎麼個玩法？」

彭俊德思考了一下便說道：「就如剛才我所說的，我想我會用分析的方式來做吧？另外像現在景氣比較好，應該適合做多頭，不過我現在比較忙，可能不適合做短線，其他像加入股友社還有聽消息牌之類的，好像不太適合我們這一種人？」

「你這種想法很好，很適合你的個性和現況，我們這些受過財經金融專業訓練的人，還是走技術面的好。」

「老師，如果我沒空的話，你可不可以代我操作呢？」

史教授斬釘截鐵的說：「不行，錢的事情怎麼可以這麼隨便，像你這種個性遲早會吃虧。」

看史教授有些生氣，彭俊德連忙說：「老師，你剛才所指的是錢還是股票？」

「兩者都有，凡是牽涉到利益的事，一定要拿捏好尺寸，如果自己可以掌握，絕對不可以假手他人，更別說其他像借貸、投資，不是老師愛說你，像你這種個性我真的很擔心你遲早會吃大虧。」

「喔……，我會小心的。」

「你知道就好了，商場上什麼事情都會發生，什麼樣子的人都有，我怕你太單純了，就好像那個……」

「就好像什麼？」

「就好像學校裏的黃順天會長，你何不去問問他，他剛出道的時候是如何被騙去二十萬元的，害得他差一點就翻不過身來，最後還是他老婆的娘家出錢幫他還債的。」

「到底發生什麼事情了？」

「這件事還是你直接問他比較清楚。」

「好吧，改天我再問他好了。」

「阿德，害人之心不可有，防人之心不可無，你要謹記在心！」

✦　✦　✦

接到劉筱君的電話說『乾爹』這兩天心情不好，彭俊德星期天中午剛好有空，就坐了往陽明山的公車，原來乾爹張鎮三的公館就在陽明山上，前一陣子劉筱君湊趣著要彭俊德也跟著叫張鎮三乾爹，彭俊德也很喜歡這個一向照顧自己的老人家，因此也不拒絕，心想讓老人家高興也好。

彭俊德對於張鎮三的家並不陌生，以前曾經來過三次，一進門就看到司機阿傑正在庭院澆花，差點就讓彭俊德笑破肚皮，看來這些可憐的蘭花就要死在阿傑的手中了。

「阿傑你討罵啊？怎麼在澆花呢？等一下老趙看到了，不修理你一頓才怪！」老趙是張鎮三的另一個司機，年紀五十歲多了，和彭俊德也很熟。

聽彭俊德這麼說，阿傑關掉水龍頭不高興的說：「真是的，你怎麼跟老趙一個鼻孔出氣？」

彭俊德看阿傑一臉不高興，不禁問道：「怎麼了?我什麼時候跟老趙一個鼻孔出氣？」

「老趙不准我澆花，又不准我修剪花木，什麼都不准我做，你還不是跟他一個樣子！」

「真奇怪，你不是司機嗎？幹嘛不開車？害我今天還要坐公車來這兒，再說你這個時候澆花，這可是會把這些蘭花害死的，難怪老趙要罵你了。」

阿傑這才有些領悟，便問彭俊德說：「澆花還要看時辰嗎？」

「什麼看時辰？我是說中午太陽大，不適合澆花，你澆花要利用大清早或是傍晚才行，而且不要澆太多水，這會傷害到蘭花的根。」

「原來是這樣子，你怎麼知道？」

「你忘記我是農家子弟，這些簡單的道理我還懂一點。」

「你們讀書人真是了不起，看來我要學的還多著呢。」

「說到讀書，你家大寶最近功課怎麼了？」

談到自己的大兒子，阿傑就高興的說：「這可真要感謝你了，他上了國中以後，功課好得不得了，老師也常誇獎他，我還要催他再加油。」

「這很好呀，有空我再到你家看看他的功課。」

「阿彌陀佛，你真是貴人，多虧你的幫忙。」

「別說這個，你現在怎麼不開車？改行了嗎？」

「說到這個就嘔氣，你看張董現在也不上班了，每個月才去公司兩三趟，幸好每天都會和夫人去爬山，我和老趙搶著開車，我上個星期才開了三趟車，都快悶死了，害我每次領薪水都很心虛，所以我才想找一些事情做，結果老趙也是閒得慌，卻先霸住了花園自己一個人每天玩蘭花，為什麼我就不行？」

「他多少比你懂園藝吧！我看你不要和他爭這個，我要進去了，明天晚上有空再到你家。」

「好，明天晚上六點到我家順便吃個飯。」

「就這麼說定了。」

「待會兒……你等一下再走。」

已經走了好幾步的彭俊德只好折回來，問說：「什麼事？我有事急著要找乾爹呢。」

「也不是什麼重要的事……，你頭腦好，幫我想想看，我這麼清閒也不是個辦法，看能不能幫我找些事做，你看我的骨頭都快生銹了，這個蘭花還是讓老趙去管，我實在不是種花的料子。」

「這一下子你讓我想什麼辦法……，好吧！我有空幫你多想想，改天再說吧。」

因為是識途老馬，彭俊德自己穿過花園，再往內走便看到一棟兩層樓的大房子，右側有一座石頭堆成的假山，假山還有人工瀑布，每次彭俊德到這兒都會感嘆有錢人家就是氣派，光是那十幾顆大石頭就擺得很自然又很壯觀。

剛進門的客廳空無一人，再進去的會客室有幾個人正在泡茶聊天，彭俊德看張鎮三氣呼呼的樣子，劉筱君正在一旁安慰著他，另外張夫人、副董張克誠和他的太太也坐在旁邊。

「越來越不像話了，我分的不算數，蘿拉分的就算數，是要造反了嗎？」

因為來的次數多了，彭俊德也知道張鎮三的脾氣，心裏已經有了安慰老人家的話，於是便說：「乾爹是在跟誰生氣呀？」

老人家看到彭俊德很是高興，便對彭俊德說：「大衛你過來坐在乾爹旁邊，還不是那兩個不孝媳婦惹我生氣的。」

「乾爹，這不是我愛說你，你生氣沒關係，我猜佛祖可不會高興，我看乾媽可要多唸幾本經了。」

原來張鎮三已經進入半退休狀態，最近在分家產，還指定一部分企業要給劉筱君，結果二媳婦和三媳婦有意見，最後還是劉筱君出面才安排妥當。

最近兩個媳婦怕挨罵也不敢到張鎮三這兒請安，劉筱君心想張鎮三對彭俊德印象好，便要彭俊德過來安慰老人家。

想不到彭俊德一來便說到老人家的痛處，佛祖不高興還不打緊，萬一造了口業還要麻煩老婆多唸幾本經，這可是茲事體大，便說：「不生氣不生氣，事情圓滿解決就好。」

「是呀，昨天阿桂和淑香還邀我一起喝下午茶，我們的感情好得不得了，人家不是說家和萬事興嗎？乾爹你還求什麼呢？」阿桂和淑香正是張鎮三的第二和第三媳婦，看來也被劉筱君收服了。

「家和萬事興，家和萬事興。」

張克誠看張鎮三不再生氣，便也接口說道：「阿爸，你看別的人家，不是鬧父子吵架就是兄弟爭產，哪有人像我們一家子和和氣氣的，而且自從蘿拉到了我們公司以後，公司的業績好得不得了，看誰還敢說蘿拉的壞話。」

「是呀，蘿拉是我從小看到大的，她的性子我會不知道嗎？誰敢說蘿拉的壞話，我只是不喜歡你們當她是外人看，我收乾女兒請了五百桌宴客誰不知道，分家產卻一毛錢也沒有，這公平嗎？」

彭俊德知道劉筱君很早就認識張鎮三，可是又不太像是張鎮三從小看到大的，便問說：「大姐，怎麼乾爹說從妳小時候就認識妳了？」

「哪有啊！乾爹是說我十八歲那時候就認識我了，我那時候剛出社會在賣百科全書，乾爹幫我的忙買了一套，就是這樣子。」

想到以前的趣事，張鎮三的興緻就來了，瞇著眼笑嘻嘻的說：「是啊，那套百科全書我到現在還沒打開過，你們知道蘿拉推銷的功夫有多厲害了吧！」

「后！乾爹你不要再說了，說得我多不好意思。」

彭俊德忍著不敢笑出來，心想當年劉筱君一定是死皮賴臉的強迫推銷那一套百科全書給張鎮三，便說：「乾爹，那百科全書還沒開封，好像可以退錢吧？」

劉筱君又好氣又好笑的瞪了彭俊德一眼說：「后！你還要損我。」

彭俊德不解的問道：「可是乾爹才六十五歲，身體還那麼好，為什麼要分家？」

「我覺得三個孩子都大了，每個人都有能力獨當一面，或許分家以後公司會更有競爭力，而且他們幾個堂兄弟也都很成材……」

彭俊德點頭說道：「分家也好，大姐沒分到也沒關係，你沒聽人家說吃虧就是佔便宜嗎？再說憑大姐的脾氣，我怕你要分家產給她，她也不會要。」

「這我也知道，所以後來我也就任由她去主持分家了，想不到她找來幾個律師和會計師，我這麼龐大的事業沒幾天就讓她搞定了，我還真服了她，這小女孩真行啊！」

劉筱君沒想到都三十歲了還讓人家叫小女孩，有些無奈的說：「我是您的乾女兒，當然行了。」

「哈哈，我的乾女兒當然行了。」

趁著張鎮三心情愉快，劉筱君忙說：「改天我找阿桂和淑香來這兒泡茶，您可別再罵她們了。」

「不罵不罵，我罵她們幹嘛？」張鎮三忽然轉頭問彭俊德說：「大衛，乾爹還有一件事要請你幫忙，看你有沒有辦法？」

「乾爹，是什麼事呀？」彭俊德心想張鎮三財大勢大，平時都是他在幫別人的忙，哪有可能還需要自己幫忙。

「這……我是說我的乾女兒這麼漂亮，可是……可是現在已經……二十多歲了，看你能不能幫我找個乾女婿？」

劉筱君沒想到張鎮三會冒出來這一句話，有些心急的說：「乾爹你在說什麼呀！」

張夫人也在一旁幫腔說：「對啊，男大當婚女大當嫁，這有什麼不好說的。」

看劉筱君那副不好意思的樣子，彭俊德不禁笑了出來，微笑著說：「乾爹乾媽你們別操心了，追大姐的人一大堆，說不定你們一不注意，過兩天大姐就讓人家給娶過去當老婆了。」

張夫人還是憂心忡忡的說：「可是我還是很擔心呀。」

劉筱君無奈的嘆了一口氣說道：「拜託你們別再說了好不好！饒了我吧。」

✦ ✦ ✦

大四的課業並沒有很重，彭俊德在開學時多選了兩門電機系的課，心想以後和丁慶澤在一起研究時也可以更加順手，另外也選了一節中文系的書法課，這種只有一學分的課很少見，不過這學期倒是完全沒有商學院的課了。

書法課的學生大多是女生，彭俊德有些後悔，不知道自己來這兒幹嘛？書法又不是很重要，只是上學期跟著林家星寫了一陣子，林家星還一直交待自己必需持續不可以間斷。

上課非常輕鬆，授課的是八十歲的王石磊老教授，退休了卻還回來上這個課，人長得又瘦又小，皮包骨似的，精神卻還是很好，每次上課總是先拿自己所寫的字給大家品評，有時候字體端正，有時候卻是龍飛鳳舞，偏又最喜歡到彭俊德的身邊來指導他，害得彭俊德不敢遲到也不敢翹課。

「……你這字不要收斂，剛學歐體字不需要保守，該發揮的就發揮……」

彭俊德別說不懂欣賞老教授的字，就連老教授對於自己的指導也是一知半解，因此總是回答說：「謝謝老師的指導，謝謝老師的指導。」

想不到年底的時候學校書法社辦展覽，老教授因為身兼書法社的指導老師，竟然利用職權強佔了展覽會場的一角，將所有選課學生的字放了上去。

在佈置會場的時候彭俊德可是快要羞死了，心想自己的字怎麼拿得出來呢？再放眼看去書法社成員所寫的字水準非常高，不論楷隸行草比比皆是，就連比較少見的魏碑、小篆、甲骨文也有。

彭俊德再看小角落裏全班的字也都是有模有樣，只有自己的字歪七扭八的，更慘的是謝淑華知道了這件事，竟吵著要彭俊德陪她看展覽。

一進入會場，可真是高朋滿座，來捧場的人很多，還有幾個留著白鬍子的老人家正聚精會神的看現場年輕人的書法。

彭俊德抱怨的說：「有什麼好看的？你可真是煩死了。」

「看一下有什麼關係？又不會少掉一塊肉。」謝淑華心裏幸災樂禍，但臉上卻是一副認真的表情。

「回去啦！」

「別吵，我還沒有簽名呢！」

謝淑華就是喜歡看彭俊德尷尬的模樣，在禮堂進口處的桌上拿起一支毛筆，故意慢慢的在簽名簿上寫著自己的名字，好不容易寫完，將毛筆交給彭俊德說：「換你寫了，要寫漂亮一點才行喔。」

彭俊德很不耐煩的隨便寫上了自己的名字，一張嘴翹得高高的，實在是氣得說不出話來，謝淑華也不理他，用力抓住彭俊德的手不讓他跑掉，然後慢慢欣賞滿牆的書法。

看謝淑華慢條斯理的樣子，彭俊德滿心無奈，心裏只想早點看完了好離開這兒，以免碰上認識的人。

謝淑華終於找到彭俊德所寫的字，很興奮的說：「哇！俊德，這是你的字，好棒喔。」

「看到了吧？可以走了嗎？」
謝淑華東張西望，好像在找什麼東西，生氣的說：「不要啦，我還沒有看完呢！」
「有什麼好看的……」
「我正在品評，我看這個氣勢……」
彭俊德又好氣又好笑的說：「這字哪有什麼氣勢，亂七八糟的……」
「嗯，龍飛鳳舞……」
「后！什麼跟什麼？我這是正楷，只有草書才會龍飛鳳舞。」
這時候彭俊德看到老教授也來到會場，一時沒有人招呼他，只好硬著頭皮迎上前去說：「老師好，老師您剛到？」
「是啊，我約了幾個朋友，我先過來等他們。」
謝淑華也過來湊熱鬧，對著老教授就是一個大鞠躬禮，大聲的說：「老師好。」
「妳是……」
「老師好，我是外文系的學生，俊德帶我來看書法展。」
「那很好呀，叫俊德帶妳到處看看。」
「老師，我已經繞了一圈，可是有一些我不太懂得欣賞。」
「這簡單，看妳對哪一些字有興趣，老師來跟妳說明。」
謝淑華很高興，就隨便指著牆上一幅字問說：「謝謝老師，老師你看這一幅字，好像很平凡，可是又得了校長獎，不知道好在哪裏？」
「這個字很好！妳看這隸書每個字都有一尺多高，每個字都有千斤之重，十分的厚實，是書法社社長的字，要有十年功夫才寫得出來。」

謝淑華只是故意利用老教授在托延時間，彭俊德只能無奈的搖搖頭，這時候從外面來了二〇三室的四個學弟許仁宏、章守義、蕭立原和周瑞斌，四個人滿頭大汗，許仁宏一下子就看到了彭俊德，便走過來說：「學長，我們聽說你辦書法個展，所以就趕過來看了。」

彭俊德只差沒有在地上挖個洞鑽進去，小聲的罵道：「后！是誰說我要辦個展的？謠言滿天飛，就連老師也是兩三年才辦一次個展，我算什麼東西？」

「你沒有辦個展？可是蛋塔學長叫我們一定要過來看學長的書法展，不來怕你會生氣。」

「這不是我的書法展，別太大聲會被別人笑死的，這是書法社的成果展，我只有一小幅書法在那邊，拜託別再說了，你們讓我死了吧！」

「蛋塔學長說等一下還要找你們全班同學一起過來捧場。」

彭俊德嚇得大聲叫了出來：「什麼？全班？」

看彭俊德這麼激動，四個人不敢再說話，只是覺得有東西展覽還怕別人看也真是奇怪，只好緊跟在彭俊德和謝淑華的後面。

老教授聽了彭俊德他們說話，便問彭俊德說：「俊德，我過年後有個書法展，你能不能過來幫忙，我這邊人手不太夠。」

「好的，我一定過來幫老師的忙。」

謝淑華也靠過來拉著老教授的衣袖說：「老師那我呢？」

老教授仔細看了謝淑華以後說道：「嗯，妳……妳不可以過來，妳不行。」

「老師你怎麼可以這個樣子，你不公平！」

「不行，妳要是來了，人家還以為我花了多少錢聘請妳這個漂亮的女公關，我要找一個醜一點的才行。」

謝淑華知道老教授在跟自己開玩笑，便笑著說：「老師，那我就變得醜一點，您開書法展那一天，可別忘了我喔！」

這句話惹得老教授開懷的大笑，接著謝淑華又故意挑了幾幅比較奇特的字請老教授解說，最後走到了角落，謝淑華指著彭俊德所寫的字說：「老師，這是俊德的字，不知道好不好？」

「當然好了，若是不好，我會讓它展出來嗎？」

「可是剛才有人說這個字沒有氣勢，亂七八糟的……」

老教授很生氣的說：「胡說八道，在台灣誰的書法好不好，是我說了算，誰有意見叫他來找我好了。」

彭俊德尬尷的說：「報告老師，那是我自己說的，老師不要生氣了。」

「哪有人這麼說自己的，你看你這個字……」

老教授退一步瞇著眼睛仔細的看彭俊德的字，細心的說：「這詞是好詞，字是好字。」詞是李清照的詞，「風住塵香花已盡，日晚倦梳頭，物是人非事事休，欲語淚先流，聞說雙溪春尚好，也擬泛輕舟，只恐雙溪舴艋舟，載不動許多愁。」

老教授又說：「你們看，詩人將愁都給量化了，真是令人感傷的好詞！」

「老師，可是這字還很不成熟。」

「對呀，你要批評就將事實說出來，不要說什麼亂七八糟這種不負責任的字眼。」看來老教授還在為剛才的事生氣著。

「是是……」

「你這字可以退遠幾步來欣賞，筆劃勾勒還算可以，有用心練習過，可是字體結構的拿捏還要加強，一筆一劃來看，你這字可說是劍拔弩張、鋒芒畢露……」

「是是……」彭俊德注意聆聽老教授的解說，想不到兩邊圍觀的人越來越多，原來大家看到在全台灣書法界有最崇高地位的老教授這麼用心在品評一幅字，便都好奇的擠過來湊熱鬧。

另外四個資工系的學弟也在一旁拍馬屁，諛詞洶湧，彭俊德真是有苦難言。

「……所以說，你的字雖然還不成熟，但是期以十年定然有成，好好的寫，我要你寫得比這裏所有的人都還要好。」聽老教授這麼一說，兩旁的來賓不禁鼓掌了起來。

哭笑不得的彭俊德也只好強顏歡笑的說：「謝謝大家。」

「是啊，學長的字當然好了。」四個資工系的學弟馬屁也一直拍個不停，全都沒看到彭俊德的臉色十分難看。

不一會老教授忙著招呼客人，彭俊德也看到幾個自己班上的同學，大美女、小美女和一票女生還都在東張西望的找自己，心想絕不能讓她們給瞧見，敢緊抓了謝淑華的手從另一個門口衝了出去。

到了禮堂外面，彭俊德生氣得說話都有些大聲了，「都是妳愛捉弄人，以為我看不出來嗎？」

謝淑華也不干示弱的說：「我哪有捉弄人？同樣都是文學院的展覽，我每年都來看，又不是第一次……討厭，抓得人家手都痛死了。」

「還敢說，現在全班的人都在裏面嘲笑我！」

「又不是我叫他們來的，你什麼事都只會怪我，嗚……」謝淑華竟然傷心的哭了出來。

看到謝淑華哭了，彭俊德也覺得自己有些過份，便說：「好了，不要這樣子。」

「嗚……你就只會欺負我……」

想不到這時候身後竟然響起了黃春華的聲音，「臭大衛，你怎麼可以欺負我們淑華。」

原來譚元茂也帶了林怡珊和黃春華一起來看書法展，三個人還沒進去就看到彭俊德和謝淑華鬧得不太愉快。

「嗚……春花，俊德他打我……嗚……」

「什麼？我哪有打妳。」

「嗚……妳看我的手，都流血了……」謝淑華伸出了左手臂給黃春華看。

「我來看，哇……」黃春華看謝淑華手上什麼傷也沒有，再看謝淑華也沒有流淚，原來只是假裝在哭，便也故意大聲的叫了出來。

「怎麼了？我看一下。」彭俊德心想剛才也不過是用力抓了謝淑華的手，應該不會有什麼傷害才對？

「走開，不讓你看，我的天呀，怎麼會這樣？」黃春華生氣的推開彭俊德。

「嗚……他一直打我，都不放手。」

「大衛，你實在是太過份了。」林怡珊一臉怒容，心想男生怎麼可以打女生，便也過去瞧瞧，可是看不到什麼傷痕，便說：「咦？怎麼沒有流血？」

黃春華連忙制止林怡珊說：「后！珊珊妳在說什麼，妳沒看到淑華的手都瘀青了嗎？」

林怡珊這才會過意來，便說：「對呀，整隻手都瘀青了。」

彭俊德覺得謝淑華好像不是真的受傷，可是剛才確實是用力抓了她的手，便抱歉說道：「好了啦，算我錯了，不要哭了嘛。」

「什麼算你錯了？本來就是你的錯，你還要賴。」

「好啦，是我的錯……」彭俊德正要認錯，卻看到一旁的譚元茂，便大聲罵道：「蛋塔，這一切都是你搞出來的鬼，是不是？」

「我招誰惹誰了？我站在這裏又沒說什麼話。」

「是你通知淑華來看書法展的，是不是？大頭他們也是你叫來的，是不是？」

「我沒有，大頭是我告訴他的沒錯，這個我承認，我可沒跟淑華說什麼。」

「那淑華怎麼會知道的？」

「我猜大概是春花告訴她的吧？她們現在已經是死黨了。」

黃春華一手抱著謝淑華，一手指著彭俊德生氣的說：「沒錯，是我告訴淑華的，你想怎麼樣，你也不用為了這個事情就打人。」

「我哪有打人，我只是抓她的手，我發誓。」

聽彭俊德這麼一說，謝淑華哭得更大聲，這下子連眼淚都擠出來了，「哇……嗚……他只是抓我的手……好痛啊……」

彭俊德看到附近有人指指點點的，覺得很不好意思，便說：「好啦，不要哭了，這裏人這麼多……」

「嗚……」

彭俊德只好硬著頭皮向前安慰著謝淑華說：「對不起，都是我的錯好不好……」

「本來就是你的錯，嗚……」

「我知道，我知道，不要生氣，別哭了嘛。」

「不行，我還要哭。」

「我跟妳陪罪好嗎……」

「不知道哪天你還要欺負我。」

「不會的，不會的。」

「不會？不會才怪呢，不行，你要賠我。」

「要賠妳什麼？」

「我不知道……嗯……你要再寫十首詩給我。」

「這不行，上次那幾首詩我已經絞盡腦汁了，十首詩我哪寫得出來？」

「嗚……你跟本就是在欺負我……嗚……」

「好啦，不要哭了……」

「我就是愛哭嘛……」

時間是晚上十一點，在東區一棟大樓的頂樓開設有一家高檔的餐廳，說是餐廳也不是十分恰當，裏面還有吧台，也有舞池。

在餐廳裏黃春華像個小媳婦似的，縮在椅子上動也不敢動，劉筱君已經數落她五分鐘了，可是氣還沒有消，最後還克制不住用力拉扯黃春華的耳朵，生氣的罵說：「妳這個死春花，枉費我那麼照顧妳。」

「好了啦，姐，再這樣下去我會被妳打死的。」

「打死了活該，從來沒看過像妳這樣忘恩負義的人。」

「姐，我哪有？我也是不得已的呀？」

「不得已？搶人家的男朋友也是不得已的嗎？」

「我哪有搶人家的男朋友？那是我自己的……」

「我花了那麼多的錢賄賂妳，還買那麼貴的球拍送給妳，想不到……想不到最後球拍竟然還送給了妳的男朋友。」

「姐，我不是說那只是借給他的嗎，又不是真的送給他。」

「強辯也沒有用，等一下他來了我問他看看。」

「問就問，反正拍子也還在，大不了拿回來……」

「妳看該怎麼辦？妳到處風流快活，留下我們珊珊孤家寡人一個，哪有人這樣子介紹男朋友的？」

「姐，不是說好了我幫珊珊的忙？珊珊現在也認識七八個大男生，接下來就看她的了……」

聽到這裏劉筱君的氣也消了些，當初確實是要黃春華幫林怡珊和彭俊德牽線，黃春華確實也很努力，只是自己看到黃春華的愛情進展順利，小表妹林怡珊卻是一籌莫展，自己心裏也了解不能怪黃春華辦事不力，便興奮的問說：「那麼珊珊認識的那七八個男生，有沒有人對她有興趣？」

「好像沒有耶？」

劉筱君的心情一下子又掉到谷底，唉嘆的說：「唉！真是的……」

這時候林怡珊也來到餐廳，自己走到劉筱君的對面坐了下來，對兩人說：「嗨表姐、春花，妳們等很久了吧？」

黃春華低著頭說：「妳怎麼現在才來？我被罵得好慘……」

看劉筱君一臉不高興，林怡珊也不敢吭聲，劉筱君瞪著林怡珊說：「珊珊妳真是笨哦，妳看春花都快要嫁人了，妳到現在一個男朋友都沒有？我都快被妳氣死了，妳現在認識那麼多個男生，妳就不會隨便抓一個來當男朋友？」

「哪有這樣子？我又不是女色魔，人家是淑女……」

「淑女也要有男朋友，告訴妳，等明年畢業了，再要找好的男朋友可就難了。」

「可是他們都不追我，我有什麼辦法？」

「笨蛋，他們不追妳，妳不會追他們嗎？」

「這我可不敢。」

「真是的，這有什麼困難，想當年妳表姐我……」劉筱君這話只說到一半卻又說不下去了。

「姐？妳當年怎麼了？」

「算了，好漢不提當年勇，我現在要說的是妳，妳可別岔開話題。」

「可是妳……妳都三……妳也還不是沒嫁。」

「別管我了，我要說的是……可以的話，男朋友、老公要在這個時候找，這是最浪漫、最純真的時候，過了這個時候，唉……」

「這也由不得我，我也沒有辦法呀。」

「說的也是，我看要妳翹課打球比追男朋友容易是吧？」

說到打球，林怡珊的臉上露出了笑容，「是啊，妳知道就好了……」

「真是笨，看來改天我得教妳幾招才是。」

「姐，妳不是找大衛他們來了嗎？」

「我要他們晚十分鐘來，好讓我罵妳們，看來時間也差不多了，倒是春花被我罵得多一些。」

黃春華在一旁委曲的說：「今天我好倒霉哦。」

過了一會兒彭俊德、譚元茂、丁慶澤和周偉民也到了餐廳。

譚元茂跟劉筱君比較熟，便熱情的招呼說：「嗨，聖誕快樂。」

看到幾個年輕人進來，劉筱君的心情也快樂起來了，心想可能年輕人的活力也會傳染吧！而且這幾個年輕人在她的眼裏可又都是乖巧到了極點的好男孩，心想或許可以趁機會幫小表妹珊珊牽線也說不定。

「快坐下來，都等好久了！」

林怡珊和黃春華也同時說：「你們好呀！聖誕快樂！」

彭俊德看一下四周，光線有些昏暗，但是很清楚的可以看見餐廳內部的裝潢和擺設都很漂亮，一些光可鑑人的銅管和滿地波斯圖紋的地毯看起來比較古典，天花板掛著一些彩帶和彩球表示著節慶的到來，餐廳中間有一塊舞池，地上鋪了拼花的實木地板，可以看到設計師細心的構思，也感覺到這家是屬於三、四十歲以上年齡層的餐廳，便坐下來對著劉筱君說：「大姐，這裏我沒來過耶。」

「這種花錢的地方少來比較好，我也是趁著今天聖誕夜才會找你們出來見識一下。」

「今天來這兒恐怕要花不少錢吧？」

「真乖，想替大姐省錢嗎？」劉筱君嘆了一口氣又繼續說道：「時間過得真快，再沒幾天就要過年，過年後我就是三十一歲了，歲月不饒人啊！」

林怡珊接著說：「實歲三十一？那虛歲不就是三十二歲了嗎？」

黃春華和四個男生都掩著嘴不敢笑出來，只見劉筱君氣得滿臉通紅，一個腮幫子給林怡珊氣得鼓鼓的，林怡珊只好低下頭小聲的說：「對不起，我又說錯話了。」

劉筱君輕嘆了一聲說道：「真是輸給妳了，妳還真是我的剋星，我上輩子不知道做了什麼壞事，這輩子註定要當妳的表姐。」

這時候服務生拿了四碟的點心和蛋糕過來，另外還送來一瓶白蘭地和八個杯子，劉筱君忙為大家斟上了酒。看大家都不說話，劉筱君又接著說：「你們幾個，看能不能幫我們珊珊找個男朋友，幫我管管她，免得我早早的就讓她給氣死了。」

彭俊德笑著說：「姐，珊珊才幾歲？何必那麼急。」

周偉民也在一旁說道：「像珊珊那麼大方的女孩子，追她的男生一定很多才對吧。」

林怡珊也興奮的說：「是啊！我的男朋友好幾百個。」可是看到劉筱君正狠狠的瞪著自己，便又低下頭說：「我是說以後一定有好幾百個……」

劉筱君對著四個男生說：「有機會的話幫忙介紹，有空讓她到你們學校轉轉，多認識幾個男生也好。」

彭俊德笑著說：「那我們盡量試試看，但是不打包票。」

劉筱君高興的說：「有你這句話就好了。」

林怡珊在一旁委曲的說：「你們幹脆把我賣掉算了。」

「大人說話，妳小孩子插什麼嘴！」劉筱君先罵了林怡珊，接著拿起酒杯對著四個男生說：「來，今天都是自己人，大家隨興喝，這是法國干邑產的白蘭地，品嘗看看。」

譚元茂將手中的酒杯輕輕搖晃了一下，又聞聞酒香後說道：「蘿拉姐，這酒香味很濃郁，又不刺鼻，這是很高檔的酒。」

「當然是好酒了，酒精濃度是四十三度，可別喝醉了！」

彭俊德看桌子上還有一個空酒杯，便問說：「姐，還有人要來嗎？」

「是呀，你猜猜看是誰遲到了。」

「該不會是傑森要來過來吧？」

「一猜就中，他剛才打電話說要晚一點來，看來也該到了。」劉筱君正說著就看到陳智豪已經到了門口。

看到幾個好朋友和一票學弟，陳智豪很高興的說：「Surprise！ Merry Christmas! 大家好。」

彭俊德很高興的和陳智豪打招呼：「嗨，傑森，好一陣子沒見了。」

「學長好！」譚元茂也見過陳智豪幾次面。

「出門在外，別叫我學長，大家叫我傑森好了。」

劉筱君拉了陳智豪坐到自己身旁的位置，高興的說：「傑森，先坐下來，大家等好久了。」

譚元茂拿起酒杯向陳智豪敬酒說：「傑森，今天是聖誕夜，你酒量好，可以多喝幾杯。」

劉筱君笑著說：「這可不行，我和傑森約好了今天要跳一整夜的舞。」

林怡珊和黃春華都高興的拍手說：「太好了，今天可以跳一整晚的舞！」

這時現場正放著輕柔的音樂，陳智豪笑著牽起劉筱君的手說：「別管他們，我們跳舞去。」兩人便相偕到舞池和著節拍漫步的輕舞著。

看黃春華一臉興奮的樣子，譚元茂也拉著黃春華的手一起去跳舞了。

過了一會兒現場的音樂改放了輕快的恰恰舞曲，林怡珊坐在位子上看著舞池上的人們都快捷的變換著舞步，自己也忘形的手舞足蹈。

彭俊德轉頭看了林怡珊，林怡珊趁機裝出一副哀求的表情，還不停的對彭俊德眨眼睛，彭俊德可真是頭大了，自己實在不會跳舞，轉頭看丁慶澤，只見他也是一臉尬尷的表情。

彭俊德沒有辦法了，只好偷偷的踢了周偉民，用眼神示意周偉民要去陪林怡珊跳舞，周偉民便起身說：「珊珊，一起跳恰恰好嗎？」

林怡珊高興的說：「Why not !」

這兩人一下舞池就讓彭俊德和丁慶澤看得都呆了，只見兩個人的舞步忽前忽後、忽左忽右、轉身、交換……。兩人的舞技真是沒話說，有時候兩人一前一後，忽而又變成對稱的步型，彭俊德早就聽劉筱君說過林怡珊愛玩，但是卻不知道周偉民的舞技竟然那麼好。

跳了五、六首曲子以後，譚元茂、黃春華、周偉民和林怡珊都暫時回來休息，但是陳智豪和劉筱君還是在舞池中繼續擁舞著。

林怡珊的心情還是十分興奮，對著周偉民說：「偉民你真行耶，你是我的偶像！」

「哪裏，妳的恰恰跳得才真是好，不過也不是我愛吹牛，我可是學校裏社交舞社團的副社長，我還兼任社團教練，我只差了一票就當上了社長。」

「太棒了，妳是副社長耶。」

「妳真厲害耶，妳好像什麼舞都會跳。」

「是啊！我的狐步、探戈、迪思可、扭扭、華爾滋都很行，另外街舞、熱舞、黏巴達我也會跳。」

「妳實在太高桿了！」

「偉民，以後有舞會一定要找我，拜託拜託！」

「沒問題，包在我身上。」

「耶！太棒了！」

兩人還興奮的說著話，現場響起了主持人的聲音：「各位嘉賓，平安夜將要進入倒數計秒，讓我們一起來慶祝這美好的一刻，現在讓我們一起來，十、九、八……」

彭俊德等人也高興的一起計秒，「七、六、五、四、三、二…」

這個最後「一」字的聲音根本沒人聽得到，只能聽到現場來賓們高興的尖叫聲，天花板上的彩球也爆裂開來，撒下繽紛的亮片和彩紙。

「聖誕快樂！」

「Merry Christmas!」

「……」

過了一會兒陳智豪和劉筱君也回到座位上，大家看到劉筱君眼角的粧有些亂了，眼角還有一點淚水，卻掩不住她一臉愉悅的表情。

林怡珊不解的問說：「姐，妳怎麼哭了？」

劉筱君也不答話，輕輕擦拭了眼角的眼淚，右手拿了一個藍色的小絨盒放在桌上，微笑著說：「妳看，這是傑森送給我的。」

林怡珊急忙將盒子打開來，原來是一枚小鑽戒，在昏暗的燈光下晶瑩閃爍。

「好漂亮呀！這麼好喔，聖誕節送鑽戒當禮物。」

劉筱君一把將鑽戒搶了過來，小聲的罵說：「妳這個小笨蛋，這個又不是聖誕節禮物。」

彭俊德一下子就想到了原因，便說：「姐，恭喜你們，傑森剛才向妳求婚了是不是？」

劉筱君微笑的點了點頭，自己伸出手來將張鎮三送給她的紅色鑽戒取了下來，這時候陳智豪忙將小鑽戒拿了過來，親自套在劉筱君左手的無名指上。

「妳們……這我怎麼都不知道？」林怡珊一下子還不能接受現狀，過了幾秒鐘忽然跳了起來，緊緊抱著劉筱君說：「姐，我好高興……我好高興……」

黃春華也高興的說道：「好浪漫呀！聖誕夜求婚。」

過了一會兒，林怡珊發瘋似的跑到陳智豪的身邊緊緊抱著他，又在陳智豪的臉頰上狂吻，高興的說：「好棒喔，你是我的姐夫……我好愛你呵。」

「好啦，妳不要愛我了，拜託！你們誰來幫我的忙，我快不能呼吸了。」

黃春華也高興得流出了眼淚，「姐，妳們……妳們這樣子……，我和珊珊怎麼都不知道？」

劉筱君微笑的說：「大家最近都那麼忙，我和珊珊也好久沒見面了，妳又忙著談戀愛，哪會知道我們的事呢，就連大衛和傑森也不常聯絡了，不是嗎？」

林怡珊點點頭說：「是呀，妳那麼忙，我們是少見面了。」

黃春華也接著說：「這樣的好事，應該早一點讓我們知道，讓大家為妳高興嘛！」

陳智豪微笑的說：「現在讓你們知道也不遲吧？」

林怡珊忽然靜下來問說：「是呀，可是……，姐，妳該不會是懷孕了吧？」

這時候彭俊德實在忍不住了，用力在林怡珊的後腦袋敲了一下，小聲的罵道：「臭珊珊，妳別又要挨罵了。」

第八章　柔情風城

謝淑華這一陣子似乎很忙，彭俊德好不容易才約到她一起吃中飯，在餐廳裏彭俊德看到謝淑華翻閱著小筆記本，這才知道原來謝淑華最近正忙著話劇公演的事情。

「我怎麼不知道妳們有話劇公演？」

「你都不關心我了，哪會知道我們有話劇公演。」

「我哪敢不關心妳，只是妳最近比較忙，都沒空接我的電話，所以……」

彭俊德看謝淑華還在翻她的小筆記本，便又問說：「咦，妳在看什麼？」

「我在看下午還有沒有要聯絡的事項。」

「喔？妳是不是演女主角呢？」

「我哪敢演女主角！上了台我兩隻腳都會發抖。」

「妳不演女主角？那誰來演？」

「女主角是溫蒂演的，她是話劇社的資深社員，不過這次是我們外文系的畢業公演，不是話劇社的活動，溫蒂她的台風比較穩，上台表演也有經驗。」

「可是……可是她長得那麼醜。」

謝淑華驚訝的問說：「你怎麼說她長得醜？」

「我剛才看到她了，她長得有夠醜的，台詞又唸得亂七八糟。」

謝淑華這才會過意來，知道彭俊德在哄自己高興，便笑著問：「你剛才看到她了？」

「是啊，她那個樣子我看了就討厭，醜八怪還敢上台表演。」

「可是她今天請假又沒有來學校……你……」

彭俊德眼看穿梆了，忙想要找個理由，「她今天……她今……」

「別再唬我了，你又不認識她，吹牛大王！」

「喔，我只是想說妳不演的話那誰來演？總是要找個比較漂亮的吧？」

「溫蒂已經很漂亮了，要我上台我可沒那個膽量，我的膽子就跟螞蟻一樣小。」

「那妳演什麼呢？」

「我什麼都不敢演，我只是劇務組的成員，管一些文書工作，另外我在表演當中除了擔任樂團的第一小提琴手之外，還穿插了一段小提琴獨奏，曲子是我的老師寫的，很有感情的唷。」

「喔？我以為學生話劇表演的音樂都是用錄音帶播放的，妳們還有樂團、還有小提琴獨奏啊？」

「是啊，我們外文系人才多，我們組了一支小型的管弦樂團，表演的時候全部現場演奏，很有挑戰性。」

「妳們來得及嗎？可能要到下學期才能演出了？」

「我們預計要抽空排演三個月，然後公演十一場，劇目是羅蜜歐與茱麗葉，有八場是在寒假，三場在開學後，時間算起來真是很緊。」

「公演十一場？」

「是啊，新竹兩場、台中兩場、台南兩場、高雄兩場，開學後在台北有兩場，最後一場是在學校的禮堂。」

「那很辛苦啊？」

「是啊！……你會不會來看呢？」

「我……我每一場都要去看。」

✦　✦　✦

元旦放假兩天，大部分的人都可以利用這個國定假日休息一下，可是有些人卻是不得不忙碌著。

黃順天的董事長辦公室就設在大賣場的樓上，彭俊德還是第一次來這兒，另外還跟來了一個年輕人，原來這人正是前一陣子和彭俊德合作過的嘉義錄影帶的大盤商，年紀大約三十出頭，也是很傑出的年輕人，名字叫作楊英嘉，彭俊德都稱呼他為楊老闆。

黃順天的企業主要以販售業為主，各種不同的店面共有好幾十家，分別有大賣場、中型超市和小型超商，而各有不同的商號名稱，黃順天自己則是統稱為『巧樂富』企業。

黃順天還沒有到，秘書吳小姐為兩人泡了溫熱的奶茶，彭俊德淺嘗了一口，感覺得這奶茶溫熱濃郁，味道不錯，再看一下四周，覺得這黃順天的董事長辦公室十分簡樸，便拿著杯子四處走了一圈。

辦公室裏除了一組沙發和董事長辦公桌之外，就沒有其它傢俱了，辦公桌更是簡單明瞭，上面幾乎沒放什麼東西，只有放了一個像座右銘又像名牌的三角形木牌，上面有一片腐蝕刻字的銅片，因為距離太遠，彭俊德看不清楚上面的字，便走了過去將木牌拿起來看，一看之下彭俊德竟然將口中的奶茶噴了出來，手上的杯子不小心摔落在地上，還嗆得他一直咳嗽。

楊英嘉有些驚訝，忙過來猛拍彭俊德的後背，生怕他給嗆過了頭，還問說：「發生了什麼事？」

彭俊德咳嗽個不停，只好用手指了黃順天辦公桌上的木牌，楊英嘉走過去看，原來上面刻的是「錢與老婆恕不外借」，楊英嘉也是笑得拿不住左手的杯子，整杯奶茶有一半都給搖晃了出來。

兩個人七手八腳的要找抹布來擦拭，這時秘書吳小姐已經拿了一塊抹布過來，嘴裏還說：「唉，又是這樣子。」

彭俊德很過意不去的說：「不好意思，我們來擦就好了。」

「不用了，也不是第一次了，我們黃董就是喜歡用這個牌子害人。」

彭俊德很驚訝的問：「那妳剛才怎麼不事先跟我說？」

「這可不行，我們黃董規定了，我不能先跟你們說。」

「哪有這種奇怪的規定？」

「我也不知道，你要問的話找我們董事長去。」

這時候黃順天走了進來，後面還跟著一個提了個公事包的中年人，黃順天很客氣的招呼大家說：「大家坐，我向大家介紹，這位是我公司的法律顧問林律師，今天可能要忙個大半天，大家坐下來談。」

就這樣幾個人在黃順天的董事長辦公室裏討論了一個多小時。

黃順天看事情已經處理好了，便說：「我想合約內容這樣子就可以了，真是恭喜兩位，今天是元旦也是兩位新公司成立的好日子。」

「謝謝黃會長，也謝謝林律師的幫忙。」

林律師詳細的解說：「楊老闆出資四十萬，彭先生出資三十萬，楊老闆佔百分之五十一的股份，但是彭先生要將手上所有的案子都算在新公司承接的業績，而楊老闆在嘉義的五套軟體也都要算在新公司的業績，其它細節就照合約上所寫的，公司的名字就依兩位的意思取為『裴思特科技股份有限公司』。」

黃順天不禁稱讚彭俊德說：「大衛你年紀輕輕的就開公司賺錢，真是不簡單。」

彭俊德不好意思的說：「都是楊老闆提議的。」

「喔，是這樣的嗎？」

在一旁的楊英嘉說：「是呀，我覺得錄影帶這一行賺錢的黃金時機已經過去了，我手底下有幾個不錯的年輕人也願意跟著我再打拼，前一陣子又和大衛合作得非常愉快，所以上個月就找他商量這件事情了。」

「看你們年輕人這樣子真是令人羨慕！」

楊英嘉也客氣的說：「我和大衛只是起步而已。」

「別這麼說，你們以前合作的事我聽大衛說過了，你們年輕人這種合作的情誼真是很難得。」

彭俊德問黃順天說：「喔，黃會長好像是有話要說……」

「是啊，我大了你們幾歲，有些經驗告訴你們也無妨，大家作個參考……」

「黃會長有話請直說好了。」

「也不是什麼開不了口的事，只是看你們這個樣子，真希望你們以後不論公司賺不賺錢、公司收了還是公司倒了，都能維持你們這種互信互惠的情誼。」

「希望如此……」

黃順天舒服的靠著沙發，回憶以前年輕時奮鬥時的情景說道：「我舉個例子告訴你們『信』這個字有多麼重要，大家都知道我是麵包學徒起家的，經過十多年的努力才有今天好幾十家連鎖超商和賣場……，那已經是十五年前的事了，那時候我的一個朋友正在搞土地買賣，他一時資金不夠就來找我商量，他手上有一百八十萬現金，要我幫忙出五十萬元來買地，還說那一塊地有很多人搶著要，不用一個月就可以結算，賺的錢大家照本錢拆帳。」

「那時候可是一大筆錢呀！」

「我算了一下，我必需要賣一些黃金，加上現金，就告訴他說七天後我可以出五十萬元，兩人就是這麼一句話，什麼合約也沒寫，最後你們猜怎麼了？」

「最後怎麼了？」

「三天後我那個朋友拿了四十萬元到我家，說錢賺到了，照本錢拆帳我分得四十萬元。」

「什麼……」

「事情就是這樣子，我也沒有加油添醋，那時候炒土地是一天翻好幾翻，我沒出半毛錢就賺了四十萬元。」

「真是不可思議呀！」

「講信用就是一諾千金，你看我那位朋友是多麼重信用的人。」

彭俊德也讚嘆道：「竟然有這樣的人！」

「是啊，人無信不立，在商場上信用是用錢買不到的，一直到今天我還在思考，當時如果換了是我，我會不會也乖乖的捧了四十萬元去給人家……」

彭俊德又問說說：「黃會長你這話我會記住，可是我倒是希望你能說一些在商場上失利的事情，好讓我和楊老闆做個警惕。」

「你說得很好，這個社會上什麼人都有，好的、壞的、講信用的、奸詐狡滑的……，我真的很希望你能早日遇上一些牛鬼蛇神，趁你公司規模還小的時候多吸取一些經驗，不過又有誰願意吃虧上當呢……」

楊英嘉也客氣的說：「是呀，所以才要請黃董教教我們。」

「其實誰又沒有受騙上當過，我們做生意虧本賠錢只是自己笨，或許是時運不濟吧？最怕的就是有些人卻是故意設下圈套陷阱讓你入甕，這種人的手段最卑劣了，記得那是在更早了五六年前，那時候我剛結婚，大概是二十六七歲，退伍後我就一直在老闆的店裏當麵包師父，我老闆的弟弟也在附近開了一家書局，那個人在當地很活躍，做人很海派，因為老闆的關係，我也跟了他的會……」

「有一天我老闆的弟弟找我閒聊，一直強調說他的事業很多，書局的生意太好了照顧不過來，最後主動說要將書局讓給我，我的老闆也在一旁慫恿著，我說實在沒什麼錢，但在他們兩個人連番圍攻之下，我就心動了，最後他們還假好心的說本來四十萬的本錢，只算我二十萬就好了，先給他十萬元現金，等我的會到了再給十萬，簽約那一天他們還帶我到書局，指給我看書架上滿滿的書，再加上庫存的文具就值二十多萬，一直強調我是穩賺不賠，你們猜最後怎麼了？」

「後來怎麼了？」

「當天晚上八點多鐘我交給他十萬元，第二天他就全家移民到美國了，我到書局一看，只剩下一棟空空的房子，原來他們已經連夜將所有的東西搬空，前一天很多的書和文具都只是演戲給我看。」

「這麼惡劣！」

「還不只這樣，原來他早就欠下附近鄰居好幾百萬的債務，書局也欠書商很多書款，連書局的房租也有半年沒繳了，就這樣我一下子損失了十萬元現金和十多萬元會錢。」

「你老闆沒有出來主持公道嗎？」

「我的老闆也是主謀之一，他早就知道他的弟弟已經欠下一屁股債，還幫忙騙附近許多街坊鄰居來跟他弟弟的會，等到他的弟弟一走了之，我的老闆卻是一概不承認，反正所有的事情他都知情，但是所有的字據都找不到他的名字，最後我連工作也沒了，有七萬元現金還是借來的……」

「那你的損失可就大了！」

「還不只這樣，最後欠書商的書款也找我要，書局的房租也找我要，這件事情前後鬧了兩年多，你們為我想想，我那時候做麵包的薪水一個月才兩千五百元，我直接的損失就有二十多萬元，你們看我慘不慘？」

「真是的，竟然有這麼惡劣的人！」

「再惡劣的人都有，不過希望今天我所說的話，對你們兩個人會有所幫助。」

彭俊德關心的接著問：「你後來是怎麼脫身的？」

「我哪能脫身？我欠下七萬多元都沒有辦法還，最後還是我太太回娘家求我老丈人賣了一塊地幫我的忙，一直到今天……」

「一直到今天怎麼了？」

「一直到今天我都還是怕我老婆，你們看我在外面四處趴趴走，交際應酬又那麼多，可就是不敢養小老婆，每天一回到家就要向她噓寒問暖，她說東我可不敢往西。」

林律師在一旁聽了大樂說道：「哈哈，黃董真愛開玩笑！你們別信他的。」

彭俊德想到應該要給林律師一些報酬，便說：「黃會長，今天那麼麻煩林律師，是不是應該要……」

「你是說要算錢？」

「是啊！」

林律師笑著搖了搖手說：「不用！不用！」

黃順天也大笑的說：「哈哈，不用給了，今天是我找他來喝酒的，林律師是我的死忠好友，你們不要跟他客套。」

「可是這樣……」

黃順天笑著說：「你們兩人不要再囉嗦了，林大律師的談話費是一個鐘點八千元，他今天出門到現在已經三個多小時，一共是兩萬四千元，簽約費用另外再算，你們要給他多少錢？」

聽說林律師的收費這麼高，彭俊德和楊英嘉都張大了口不敢相信。

「怎麼了，不相信嗎？」

彭俊德驚嘆的說：「早知道我就不玩電腦，我考律師去了。」

✦　✦　✦

彭俊德、譚元茂、丁慶澤和周偉民四個人好像傻瓜似的在宿舍樓頂上泡咖啡，因為只有這裏是房東特許可以烤肉、煮東西的地方，房間裏別說瓦斯了，就連火鍋、電湯匙都不可以用，怕引起火災。

台北一月份的天氣冷得會凍壞人，幸好今天晚上沒有風，不然四個人也不會突發奇想要來這兒擺桌子泡咖啡聊天了。

丁慶澤最怕冷，兩手不停的摩擦著說：「還沒放寒假就這麼冷！」

周偉民笑著說：「冷才好呀，這樣喝熱咖啡才有意思。」

彭俊德口裏呼著白氣說：「還好咖啡是熱的，你們看我冷得牙齒都在打顫了。」

「那就多喝幾杯吧！」

丁慶澤忽然問周偉民：「偉民，樓下那幾個傢伙現在怎麼了？」

周偉民知道樓下四個人還在認真工作著，便說：「我剛和他們討論完八德路超商的案子，工作都已經分派好了，他們現在正在趕工，還說明天星期日放假，今天要晚一點睡。」

丁慶澤轉過來問彭俊德說：「阿德，你看這幾個能不能成氣候呢？」

「這幾個學弟現在實力強強滾，想不到才三個月他們就可以上得了檯面，最近寫出來的程式都非常好，可不能小看他們了。」

「這麼厲害！那你新開的公司可就賺錢了。」

「現在業績還看不出來，嘉義的楊老闆那邊進行得很不順利，他們可能新年後要來台北打天下。」

「那你給樓下學弟的錢有調整嗎？」

「我們從二月一日起開始以正式員工敘薪，起薪一萬四仟元，加上業績我想每個人至少也有兩萬元。」

「這樣子算多嗎？」

「我那只是粗略的估計，他們平時熬夜，再加上犧牲星期假日，事實上工作時數可能會超過三十個小時，那可能就可以領更多了，公司方面如果可以支撐三個月的話，大概就可以轉虧為盈了。」

丁慶澤覺得冷得有些受不了，便說：「這樣就好，我快凍死了，我想下去睡覺了。」

周偉民也說：「我也睏了。」

在一旁默默無語的譚元茂突然開口說：「你們先去休息吧，阿德你留下來，我有話跟你說。」

看丁慶澤和周偉民都走了，彭俊德開玩笑的對譚元茂說：「你不是忙著談戀愛嗎？找我有什麼事？」

譚元茂也不理會彭俊德開玩笑的話，坐起身來問彭俊德說：「我問你，你幹嘛那麼急著開公司？那麼想賺錢嗎？」

「我想這都是機緣吧？楊老闆和我都有這個意願，大家說幾句話就這麼決定了。」

譚元茂輕鬆的吐了一口大大的煙圈，用嘲笑似的口吻說道：「該不會是為了謝淑華吧？」

說到謝淑華，彭俊德默默的並不回答譚元茂的話，過了好一陣子才如夢初醒的說：「這件事我一直都不敢承認，我想你說對了吧！」

「我說的一點都不會錯的，唉……」

「這也沒辦法，我只是窮小子一個，可是淑華家裏卻那麼有錢，我覺得我真的會失去她……」

「你這樣子賺錢有用嗎？你想要賺多少錢？一百萬？兩百萬？一仟萬？還是一億元？」

「我……我也不知道。」

「唉……」

「其實我自己心裏有數，賺多少錢都沒有用，我也沒有別的辦法了！你知道嗎？追她的人一大堆，都是一些小開、大老闆，而且聽淑華的口氣，淑華的爸媽不希望她和我來往。」

「我看你是凶多吉少了。」

「我想這件事你也沒法幫我的忙。」

「可別這麼說，以後你和謝淑華有什麼事都盡量跟我說，我的經驗多，或許可以幫你出一些主意。」

「有你這句話就好了，有什麼事我會找你商量的，真是謝謝你了。」

「謝什麼？我們是死黨嘛！」才剛抽完一根煙，譚元茂立刻又點上了另一根香煙。

「蛋塔，別抽太多了。」

「唉……，有什麼辦法！戒也戒不掉。」

「你這樣子抽煙，春花不抗議嗎？」

「她要我少抽煙，我也想戒啊！」譚元茂一副無可奈何的樣子，抽了一口煙又問說：「你最近好像比較少約會了？」

「淑華最近沒空，對了……有件事你要幫我出主意。」

「什麼事那麼重要？」

「外文系有話劇公演，我答應淑華說每一場都要去看……」

✦　✦　✦

寒假裏彭俊德非常忙碌，舊曆年只有回家幾天，大年初三又匆匆的趕回台北，公司在過年前又接了三個案子，全部都是老客戶介紹來的，彭俊德本著負責的態度搶先回台北一個人工作，其實周偉民也約好了大年初四要來上班，另外四個學弟再隔一天也會到台北來。

彭俊德還有一件重要的事情，過完年王老教授開書法個展，彭俊德答應要過來幫忙，在一個私人藝廊的門口還拉了一塊大紅布，上面貼了金色的字「王石磊教授八秩晉一書法展」，原來過了年，王教授添了一歲，順便開書法展。

謝淑華也一起過來了，不過這一次彭俊德並不介意，心想反正這次自己那醜得嚇人的書法又沒有展出，這一回肯定不會出糗了。

老教授的書法個展真是名符其實的展覽，純粹提供參觀而已，因為大部分的作品早就被收藏家私下訂走了，還有一些藝廊、圖書館和文化中心也祭出重金收為典藏，偏偏老教授又是惜墨如金，現場要求墨寶也沒辦法。

現場連彭俊德和謝淑華一共有六個服務人員，其他四個人都是老教授的門下弟子，年紀都在四十多歲以上了。

接近中午的時候，彭俊德看一本簽名簿快要簽滿了，準備的餅干、甜點也快要用完，心想這些小事自己來做就好了，便拉著謝淑華的手想要出去買東西。

老教授正在門口送走一批賓客，這時候走進來了一個理著平頭的男子，一身黝黑的皮膚，雖然穿著便服，但是大家一看就知道來了個阿兵哥，彭俊德覺得這人有些眼熟，老教授愣了一下還沒認出誰來，這個阿兵哥一把握住老教授的手，神情激動的說：「老師！老師！」

「阿星！」彭俊德認出來這是幾個月來音訊全無的林家星，不禁叫了出來。

老教授這也才認出林家星，很高興的說：「阿星！你怎麼……」

「老師，恭喜您八秩晉一高壽，又辦書法展了。」

彭俊德上前去和林家星打招呼，「嗨阿星，好久不見了。」

林家星十分驚喜，用力抓住彭俊德的肩膀不放，激動的說：「阿德，想不到你也……」

「是啊，老師要我也過來幫忙，這是淑華。」

林家星記得上次見到謝淑華已經是半年前的事了，很高興的說：「淑華，都好久不見了，我怕妳會認不出我來。」

謝淑華主動和林家星握手，並且笑著說：「怎麼會呢，你是我們文學院的大才子，我哪敢忘記你。」

老教授的門生忙拿了幾張椅子過來，並且招呼著說：「大家坐下來聊。」

「阿星怎麼才幾個月不見，你就變得這麼黑了。」老教授仔細端詳了林家星，接著又說：「好好加油，看什麼時候高昇將官，哈哈。」

「我剛好有兩天假，今天趕了一大早的火車，怕不來老師會罵我。」

「來了就好，來了就好！」

正說話間，一個在看字的男子走了過來說：「不好意思打個岔，王老師，給您求個字，您欠了我一年多，給個方便，您甘脆連利息一起給了吧！」

此人是老教授的好友，彭俊德手中也有他的名片，忙拿出來看，原來這人姓廖名文常，在台灣和日本開了好幾家藝廊，已經六十出頭，在一次聊天時老教授答應下一回開書法展的時候要送一幅字給廖文常，廖文常常記在心，一心只盼望老教授身體健康，可以寫幅好字給自己。

老教授聽完廖文常的話，半開玩笑的說：「文常兄，我是答應過你，可是你自己不到我家來，我靜不下心可寫不出好字來的。」

廖文常也用半開玩笑的口吻對著大家說話：「各位您評評理，哪有人欠字欠個一年多的，再說每年我到老師家拜訪可都不下十來次，哈腰送禮也不知多少回了，您諸位給說個公道話。」

「哈哈，在場的都是我的學生，你要找公親可是找錯人了，再說你到我家，怎沒聽你開口要字？你要字也要開個金口，你不要以為我是你肚子裏的蛔蟲。」

老教授口才伶俐，說得廖文常都接不上話，「這……你……」

「什麼這的那的……，這裏好像有一幅字，寫壞了也沒人要，我看就給你吧！」

老教授慢吞吞的從簽名櫃台抽屜拿出一個錦盒，打開來是一幅卷軸，黃褐織錦，朱紅線結。老教授將卷軸緩緩打了開來，正是他親手寫的字，內容是杜甫的旅夜書懷：「細草微風岸，危檣獨夜舟，星垂平野闊，月湧大江流。名豈文章著，官應老病休，飄飄何所似，天地一沙鷗。」看來寫的是老教授的自謙之詞，也有臨老應退之意。

林家星看這字介於行草之間，不但筆意流暢，下筆清雅豪邁毫不做作，已經是老教授的得意之作了，根本就不是寫壞的字，看來老教授喜歡和這位廖文常開玩笑。

廖文常看這字有下款：「壬申年初冬于草齋錄唐詩句贈文常學兄山中石磊老人」，最後還鈐了兩顆大印，不但落款用印，還將自己的名字也寫了進去，廖文常如獲至寶喜形於色，心想這字作為傳家之寶也不為過，不禁讚道：「好字，萬金之作，萬金之作……」

老教授聽了很生氣的說：「什麼萬金之作！市儈的傢伙，不給你了。」還作勢要將卷軸拿回去。

廖文常嚇得趕忙將卷軸搶了回來，再納入錦盒裝好，緊緊的夾在腋下，生怕讓老教授要了回去，嘴裏還不忘說幾句風涼話：「別再要回去了，這字我還要賣錢，我看……，我看就訂價五百元好了，便宜賣，訂價高了怕賣不出去。」

老教授聽了並不以為忤，笑著說：「訂價五百元啊？智遠你拿五百元給他，這字我要買回來。」

智遠是老教授的得意門生，姓施名智遠，年紀已經五十多歲，他一聽到老師交待，便從口袋裏拿出一張五百元鈔票，對著廖文常說：「文常兄，這是五百元，請您收下。」

廖文常將五百元推了回去，還說：「嘿，別人五百元，你呀！五百萬元我也不肯割愛。」

「就地漲價，真是奸商一個，真是的……」老教授說得直搖頭。

「知道就好，我本來就是買賣字畫的，這誰都知道的嘛！」

彭俊德在一旁瞧這兩個老人家鬥嘴也覺得有趣。

老教授看廖文常將那錦盒放在腋下夾得緊緊的，也感到好笑，便說：「東西拿了就回去，還站在那兒幹什麼？還不快滾！」

「滾？你這字欠了我一年多，我還沒要到利息錢呢！」

「還敢要利息錢？好呀，多少錢？我算給你。」

廖文常聽老教授這麼一說，喜不自勝的笑著，眼睛瞇得都快瞧不見了，很高興的說：「您老慷慨，這利錢也不多，您老就再給我一幅小品，兩三才就好，我就感激不盡了。」

「得隴望蜀，還要敲詐啊？一句話，沒有！」

「哈哈，我知道你年老體衰，再寫不出字來了吧。」廖文常知道老教授給自己這幅字已經是很大的交情了，不過自己實在是求之若渴，心想今天激他再寫幾個字試試看。

老教授也不上當，笑著對著眾弟子說：「你們看，他竟用起激將法來了，沒錯，我就是年老體衰，寫不出字來了。」

廖文常看老教授沒有上當，便說：「開玩笑，年老體衰怎麼寫得出這麼好的字送我，不然老師您開個價，再給我一幅字，小品的就好。」

這老教授可就不敢隨便開玩笑了，心想廖文常平日對自己尊敬有加，又是相識多年，才會送他一幅字，不過他平日買賣字畫，看喜歡了就買，如果隨便說個幾十萬的價錢，說不定廖文常也照給，這事可不能應允了，便揮手說道：「不寫，今天不寫了。」

廖文常知道今天再也要不到字了，不過有了這幅字也已經心滿意足，便說：「好啦，不寫就算了，饒了你，嗯……我再找別人寫，說不定寫得比您還好。」

「好呀，你去啊。」

這時候謝淑華靠了過來，拉著老教授的衣袖說道：「老師，可不可以……」

老教授正想作弄這個廖文常，不等謝淑華把話說完，便搶著說：「我寫我寫，看妳要什麼？無論是對聯、立軸、橫批、屏聯、扇面還是匾額我都寫給妳！」

彭俊德聽了差點就笑出來，心想寫個匾額給謝淑華要做什麼。

幾個學生忙著擺放文房四寶，老教授看了看謝淑華，覺得謝淑華果真是芙蓉其面，灼灼其華，心想該寫些什麼字給她才好？再看一下自己的門生，雖然幾個門下弟子皆各有所長，在文藝書法界也都出類拔萃，可是年紀都有四五十歲了，今日和林家星、彭俊德、謝淑華這幾個年輕人在一起，只覺得自己心境一片開朗，頓時年輕了不少，略微想了一下便說：「好吧，就寫這些字……」

老教授看桌上的宣紙正合己意，便很快的在上面寫了一張楷近於行的字來：「翩若驚鴻、婉若遊龍、榮曜秋菊、華茂春松、彷彿兮若輕雲之蔽月、飄飄兮若流風之回雪、遠而望之、皎若太陽升朝霞、迫而察之、灼若芙蕖出淥波。」

老教授邊寫邊唸，彭俊德知道這是節錄洛神賦的一部分，這字送給女子，便是稱讚她的美貌，謝淑華在一旁看得拍手叫好說：「老師還要落款，還要蓋印章才行！」

老教授轉頭對著身後一個弟子小聲的說：「玉書，去拿過來。」

原來這位名叫蔡玉書的弟子專門幫老教授管理印章，他從後面拿出一個方形的錦盒，打開來，裏面縱橫各是十格，每格各放了一方的印章，一共是一百個各式不同的篆刻印章。

老教授便在最後留白之處寫下，「誠閉月羞花之貌也丙子陽春石磊老人書」最後再挑了個大大的方印蓋了上去。

謝淑華看這字墨跡未乾，每個字都比拳頭略大，不過自己倒不怎麼會欣賞，這時林家星走到老教授的旁邊說：「老師您這字又是另外一番氣象了，這我可沒見過。」

老教授深知林家星喜愛書法成痴，心中也想知道這位高徒的想法，便說：「你說說看，我這字怎麼樣！」

林家星指著展覽會場上掛了滿牆的字對老教授說：「老師，您年輕時候的字一向是古樸蒼勁、字字見骨，講究文人的風骨和傲氣，今天在這個會場所展出來的字卻都是下筆豪邁、磊落大方，這又是另外一個層次，我剛才進來一看，我認為老師的字已經發展到了極高的境界。」

聽林家星說得真切，老教授也不禁點頭讚道：「想不到這都讓你看出來了，勤有功戲無益，多年的努力總算是略有小成。」

老教授自讚自誇，此時更不忘對眾弟子告戒一番：「習字如春日之草，不見其長卻日有所增，大家再多下功夫，一定可以更上一層樓！」

「可是老師您看這字。」林家星指著桌上老教授剛寫好的字說：「老師您這字柔若無膚，飄逸脫俗，字字宛若溪水流動，渾不著地，老師您這字是我一生之所僅見，和您以前所寫的完全不一樣啊！」

老教授驚得從口袋裏拿出來一副老花眼鏡，原來老教授一向不服老，不是重要時刻尚不必用到眼鏡，心想：「難道我這字寫壞了嗎？」

再細看這字清雅細緻，風格秀媚，宛如出自女子之手，字裏行間似乎有水波流動其間，可是整體來看卻又是氣派不凡，而且不失萬鈞之筆力，絕對不是寫壞了的字，老教授越看越奇，和自己年輕時講究風骨嶙峋，氣勢剛強的路子大大的不同，越看越是喜歡，不禁喃喃自語道：「字由心生，難道今日因為我心情愉悅，心中更無罣礙，而寫出這種字來呢？」

廖文常看老教授的樣子很奇怪，便說：「老師您這字沒寫壞呀？」

老教授似乎沒聽到廖文常的話，仍是自言自語的說著：「……多章法、增神韻、長變化、演性靈……唉，學海無涯，唯勤是岸……」

原來剛剛老教授所說的多章法增神韻都是他平日教授學生時鼓勵學生的話，但是要達到這種境界談何容易，至於如何修練，如何進階卻又是存乎一心，難以言喻，最後只好說出學海無涯唯勤是岸的話來。

廖文常也是個大行家，再細看這字，真是喜歡得垂涎欲滴，而老教授越看越捨不得將這字送給謝淑華，林家星看老教授支支唔唔的樣子便知道他的意思了，他還真怕老教授失信不將這字給人，便說：「淑華，這字過幾天再給妳好嗎？我找人幫你裱褙起來，另外借我兩天，有空我可以臨摹幾張。」

老教授也如大夢初醒般的說：「對了，智遠這字你回去先臨摹幾張，叫其他幾個師弟也試試，過兩個星期可要物歸原主了。」

原來老教授已經開了金口，這幅字是非送給謝淑華不可了，不過若是可以臨摹幾張比較傳神的字下來，也可以作為日後研究之用，老教授的幾個門生知道老師重視這幅字，便七手八腳的將字收起來。

看廖文常那般模樣，老教授心裏越覺得有趣，便對廖文常說：「怎樣？廖兄，我這字還過得去吧？可惜不能給你了。」

廖文常實在喜歡這字，便轉向謝淑華說道：「唉，這字……，這位小姐，這字……」

老教授搶著說：「淑華，我跟妳聲明在先，這字妳可不能隨便賣人，不然我可不給妳了。」

「老師放心，我會小心珍藏不會賣人的。」

廖文常心念一轉，便又向林家星說：「這位老師，何不也請您寫幾個字讓大家瞧瞧。」

林家星看廖文常頭髮花白，年紀大了自己許多，還稱呼自己是老師，便笑著說：「廖先生，您叫我阿星就好了。」

老教授也想看林家星的字，心想有好一陣子沒看到林家星的書法作品，不知道自己這位正在當兵的高徒寫字的功夫有沒有進步，便也催促著林家星說：「阿星，老師也想看看你寫的字，你可有一陣子沒到老師的書齋來了。」

林家星對於老教授的話向來不敢違拗，便說：「好，那我就寫幾個字試試，可是寫些什麼才好……」

廖文常心中歡喜，趕忙道：「隨便幾個字就好。」

林家星想到剛才老教授所說的學海無涯，唯勤是岸，略一思索便濡筆疾書，不過只有簡單兩行八個字，「學海無涯，書藝有道。」

林家星將字寫好，擱了筆墨，發覺老教授的幾個弟子都圍了過來，每個人看了都是重眉深鎖、大惑不解的表情。

「這字奇了？」

「是啊，這是什麼字？」

「這是隸書！」

「隸書怎麼會這樣子寫？」

「沒人這樣子……」

原來林家星從小愛字成痴，自楷而隸，再行而草，更兼善各家書法，其中尤以隸書為最，老教授的弟子都和他同門習藝多年，深知他的隸書線條極其優美、筆力強勁，寫到最後可方整，可流麗，可拙可巧，可正可變，但總是不脫史晨碑、張遷碑、石門頌、乙瑛碑、曹全碑、延熹華嶽碑的影子，雖然得過大小獎項無數，但總是若有所失似嫌不足，不過林家星憑著一股不服輸的精神，經年累月不斷練習，總是以學海無涯唯勤是岸自勉，今日再聽老教授說起，便寫了學海無涯書藝有道八個字。

可是今日林家星所寫的字卻是大異其趣，一般人寫隸書不論寫的是何家字體，總是四平八穩的，雖然偶而也有人使用震動、顫抖的筆法來寫，可是都沒有今天林家星所寫的那麼奇特，只見林家星寫的每個字都是跳脫飛揚、有節奏有韻律，從來隸書沒有這樣的寫法。

眾人沒法對林家星的字下斷言，只見老教授用手在空中比劃，正模擬著林家星的筆法，口中還喃喃唸道：「……這樣提按，不能一味求慢……，中筆收束……。」

林家星也想知道老教授對自己這字的看法，便問說：「老師您看我這字如何？」

老教授嘆了一口氣說道：「好字！好字！」

廖文常也問道：「老師，您倒是品評品評，看好在哪裏？」

老教授心想這字雖好，卻是平生之所未見，但是今日也只有自己有資格來對這字下評斷了，便說：「唉！若是不了解你的人會說你這字筆走側鋒，不遵古法，可是老師太了解你了，你的進階一味在苦中求，只知習字苦練，不求速成，你若是有所成就，也是努力的成果，我猜你的隸書會走到這個樣子，至少也有五年的摸索和試探，再加上自己的個性和人生歷練，然後自成一格，若說你是標新立異、另闢蹊徑，實在是小看了你。」

老教授接著又說：「若是旁人要寫你這樣的字，或許可以學你運筆疾遲不定，雁尾力求蒼勁挺拔，但那只是表象……，你這字走得險峻，起筆靜而不滯，行筆疾而不躁，收束一反常理，不僅是每個字，即使是整體來看也是有著繁複的節奏表現，可說是性格很強兼又浪漫寫意的字啊！」

林家星聽老教授這麼說自己的字，內心佩服到了極點，想不到自己多年的勤修苦練，竟然讓老教授一席話就給說中了。

老教授又指著紙上的八個字說：「你們看這裏對提按輕重能夠精確掌控，才會產生這麼好的力道表現，最後呈現出來的是躍然紙上、不著於物，你這字可說是人各有體、獨樹一幟，你這字是活的。」

老教授的眾弟子看了一會兒也紛紛點頭稱是，這時施智遠對著老教授說：「老師，讓我也寫幾個字。」

老教授點頭表示贊同，施智遠也拿了羊毫大筆同樣以隸書寫下了「學海無涯，書藝有道」八個字。

大家看施智遠的字略微扁平，雖未畫格折紙，但是八個字端端正正各得其位，而且字跡方整，蠶頭雁尾極盡精美，用墨濃而不濡，婉若錦緞絲綢，在平穩之中略帶娟秀之美，可說鋒芒收盡，也算是書法大家之作了。

廖文常不禁感嘆的說：「藝術無常道，你們真是各擅勝場啊！」

只是大家都覺得林家星也不過才二十出頭，卻已獨樹一幟走出自己的路來，高下之別已有定數，但是施智遠並不是要和林家星互別苗頭，反而為自己這個小師弟的成就而歡喜，也學老教授開起廖文常的玩笑，「文常兄，我的字不好就算了，我這小師弟的字，您看看應該給多少筆潤呀？」

廖文常別的不說，筆潤之資可不在他的眼下，心想待會兒必須鼓起如簧之舌，想盡辦法也要將這兩幅字弄到手，便說：「這好說，兩位何不先落款用印，現在已經十二點多了，我看大家的肚子也餓了，到了餐廳有話再說。」言下之意，廖文常是要請大家到餐廳吃飯。

老教授回頭看彭俊德和謝淑華正乖乖的站在後面服侍著，很高興的對謝淑華說：「淑華，老師都沒有像妳這樣漂亮的女弟子，妳看這可怎麼辦才好？」

謝淑華很高興的回答說：「老師，改天我到您家跟您磕頭，跟您學書法。」

「好！好！」老教授高興得眼睛都瞇不見了，又對彭俊德說：「俊德，你要不要也寫幾個字給大家瞧瞧啊？」

彭俊德嚇得連冒大汗，只是不停的搖擺著雙手說道：「不敢不敢！」

✦　✦　✦

新年期間真是喜事連連，彭俊德剛忙完老教授的書法個展，沒幾天又去參加陳智豪和劉筱君的結婚典禮，兩個新人的意思只是要個簡單的婚禮，和老人家的意見不太相同，最後還是折衷大家的意見，只是在陽明山張公館宴客，也只招待一些比較親近的親友。

彭俊德特別在前幾天就將西裝乾洗並燙得筆挺，一大早就帶著謝淑華、林怡珊和黃春華到了張鎮三的家。婚禮並沒有特別的儀式，反而更像是親友的聚會，因此在後院裏，一些親友們三三兩兩聚在一起聊天。林怡珊和黃春華兩個人比較少來張鎮三這兒，因此坐不到五分鐘就跑到別處去逛了。

因為來早了客人並不多，彭俊德就隨意的找了個桌子坐下來，馬上就有管家送來了熱茶，謝淑華這還是第一次看彭俊德穿西裝，直誇他人又帥西裝又漂亮

兩人正說話間，身後響起了司機阿傑的聲音，「嗨，大衛、謝小姐好。」

彭俊德看阿傑今天身上穿著全新的西裝，讚嘆的說：「哇！阿傑，你今天穿得不太一樣！」

「今天是過年加上大小姐出嫁，張董要我穿體面一點。」

「你一定是阿傑了，我們今天還是第一次見面吧？」謝淑華也向阿傑打招呼。

「妳好，我常常聽大衛提起你。」

「阿傑，你到底有多高？我站著看你都感到很吃力呢！」

「不好意思，我身高是一九四公分。」

彭俊德不禁說道：「阿傑你不打籃球實在太可惜了。」

「沒辦法，我實在是太胖了，跑不動，對了……，大小姐在裏面，說想要看看謝小姐。」

劉筱君和謝淑華正在房間裏看首飾，陳智豪一旁陪著她們，卻也插不上話。

彭俊德走了進來說道：「嗨，你們在忙嗎？」

陳智豪問說：「大衛？你不是在陪乾爹、乾媽聊天嗎？」

「他們說要去接親家公和親家母，另外聽說大姐的爸媽也快到了。」

陳智豪不好意思的說：「真是不好意思，還要麻煩他們。」

「婚禮幾點開始呢？」

「其實婚禮在今天早上五點多就完成了，我們車隊四點半出發到飯店迎娶蘿拉，午宴只是宴請親友而已。」

謝淑華對彭俊德說：「俊德你過來看這些首飾。」

彭俊德看桌子上放了很多飾品，大多是黃金飾物，光是手鐲就有好幾十只，另外還有戒指、對錶、墜子、項鍊、手鍊、胸針和金箔片。

「這麼多，真漂亮。」彭俊德對於金飾珠寶沒什麼興趣，便問劉筱君說：「大姐，你們要到哪兒去渡蜜月？」

「我們要到歐洲，以前去那兒都是走馬看花，這次我們想要花一個月好好的玩一玩。」

謝淑華聽到劉筱君說要去歐洲玩，興奮的說：「太好了，巴黎、維也納、羅馬、阿姆斯特丹我都去過耶，要是我的話……，嗯…我要在泰晤士河上，我要在遊艇上結婚，霧都的婚禮一定很棒。」

聽謝淑華將倫敦說得那麼好，劉筱君不免抱怨的說：「后，妳都不早說，我早上都已經結過婚了，早知道我也到倫敦去結婚。」

陳智豪安慰著劉筱君說：「沒關係，我們可以到那兒去渡蜜月呀！」

劉筱君也高興的說：「好啊，那我們第一站就到倫敦！」

謝淑華聽了不禁拍手叫好，「好呀！好呀！」

彭俊德看謝淑華這個樣子覺得真是好笑，便說：「有什麼好高興的？又不是妳要去。」

「有什麼關係！我是替大姐高興，又有誰說我不能去了？」

「妳去了有什麼用？妳又不會游泳，小心掉進泰晤士河裏去了！」

謝淑華用力推開彭俊德，生氣的說：「討厭死了，你這傢伙真不浪漫！」

彭俊德趁機抓住謝淑華的雙手，笑著對謝淑華說：「我只是跟妳開玩笑。」接著又小聲的說：「嫁給我，我們到倫敦渡蜜月去。」

謝淑華也笑著說：「真的？」

「是啊，我們來個泰晤士河的水上結婚典禮，一定很浪漫。」

「太好了，真是浪漫呀！可是……」

「可是什麼？」

「可是我才不嫁給你這隻臭小狗。」

中午的婚宴開了三十桌酒席，宴席擺在大會客室，三十桌宴席在會客室裏一點都不顯得擁擠，而且從南側的大落地窗看出去就是台北的景色，西南側則是有假山瀑布的大庭院。

謝淑華讓林怡珊和黃春華先給搶走了，彭俊德自己一個人找不到位子坐，還好阿傑在遠遠的一張桌子上向他招手，彭俊德還沒走到那兒，就有一個年紀比自己稍大的年輕人站起來要和自己握手。

「你好，彭先生嗎？我是……」

彭俊德看這年輕人的面孔很親切，忙說：「你先別說，我猜猜看……你是劉警官。」

原來這人正是劉筱君的弟弟劉進德，彭俊德看他的長相和劉筱君十分神似，結果一猜就中。

劉進德聽彭俊德說他是警官，很不好意思的說：「你真厲害，不過我不是什麼警官，我只是卒仔，這裏倒是有個真正的警官，這是我的朋友，他是楊警官。」

在一旁理個大平頭的中年壯碩男子站起來，遞了一張名片給彭俊德，很客氣的說：「彭先生你好，敝姓楊，我現在警察局刑事警察大隊偵六隊上班。」

彭俊德看名片上的名字是楊宏道，上面還加註了綽號『公道』，可是竟然連什麼職業、頭銜也沒有，彭俊德也拿了一張名片給楊宏道，握著楊宏道的手說：「原來是楊警官，失敬、失敬。」

楊宏道仔細看著彭俊德的名片，不太相信的說：「總經理？」

對於楊宏道懷疑的眼神，彭俊德也不以為意，客氣的說：「只是小公司，楊警官你叫我大衛就好了。」

劉進德小聲的對彭俊德說：「我們這位大哥不喜歡人家叫他楊警官，你叫他公道就好了，你再叫他楊警官，我怕他他會翻臉。」

「大衛，你叫我公道就好了。」楊宏道也小聲的向彭俊德說：「我們刑事警察在外面有時候不太方便。」

楊宏道話剛說完就聽到一陣鞭炮聲，原來時間已到，要開始上菜了。

在餐桌上彭俊德和楊宏道相談甚歡，楊宏道喜歡喝金門高粱酒，彭俊德雖然不斷向楊宏道敬酒，自己卻只是淺嘗即止，生怕會喝醉了，楊宏道自己隨性的飲酒，並不強迫彭俊德要多喝，兩人十分投機，另一邊阿傑和劉進德也是有說有笑。

「進德，哪有像你這樣的警察？吊兒郎當的。」阿傑對劉進德說話比較隨便，不像對劉筱君那樣畢恭畢敬。

「我哪有吊兒郎當，我很正經呀。」

「大衛你看，這小子是全台北抓娃娃的冠軍，上星期六一天之內就抓了三十多只手錶，還送了我十多只，布娃娃也是抓了一大堆。」

「大衛你別聽他的，我是陪女朋友去玩抓娃娃機的，這又錯了嗎？難道你要我當和尚不用討老婆了？你已經生了三個小鬼，我可還沒傳宗接代呢！」

阿傑轉向楊宏道說：「公道，你看這個壞警察，不抓壞人，專門陪女朋友抓娃娃。」

楊宏道哈哈大笑的說：「哈哈，他的女朋友又跑了，他早就自作自受了。」

「哈哈，天理昭彰。」

「不跟你說話，多說兩句真的會被你氣死。」劉進德生氣的自顧自的一個人吃菜。

「誰要和你說話，我找大衛說話，大衛，我們聊天，別理這個臭小子。」

彭俊德也剛好有事情要和阿傑商量，便問阿傑說：「我正要問你，最近有沒有忙一點？」

「我正要謝謝你給我出的主意，張董答應我幫大小姐開車，不過現在大小姐要渡蜜月，我可能又要清閒一個月了。」

「那你不種蘭花了？」

「不種了，蘭花給老趙去種，另外老趙也負責每天開車載張董夫婦上山運動，他也樂得高興。」

「對了，我再建議你可以考慮去外面做義工。」

「做義工？」

「是啊，反正張董又不放你走，你又閒著沒事做，就算做功德好了。」

「好像可以……，這是做好事啊。」

「你可以到醫院、廟裏去做義工，這種事情不支薪，就算是在做好事，如果有功德，也可以算是張董的。」
「對啊，可以算張董的功德，我就算是幫張董做義工，這件事過兩天我找張董商量。」
在一旁的楊宏道也開口說：「阿傑，你要做義工還要找嗎？你不是有小孩子在學校讀書？學校裏不是需要很多的義工爸爸和義工媽媽嗎？」
阿傑確實有兩個正在讀國小的孩子，老大也讀國中一年級了，心想學校裏確實有很多義工爸爸和義工媽媽，而且也需要一些熱心家長的幫忙，便說：「對啊，我都沒想到，謝謝，我們乾一杯！」

✦ ✦ ✦

果然年輕人有衝勁，不僅彭俊德這邊的人員正快馬加鞭的工作著，沒過幾天楊英嘉也在台北租了一間小公寓，並且還帶來了三個年輕人，嘉義也留了幾個人繼續那邊的業務。
就這樣子一直忙到二月初，這一天，小小的二〇三室竟然擠了七個人，原來楊英嘉也跟著彭俊德一起過來，二〇三室的人將門關起來再放上一塊六尺寬的白板，周偉民用筆在上面畫了很多線條和記號正解說著一件新案子，四個年輕學生則是聚精會神在一旁作筆記。
「……如果沒有問題的話，大家就照這樣子進行，接下來我們請學長補充說明。」
今天彭俊德穿上了他最體面的深藍色西裝，連襯衫和領帶也都細心的搭配，眾人心想可能彭俊德認為新年還沒有過去，所以才會穿得這麼體面。
彭俊德對於周偉民的表現非常滿意，便說：「偉民，這樣子就行了，很好……大頭，這件案子是你負責的，必需要趕工，這個星期五就要完成，你有沒有把握？」
許仁宏盤算了一下，便說：「學長，嗯……星期五沒有問題，整個程式的整合明天晚上就可以完成，加上最後的測試，我想星期四就可以交貨了。」

「有你這句話我就放心了，很抱歉這件案子會這麼急，可是『百貴倉儲』的舊系統已經死當在那兒，他們的廖廠長都快跑路了，現在暫時用人工來代替電腦作業，我猜已經是一團亂了，他跑了五六家軟體公司都沒有人要接這個案子，因為時間上實在太趕了，如果大家能夠準時交貨，那就不僅是交差了事，還是功德一件呢！」

彭俊德轉過頭對周偉民說：「星期四我不在，如果星期四那天程式測試好了，就立刻去給百貴倉儲安裝，半夜也要趕過去。」

「喔，好的。」

「我有一些事情要先走，大家繼續加油！有空可以打打籃球，不可以搞壞了身體。」

彭俊德也不等學弟們回話，就和楊英嘉一起離開，兩人腳步快速，感覺有些急促，原來彭俊德有事要趕到新竹，楊英嘉很熱心要開車送他到火車站，兩人一下樓就上了楊英嘉的車。

✦　✦　✦

從台北到新竹搭火車大約一個小時又二十分鐘就到了，下了火車彭俊德坐計程車直奔新竹市的演藝廳，幸好沒有遲到，演藝廳的內廳已經擺滿了花卉，彭俊德真是佩服譚元茂的本領，一片花海裏就屬彭俊德送的花最為醒目，譚元茂不知哪來的本事，竟然找得到淡藍色的玫瑰花，在一片紅色、黃色的花卉裏就是那一束花最搶眼了，上面的粉紅色紙條寫了金色的字：「賀謝淑華小姐演出成功，台北彭俊德贈」，上面還撒了亮粉，特別的醒目，一下子將其它的花籃、花束都比了下去。

彭俊德看到左側入口處有一個十六七歲的小女生拿著一束鮮紅玫瑰花在那兒東張西望，便走了過去問說：

「小姐，這花是我的吧？」

「您是彭先生嗎？這是您的花和入場卷，這束花一共有四十朵，太多了怕您不好拿，這花因為已經盛開了，不能放太多天，另外這是發票。」

彭俊德看玫瑰花和入場卷的發票一共是四千七百元，這個價錢確實不便宜，但是卻很爽快的拿了五仟元出來，「謝謝妳，天氣這麼冷，讓妳等那麼久。」

送花小妹正要找錢給彭俊德，彭俊德搶先說：「不用找了，妳留著。」

送花小妹笑得嘴都合不攏，接著又說：「謝謝妳，我要跟您解釋，這種高級玫瑰花的季節不對，我們只好用進口貨，這些藍色的花是昨天用飛機送到的才剛好有貨，價錢貴了些，請您不要介意。」

「花漂亮就好了，不過記得明天的花還要更大束，要更漂亮才行，免得讓我漏氣了。」

「是的，我們店裏明天會為您準備粉紅色玫瑰花，另外黃色的玫瑰花也已經進來了，不過有些人不喜歡黃色的玫瑰花。」

「喔？不喜歡黃色的玫瑰花？為什麼？」

「有些人說黃色象徵分離，所以不喜歡用。」

彭俊德面有難色的說：「是這樣的呀？那黃色的千萬不可以用，這花是要送給我未來的老婆。」

彭俊德的話逗得送花小妹都笑出來了，「我知道了，我也會通知我們在台中、台南、高雄、台北的分店，要他們注意。」

「那就好，我這個老婆能不能娶到手，就看你們的了。」

「您真愛開玩笑。」

彭俊德找到位置便坐了下來，果然一切作業都很準時，時間一到，舞台的第一層簾幕打了開來，首先是當地文化局官員的簡單致詞，接著是外文系主任致詞，再來就是一位男學生的節目介紹，因為全部演出超過兩個小時，所以也不多說話，首先介紹在舞台下前方的樂團，大約有二十個人，樂器有大提琴、小提琴、直笛、橫笛和幾件彭俊德不熟悉的樂器，樂團的成員不論男女都是穿著黑色的禮服，只有謝淑華穿著藍紫色的晚禮服，彭俊德也不知道是何原因。

簡單介紹之後就開始表演，「羅蜜歐與茱麗葉」的劇情彭俊德耳熟能詳，台上的學生雖然生澀但還是賣力的表演著，每個人的服裝很有看頭，舞台布景顯得比較保守，燈光倒是十分專業，各種場景用多組不同顏色的燈光配合，造成歡樂、悲傷不同的情境，彌補了布景的不足。

因為是用英語演出的話劇，所以演員說台詞的速度都故意的放慢了些，前半部分的劇情十分輕鬆有趣，學生演員的演技雖然不如專業演員熟練，但是由於劇情緊湊有力，倒也十分有可看性。

樂團表現出奇的好，配合劇情需要而有許多曲調的變化，或快樂、或憂傷、或緊張、或輕快，而且不會喧賓奪主的搶去台上演員的光采，配合著劇情使得整晚的演出十分順暢。

有時候彭俊德會故意閉上眼睛來聆聽樂團的演奏，尤其是小提琴的部分，彭俊德總想聽出何者是謝淑華的演奏，就這樣子劇情一直進行到了尾聲。

劇情進行到墳墓的那一幕，彭俊德看見台上的羅蜜歐已經拿起毒藥，整個演藝廳裏鴉雀無聲，台上燈光也暗了下來，只剩下一圈昏黃的燈光照著羅蜜歐。

這時候謝淑華站了起來，彭俊德知道這正是謝淑華小提琴獨奏的部分，一盞聚光燈打在謝淑華的身上，這才顯現出原來她身上穿著的是一件淡紫色晶瑩亮閃的晚禮服。

台上的羅蜜歐將毒藥全部吞了下去，男指揮的棒子輕輕一點，謝淑華的小提琴立刻連續幾個高音拉了上去，全場觀眾的心也立刻給拉到了最高點，小提琴接著又是幾個連續高音迴旋，再忽然降了兩個八度，再將琴弦從低音處以好幾個急促的連續旋律一直拉到了最高音，這個高音也就似乎停在那兒了，音量越來越低、越來越柔，一直到了幾乎快聽不到的地步，全場的人都快要停止呼吸了，這時候觀眾裏竟然有人緊張的叫了出來：「羅蜜歐不要喝……」，接著男指揮將棒子用力一揮，整個樂團演奏配合著謝淑華的小提琴，連續十幾個強音，十分令人激動。

指揮的雙手由外向內用力一合，所有的樂器嘎然而止，只見羅蜜歐已經倒斃在台上，茱麗葉也醒了過來，這時候彭俊德發覺演藝廳裏有好幾個觀眾已經泣不成聲。

接下來的劇情和彭俊德似乎一點兒關係也沒有了，他只是痴痴的望著樂團裏的謝淑華，平日裏彭俊德大多只是著眼於謝淑華的美貌，歡喜著謝淑華的一顰一笑，今天彭俊德總算看見謝淑華的另外一面，也不知道是因為謝淑華認真的神情還是因為那令人心碎的樂曲，彭俊德一直到終場，始終如痴如醉的望著樂團裏拉著琴弓的謝淑華，而她卻不知道今天這首曲子已經帶給彭俊德一生的迷戀。

一直到了謝幕的時候彭俊德才如夢初醒，他一看到旁邊有人蠢蠢欲動，立刻又走又跳的趕到台下將手中的玫瑰花獻給了謝淑華，還好走得快，後面一大群不長眼的傢伙也是大束小束的鮮花，大多是搶著要獻花給謝淑華，彭俊德不禁鬆了一口氣，心想總算是搶了第一。

總算擺脫了人群，整個外文系話劇團的成員一直到了飯店也不得閒，來恭賀的親友、社會人士實在太多，彭俊德找到機會就和謝淑華偷溜出來，兩人來到公園找了張椅子坐下來。

「淑華，我們要不要先回飯店，這裏真的很冷耶，剛才在計程車裏還沒感覺，我現在覺得這風吹來真的好冷。」

謝淑華指著在不遠處休息的另一對男女說：「哪會啊？你看他們都不怕冷，我也不怕，你一個大男生又怎麼會怕冷了？」

「妳別吹牛了，等一下妳可別搶著說要回去。」

「哼，本姑娘才不會，你看我身上還穿著毛線衣呢。」

彭俊德看謝淑華身上穿著一件高領的毛線衣，裏面也多穿了兩件衣服，可是卻很大膽沒帶外套出來，只好又說：「妳可別怪我沒先警告妳，新竹的春天可是超冷的。」

謝淑華知道彭俊德很關心自己，也不和他頂嘴，便說：「好啦，我知道了，真是的……現在都已經是春天了……對了，現在幾點？」

「九點四十分，妳幾點要回去？」

「老師說十點半要點名，時間還早呢！」

「好吧，希望妳不要感冒了。」彭俊德撫摸著謝淑華的雙手，覺得她的兩手溫熱，心想應該不會有問題才對。

「別說這個，今天真謝謝你。」

「妳說什麼？妳是說我送的花吧？」

「是啊！那藍色的玫瑰花好漂亮，我從來都沒見過呢，還有你搶先獻花給我，我們班上的女生都好妒嫉，我猜溫蒂今天回到飯店一定會痛哭一場，嘻！」謝淑華說完了還吐了舌頭。

「溫蒂就是演茱麗葉的那個同學？有什麼好哭的？」

「我是沒關係啦，可是溫蒂一直認為自己是第一女主角，就一定要風風光光的，前幾天就打電話叫人要來捧她的場，還要人家獻花給她。」

「她也只不過是愛面子嘛。」

「就由她去了，還好你買了那麼漂亮的花給我，後面那一束花也很漂亮，你怎麼那麼厲害？」

「沒啦，我想這是正式場合，妳又是第一小提琴手，我一定要讓妳風風光光的表演，你看，我今天還穿了西裝呢！」

「難怪我怎麼覺得你今天好帥呢！真的不一樣！這可是我第一次看你穿西裝了。」謝淑華說著還用手調整了彭俊德的領帶。

彭俊德假裝生氣的將謝淑華的手推開，「什麼？我只有今天才帥呀？那我以前就很醜了？」

謝淑華笑著說：「沒啦，我的俊德怎麼會醜了呢，是小女子我失言。」

「哼，我還是生氣。」

「好了啦，別生氣，……奇怪，你怎麼變靈光了，又是送花又是穿西裝？是不是有人教你？快快從實招來！坦白從寬、抗拒從嚴。」謝淑華兩手插在腰間，一副生氣的模樣。

「哪有人教我呀，沒這回事。」

「那你怎麼會變得這麼行了？你以前沒這麼會公關的？」

彭俊德心想絕不能說這是譚元茂出的主意，得找個理由搪塞過去，因此便說：「妳別胡思亂想，我這西裝是去年乾爹送給我的，因為是冬裝，所以很少穿出來，再說……」

「哼，再說什麼？」

「再說，我怕如果沒有送花妳會生我的氣，妳一生氣就……」

「我生氣就會怎樣？」

「我怕妳一生氣……，妳一生氣就會打人。」

「亂講，我哪裏會打人？你亂講。」

「我說錯了，可是妳生氣就會掐我的脖子。」

「亂講！我哪會掐你的脖子！」

「妳每次生氣就掐我的脖子不是嗎？」

「哪有……，還不是只有那一次……，你不要那麼誇張。」

「有，妳本來就喜歡掐我的脖子，我發誓。」

「笑死人了，誰喜歡掐你的脖子，我才怕你會舔人家的手呢，髒死了，好噁心。」

「我才不會舔妳的手，不信妳掐我的脖子看看。」彭俊德說著竟將脖子迎向謝淑華去。

「我才不要！」謝淑華笑著閃了開去。

「妳趕快掐我的脖子，我保證不會舔妳的手。」彭俊德故意吐著舌頭嚇謝淑華。

「不要！走開……啊……啊哈……欠！」冷不防謝淑華竟打了個噴嚏，還打了個寒顫。

彭俊德忙將身上的西裝脫下來套在謝淑華的身上，還抱怨的說：「告訴妳都不聽，妳看現在……」果然是英國高級的毛料西裝，謝淑華立刻感覺到一股暖流蓋在自己身上，她感受到這是彭俊德的體溫，高興的說：「好舒服呀，以後我也要穿西裝，好暖和呀！」

彭俊德笑著說：「這跟西裝有什麼關係？誰叫妳不穿一件外套就出來，小心不要感冒了，明天還有演出呢！」

「明天的演出？對了，你明天還要不要來看我？」

「明天當然要來了，我還要買更多花給妳！」

「妳對我最好了。」

「那當然，不然我要對誰好？對溫蒂好嗎？」

「嘻，溫蒂今天一定不太高興，回去再好好的安慰她。」

「妳還安慰她做什麼？」

「溫蒂平時對我也不錯，我就安慰她說我的男朋友是開花店的。」

「算了吧，妳們班上有好幾個人都認識我，別穿梆了……啊……哈欠！」原來連彭俊德也受不了這個初春的冷天氣。

「真不好意思，我害你也感冒了。」

「沒啦，還沒感冒，可是新竹這個地方可還真是冷呀！」

謝淑華忙將彭俊德的西裝脫了下來，再蓋在兩人的頭上，「快進來，這西裝裏面很暖和呢！」

「妳蓋這樣子幹什麼？我看不到天空了。」

「看天空做什麼？」

彭俊德看著西裝外的天空，今天晚上竟然是個滿月。

「不看天空……那我……」在西裝裏彭俊德隱約可以看到謝淑華眉目如畫，忍不住她的嘴唇上親了一下，謝淑華還沒會過意來，彭俊德自己不好意思的低下了頭。

「你……」謝淑華沒想到彭俊德竟然會在這裏親吻自己。

看謝淑華雙頰泛紅、欲語還羞，彭俊德忍不住抱住了謝淑華用力的親吻，謝淑華想要推拒，又不忍拒絕彭俊德的溫柔對待。

是夜，沉浸在擁吻裏的彭俊德，不知該感謝藍色的玫瑰花，還是該感謝新竹冰冷的晚風。

第九章　音速專案

彭俊德到老教授的書齋拜訪，謝淑華因為公演沒空親自過來，彭俊德感到很不好意思，因此特別準備了一份禮物，又想到老教授認識的人多，書齋裏經常有人來往，因此又多買了兩斤上好的茶葉。

書齋裏面十分熱鬧，竟然是老教授親自來應門，原來裏面幾個人正在七嘴八舌的討論著，只有老教授一人清閒無事，老教授和彭俊德進入內室，施智遠正在寫字，旁邊放著老教授要送給謝淑華的字，字已經裱褙好了，施智遠看著自己剛寫好的字，似乎很不滿意，旁邊另有三個人在品頭論足。

「這個字好，十成十的像了。」

「好像還缺少些什麼？」

「智遠你自己倒是說句話呀？」

施智遠搖著頭說：「我寫的這字形似而神非，還缺少老師那種瀟灑飄逸的韻味。」

「老師，您看怎麼樣？」

「先別討論了，俊德難得過來，大家一起泡茶。」

幾個人收拾紙筆，施智遠也趕緊洗茶具燒開水，彭俊德很不好意思的說：「大家不要這麼忙。」

「沒關係，就當作是自己的家，智遠比較會泡茶，就讓他忙吧。」

施智遠也說：「俊德難得過來，不知道這裏的規矩，這裏就是不要太拘束了，就連阿星和我們也像兄弟一樣。」

「是。」

蔡玉書拿了一個錦盒過來，對彭俊德說：「俊德，這是老師寫的字，就麻煩你拿給謝小姐，她不是說要來這兒給老師磕頭的嗎？」

施智遠也問說：「是啊，怎麼淑華沒過來呢？」

彭俊德不好意思的說：「真對不起，淑華她現在人在台中，她們系裏有個話劇表演，她們全部四十多個人都在台中，她不好意思一個人走開，只好要我向老師道歉了。」

老教授有些失望的說：「公事為要，這沒關係的。」

看老教授雖然失望但並不生氣，彭俊德很過意不去的說：「我改天再陪淑華來向您賠罪。」

「我已經說了沒關係，這件事就別再提了，如果淑華因私廢公，我才真的會生氣。」

老教授實在捨不得將這字送給謝淑華，便將錦盒打開將字取出來，再將施智遠剛才所寫的字也拿來放在桌子上並列著。

「俊德，你看這兩幅字如何？」

「老師，我真的看不出來，我還在初學階段。」

施智遠也對彭俊德說：「俊德你試著分析看看，我們幾個人已經討論好多天了，你今天初來乍到，眼光可能不一樣，說說看無妨，說不定會對我們有一些幫助。」

蔡玉書也說：「是呀，大家都說智遠寫的這幅字最像了，可是他自己卻還不滿意。」

彭俊德想到施智遠剛才說的形似而神非，再看兩幅字其實十分相似，不論是每個字的形體、大小，都幾乎一模一樣，甚至每個筆劃的乾濕濃淡也幾無二致，心想施智遠可能要臨摩上百次才有這種成績，便轉頭對老教授說：「老師，我真的看不出來，這兩幅字已經完全相同了，如果依施老師說的形似而神非，那就可以斷定這字的外形已經臨到完全一樣了，而『神』的部分就比較麻煩了。」

「神是什麼意思？」

「很多人說這只可意會不可言傳，我倒認為每個人都有不同的神韻風格，像我在學校時寫歐體的就有七八個人，每個人寫的雖然都是歐體字，可是卻各不相同，因為這是人寫出來的，字裏已加入了每個人不同的神韻在裏面。」

「有道理。」

「再討論到形似神非，就老師而言，老師多年來的字也都在轉變，除了老師下的苦功之外，另外老師的人生歷練和心境轉變也都會呈現在所寫的字上面，而施老師就少了這些吧？」

「是呀！」施智遠心想自己和老教授的年齡差了三十歲，當然少了許多的人生歷練。

「老師寫這字的時候心情開朗，施老師您則是戰戰兢兢的臨摩，這是完全不同的情況。」

蔡玉書也點頭說道：「是呀，我倒是想到了，老師寫這字的時候面露微笑，智遠則是眉頭緊皺，果然差了很多。」

「所以我認為，臨摩老師的字，再好也不過如此了。」

聽了彭俊德的分析，施智遠方才釋懷，心想自己臨的字確是不錯，只是自己要求得太高了，便說：「俊德你有書法的天份啊。」

老教授很高興的說：「俊德，你有空也可以常到老師這兒來坐。」

施智遠聽得出老教授很喜歡彭俊德，便說：「老師你何不乾脆收俊德作徒弟，我們十一個弟子再加上俊德，就湊成十二個人了。」

彭俊德也笑著說：「老師，這是我求之不得的事，如果老師願意收我的話，改天我來給老師行禮拜師。」

老教授聽了很高興的說：「哈哈，如果你真的有心，只要認真的練字，老師就很高興了。」

施智遠也替老教授高興，對著彭俊德說：「對呀，以後歡迎你常來寫字。」

蔡玉書也說：「其實大家說磕頭只是一句玩笑話，我拜師的時候老師還送了我一枝毛筆呢！」

「毛筆……對了。」老教授便到寫字桌的抽屜拿出一方小硯台，交給彭俊德說：「俊德，你初次來老師這兒，老師送你這個小玩意。」

彭俊德看這小硯台並無任何鐫刻銘記，兼又十分小巧雅緻，看了也是很喜歡，而且看樣子老教授給的東西可還不能拒絕，只好連聲道謝。

✦　✦　✦

星期六早上，在台北縣海邊一個俱樂部裏，裴思特公司正在開會，裏面不見周偉民的人影，但是葉怡伶和溫婉姿都跑來湊熱鬧。

彭俊德正在訓話著：「……這兩位學姐都是自己人，等一下說話不必有什麼避諱，這一陣子大家都太累了，所以今天大家一定要放鬆心情，附近的風景很好，可以看海浪也可以到沙灘走走，可是不准下水游泳，因為外面只有十一度，我不多說了，大頭，剩下的時間給你。」

許仁宏已經等候多時，拿著一本筆記本就上台了，清了清嗓子說：「嗯……，學長、學姐們好，今天主要是報告百貴倉儲的案子，偉民雖然還沒有回來，不過應該沒問題了，星期四下午我和偉民一起到百貴倉儲交貨，四台新購買的電腦全部都是最新頂級的，主機板也是選用學長指定的廠牌……」

許仁宏雖然口齒清晰，但是資料太多，說得滿頭大汗，「……目前一切正常，百貴倉儲大概有四天的人工帳面資料，一共一萬七千多筆，我們帶去了四個高職學校的打字高手，從下午一點開始，一直到晚上九點半才全部輸入完畢……」

「……因為這個案子比較特殊，我和偉民臨時決定派人留守四十八小時，我、肥仔、小黑和小斌都留過了，現在是偉民在那兒，他說十二點以前會趕到這兒。」

「大頭，你們的表現太好了……。」彭俊德很高興的點頭稱是，又拿出幾張報表紙發給大家，接著說：「另外今天要和大家談公司敘薪的方式，在剛才發的報表紙的最後一頁……」

彭俊德說到一半，這時候大門悄悄的打開來，原來是周偉民和一個小男生進來了，那個男生還一直探頭探腦朝四處觀看，原來是和彭俊德約好要見面的一個高中生，彭俊德示意要周偉民先應付一下，周偉民便帶著那個小男生出去。

眾人看著手上的報表紙，明列了每個人的薪水明細，大家都嚇了一跳，每個人最少都有五萬元。

彭俊德繼續說：「雖然新年放了幾天假，但是這個月大家都算是全職上班，正確的數字要到下個月初才能核算出來，可是我要跟大家說清楚，下個月學校開學以後可就沒這麼好了，我估計每個人只能領到兩萬元左右，大家還有什麼意見？」

會議室外面的一張咖啡桌前坐著周偉民、許仁宏和剛才的男生，只見許仁宏用紅筆在一疊報表紙上面比劃著，那男生不停的點頭，周偉民只是在一旁瞧著，彭俊德則是坐在另一張咖啡桌，桌上放著一台手提式電腦，彭俊德有時喝咖啡有時敲鍵盤，顯得很悠閒。

原來是這個男生所寫的程式出現問題，不知道從哪裏得來的消息，竟然找到彭俊德，希望彭俊德能夠幫他的忙。

今天全部讓許仁宏來表現，只見許仁宏很仔細的說著程式上的缺點，「……你忽略客戶的電腦沒有更新，速度不夠，他們又一下子增加六十個房間，每間兩台點歌機，再加上客人瘋狂的點歌……」

「是……」

「有好幾種解決的方案，分時系統是從大型電腦那邊過來的構想……，另外分包後的資料最好壓縮……」

討論了十五分鐘，彭俊德拿起咖啡杯走過來問這三個人說：「怎麼了，紅螞蟻、大頭，你們討論得差不多了吧？」

原來這個男生的名字叫作洪明達，還給自己取了『紅螞蟻』的綽號，這洪明達很有禮貌，看到彭俊德過來便站起來說：「真謝謝你們，我程式上的幾個缺點都有了解答，我回去趕工三天就可以了。」

「趕工三天？來得及嗎？這個給你。」彭俊德拿了兩張磁碟片給洪明達。

「這個是……」

「第一張磁片是我們前一陣子所寫的卡拉ＯＫ程式，你可以拿去交件，我剛才利用時間將開機畫面和使用介面作了修改，比較接近你客戶的需求。」

洪明達感激得眼淚都流了下來，不斷的說：「謝謝、謝謝。」

「第二片是原始程式，有空你可以好好研究一下。」彭俊德說話時還伸出手來，洪明達本來對彭俊德敬若天神，這時也只好伸出手來和彭俊德握手，只覺得這個在電腦界大大有名的大衛王為人隨和又大方。

「我就不留你吃中飯了，你趕快去將這軟體按裝上去，今天放假正好是卡拉ＯＫ店客人最多的日子。」

「是是，謝謝、謝謝。」洪明達急著要離開，收拾好東西之後就匆忙離去了。

許仁宏鬆了一口氣說：「大衛，這小子聽說才高二，竟然自己接案子賺錢，我看了他的程式，真是寫得很好，要不是這幾個月有你訓練我們的話，我們根本不是他的對手。」

「哈哈，讓你們知道人外有人、天外有天，這小子是一個爛高中二年級的學生，平時就很臭屁，經常說讀大學沒有用，不過他確實是有兩下子，寫的程式也很高檔，他會臭屁也是有道理。」

「那他在學校的功課一定很好吧？」

「他的功課一蹋糊塗的，還說要辦休學不想讀書，有的人就是這麼奇怪，頭腦好功課卻不一定好。」

「那他是怎麼找到你的？」

「我在電腦界還算小有名氣，因為我常用大衛王這個名字在電腦雜誌上發表文章，大概有三十多篇了，這小子就是透過電腦雜誌社的主編才找上我的，他昨天晚上九點多和我聯絡上，我和他談了十分鐘就知道他的狀況了，和上個月你們的情形一模一樣，程式全部正確，就是通不過考驗，我就約他今天見面，再來的情形你們全部都知道了。」

「原來是這樣子，可是他也不必這麼感動，我看他的眼淚都流下來了，沒這麼誇張吧！」

「這你們可不知道了，他和客戶接洽要寫程式，最後貨交出去，軟體安裝好了，錢也收了，但是用不到三天就出狀況，事情是發生在前天晚上，原來是同一時間所有的終端機都有輸入資料，再加上幾十個人同一時間點同一首歌，也可能有客人操作錯誤，電腦就當了，有一間客人生氣的將桌子掀翻，還將電視砸了，公司要將這筆帳算在紅螞蟻頭上，你看他今天會不會感動得流淚呢？」

「原來事情這麼緊急，難怪你除了要我教他以外，還將我們的程式送給他。」

「出社會可不好混，紅螞蟻寫的程式你們也看到了，不是我誇他，這小子真是個鬼才，絕對不可以看輕他了。」

「果然是厲害的紅螞蟻，不過學長你大衛王可也不是蓋的，只有你才壓得住這小子。」

中午用過餐後，幾個年輕人躺在休閒椅上悠閒的看著海面的波浪，雖然天氣很冷，但是隔著落地大玻璃窗觀看海景，另有一番滋味。

小美女葉怡伶正享受著她的熱奶茶，閉著眼問彭俊德說：「阿德你怎麼知道這個地方？還會選這兒開會？」

「台北很多公司都來這兒開會，夏天就更熱鬧了，我倒是想問妳和大美女怎麼會來找我？現在放假不是正好打工賺錢嗎？」

溫婉姿看葉怡伶不好意思開口，便替她說話：「沒什麼啦！只不過是怡伶被她老闆解僱了。」

彭俊德嚇了一跳，便問說：「我前一陣子看妳還在上班呀？」

葉怡伶生氣的說：「真是的，說來就嘔，我老早就不想做了，才那麼一點錢，就要我做死做活的，還說年輕人多吃點苦，錢少學經驗，所以我就……」
彭俊德搶著說：「所以妳就把老闆解僱了！」
葉怡伶很高興的說：「對呀！是我把老闆解僱的。」
溫婉姿也說：「所以怡伶才來找我散心，我們就順便來找你了。」
「還好妳們是今天來找我，前一陣子我可要忙死了。」
「你們公司好像做得不錯？」
「運氣還算不錯，陸續都有一些小案子進來。」
溫婉姿不禁稱讚彭俊德說：「還是你行，人還沒畢業就有這麼好的事業。」
葉怡伶也向溫婉姿說：「是啊，我早就告訴過妳，我們阿德是新好男人，不抽煙、不喝酒，又勤奮又老實。」
溫婉姿坐起身來，靜靜的說：「不抽煙不喝酒，又勤奮又老實……我還以為妳是在說動物園的大象林旺呢！」
眾人聽了都哈哈大笑，溫婉姿卻不理大家，轉過頭來兩眼直視著彭俊德說：「阿德，你看著我。」
彭俊德心裏狐疑，但也只好看著溫婉姿，問說：「什麼事呀？」
溫婉姿用哀怨的表情，慢條斯理的對彭俊德說：「阿德，我嫁給你好不好？」
這句話嚇得其他人都說不出話來，彭俊德更是驚得張大了口說：「啊……啊……」
葉怡伶也被溫婉姿嚇到了，問說：「姐…妳……」
溫婉姿大笑了出來，「哈哈……你們都被我嚇到了吧？哈哈……」
彭俊德這才鬆了一口氣說：「后！快被妳嚇死了！」
葉怡伶好不容易才忍住不笑，對著彭俊德說：「怎麼了？我們大美女嫁給你還不好！你可知道有多少人在肖想嗎？」

溫婉姿哀怨的說：「算了，阿德早就有女朋友了，哪會看上我們。」

葉怡伶也說：「對呀。」

「對了，你有沒有辦法幫怡伶介紹工作，她現在失業，接下來的學費和生活費都快沒著落了。」

彭俊德笑著說：「別騙我了，小美女，我知道妳從大一開始就拼命賺錢，平時又一毛不拔的，我猜妳的存款沒有十萬也有五萬吧？」

葉怡伶不好意思的說：「哪有？我本來還有一萬多元，過年花了一些，現在還剩下三千多……」

溫婉姿不高興的說：「沒事問人家的存款做什麼？」

彭俊德忽然從躺椅上坐起來，不說話卻低著頭沉思。

溫婉姿不好意思的說：「阿德你怎麼不說話？介紹工作沒這麼可怕吧？不方便也沒關係。」

彭俊德為難的說：「我在想一件事情……」

葉怡伶也感到有些不好意思，便說：「阿德你別傷腦筋了，婉姿只是隨便說說，你可別當真。」

「其實我正在醞釀一個大型計劃案，不過我並沒有把握，這是我這麼多年來第一次感到有些無助，怕自己能力不夠應付，如果有多幾個怡伶這樣的人來幫忙的話，或許可以……」

「喔？你有大型的計劃？」

「現在還不能說出來，我還在考慮中，就憑我現在的實力絕對吃不下這個案子。」

「看來是難度很高的案子，連你都……」

「是的，在我們這一行，能讓我皺眉頭說難辦的案子，這還是頭一回，事實上這個案子我已經請昇智科技的老伙伴估過價，也打算請他們接案，他們的估價是二千三百萬，可是有些特殊的因素，他們開會以後決定不接……」

「二千三百萬！」

彭俊德也不等葉怡伶把話說完，就接著說：「怡伶妳的事包在我身上，如果我接案子的話，妳一定要過來幫忙，不然我也答應在一個星期內幫妳找到一份好的工作。」

葉怡伶感激的說：「那就先謝謝你了，你說的那個案子……」

「這個案子我現在不方便說……還真的有點麻煩，做不好是會灰頭土臉的！」

✦　✦　✦

三〇一室也有一塊大白板，彭俊德、丁慶澤、譚元茂、周偉民四人正在熱烈討論著，白板上面已經畫了很多記號。

丁慶澤搖頭說道：「阿德，這案子是個燙手山芋。」

「其實這個案子根本還沒有成型，說給大家聽聽也好。」彭俊德眉眉頭緊蹙，看來有些不樂觀，「黃會長和我的事大家也知道，上個月他找我過去說有急事，還帶我逛了他的賣場和超商，他說他的事業似乎遇上了瓶頸，這一陣子用了很多方法都使不上力，希望我過去幫忙，用外人的眼光來觀察他公司的經營方式，看是不是有需要改進的地方。」

「你怎麼說？」

「一切都還在研討和觀察的階段。我先花了一些時間到台北幾間比較新式的賣場和超商去觀察了幾次，我覺得黃會長在經營方面已經很上軌道了。」

彭俊德繼續說道：「至於他鋪貨的內容、貨流是否順暢，和倉儲管理方面我也都有向他提供建議，可是我一直覺得搔不著癢處，後來我在一家店面看到有店員使用光罩雷射掃瞄商品條碼，可是黃會長的店裏還沒有開始採用，這個東西你們熟嗎？」

周偉民想了一下便說：「這個東西我知道，現在並不算是高科技產品，但是目前硬體的價格還很貴，過兩三年等價格降下來，用的人可能就多了。」

「我們一起來思考，使用這東西會牽涉到哪些事項，會有哪些好處，阿丁你幫我多想想。」四個人就坐了下來，在幾張白紙上記記寫寫，過了十分鐘似乎有了結果。

丁慶澤指著紙上的資料說道：「這裏牽涉到很多硬體和軟體的整合，軟體都和資料庫有關……基本設備幾乎全部都要更新，我的天啊，讀碼機、條碼機、專用錢櫃、發票機……」

彭俊德接著說：「別忘了還有好幾十台電腦，有幾台重要的電腦還要用伺服主機等級的電腦才行，現在我們來總結剛才所討論相對應的軟體，有店面零售進銷存系統、待貨商品、銷貨排名、貨品利潤排名、商店條碼管理系統、商品管理系統、庫存資料、發票明細表、員工排班總表……，甚至往上的倉儲管理系統、物流管理系統、會計財務系統……」

彭俊德一說完，其他三個人都不禁喘了一大口氣，這一討論下來，大家都覺得茲事體大，的確是個超大型的案子。

彭俊德繼續說：「我在昇智科技也做過兩次這種案子，比較難的部分就是黃會長三十三家店要在同一時間內全部由人工更換為電腦系統。」

譚元茂問說：「阿德，你說的同一時間內是什麼意思？」

「這三十三家店面必需全部聯線，不然就失去意義了，而且我認為最好能夠在一天之內完成工作型態的轉換才好，做生意就是分秒必爭。」

丁慶澤也說：「阿德說的沒有錯，如果成功了，三十三家店面聯線，由電腦自動統計，可以每天計算銷貨量、待貨量，控制庫存，說不定就連豐田式管理中強調的零庫存也做得到。」

「阿丁你說的是控制，可是你沒有想到還有更高的層次！」

「你說的是什麼？」

「我是說如果成功了，除了控制以外，還可以做預測。」

「預測？」

「是的，當累積了足夠的進銷庫存方面的數據以後，我們還可以透過統計分析的方法來做預測，而預測的項目就更加可以發揮了。」

丁慶澤不禁點頭稱是，口中還唸唸有詞，「預測……統計分析……，是啊……，可以用幾個變項……目標是顧客品味走向、商品趨勢……，說不定還可以做迴歸分析……」

譚元茂問道：「阿德，你敢接這案子嗎？」

「我本來想都不敢想的，所以就先找了昇智科技談這件事，他們最後的估價是二千三百萬元，但是又沒有把握，我和他們討論的結果只有一條路，那就是外包給國外廠商，日本有幾家硬體大廠會配合軟體搭配販售，有人私底下稱之為合體套餐，不過一定要三千萬起價，而且會有一些問題出現。」

「是哪一些問題？」

「第一就是全部時程很長，至少會多出幾個星期，再來就是配套的軟體彈性不大，一定是日本現有的軟體再加以中文化，黃會長和他們討價還價的空間不大，軟體方面的額外要求也無法達成。」

程度最高的丁慶澤也是眉頭深鎖的說：「困難度實在太高了！」

四人默默無語，停了片刻，彭俊德很慎重的問丁慶澤說：「先別說有多困難了，阿丁，我想請問你，以我們這一個團隊，能不能吃下這個案子？你作個評估。」

丁慶澤知道彭俊德一向尊重自己的專業知識，只是這個題目實在太大，只好用手撐著額頭苦思，過了一會兒才說：「阿德，不是我長他人志氣、滅自家威風，這個案子如果有十個彭俊德，再加上十個丁慶澤，這個案子便有絕對的把握，可是我看你那些雜牌軍實在還不行，像偉民你和大頭他們四個人如果再有一年的實務經驗，我就可以稱你們是專業的電腦程式高手，唉……我看只有放棄了。」

譚元茂看彭俊德若有所失的樣子，便問說：「阿德，你看起來好像很不甘心？」

「是啊，真的很不甘心，黃會長你們也都認識，人那麼豪爽，又那麼看重我們，現在只是因為我們的能力不足，就把他的案子推給日本人，如果我們能做好這個案子的話，賣出去的是最高檔的軟體系統，現在黃會長只能使用日本現有的軟體了，再給我兩年時間的話……」

這時候周偉民有些急躁的搶著說話：「阿德，接下來吧，我絕對支持你。」

「偉民，這件案子太難，不要開玩笑了！」丁慶澤用手示意周偉民不要意氣用事。

周偉民個性比較急躁，說話卻是很有條理，「我也知道這個案子很難辦，可是大家想一想，當初我們到陳董的精巨模具公司修理三十多台電腦，有好幾家廠商估價又高，維修期又長，結果我們四個人在一天之內就搞定了，最近百貴倉儲的案子，五六家大公司都不敢承接，結果還是大頭和我們幾個雜牌軍給搞定的，最後一天我在百貴倉儲守著四台電腦，廖廠長感動得都快流淚了，說真的，如果將黃會長這件案子讓給日本人去做，我會嚥不下這口氣。」

譚元茂也覺得還有討論空間，便說：「好，我也覺得這個案子不要太早決定放棄，不過這下子大家都有了底案，這幾天大家好好的思考，下星期再來做個決定。」

✦　✦　✦

傍晚在台南的文化中心，彭俊德特別多買了一小束鮮花和一盒巧克力，因為早上接到電話，謝淑華說溫蒂想要認識自己。

彭俊德已經是第五次參觀話劇演出了，又和謝淑華走得親近，全部團員都認識他，所以彭俊德隨意進出都沒有人阻攔他，進了後台只見一群男男女女正在化粧，謝淑華和演茱麗葉的溫蒂正在聊天。

彭俊德這才看清楚溫蒂，深眸大眼的外貌，果然是很有型的美女，彭俊德裝模作樣的走了進去，還特意的扣了一下腳跟，很溫和的說道：「很抱歉打擾了兩位美女的談話，這一切都是我的罪過。」

「嗨，俊德。」謝淑華先跟彭俊德打招呼。

溫蒂伸出手來主動要和彭俊德握手，「大衛你好，我是溫蒂。」

「Call me but love.」彭俊德學著唸羅蜜歐的台詞，並且還牽起溫蒂的手背輕輕的親吻了一下，惹得謝淑華和溫蒂喀喀笑個不停。

「俊德我為你介紹，這位就是我們的系花，大美女溫蒂。」

「今日得蒙溫蒂小姐召喚，真是我的榮幸啊，The brightness of your cheek would shame those stars.」

「喔！拜託，蜜雪兒，你這個男朋友真的太讓人難以消受了。」溫蒂笑得腰都彎了下來。

聽到有人稱讚彭俊德，謝淑華卻是無可奈何的說：「唉，這是第一次有人這麼說他，他平時可都像個木頭人。」原來平時外文系的學生都以外文名字互相稱呼，溫蒂所說的蜜雪兒指的就是謝淑華。

「初次見面，小小的禮物請茱麗葉小姐笑納。」彭俊德說完便趨前將手上的鮮花和巧克力獻給溫蒂。

「唉呀，真不好意思！我真是受之有愧。」

「親愛的茱麗葉小姐，妳的表演那麼動人心弦，怎麼會是受之有愧呢？妳的表演令無數少男傷心，令無數少女哭泣，今天我只不過是為這些少男少女們獻上一點小小的心意。」彭俊德一邊說著一邊還行著羅蜜歐式的鞠躬禮。

「哪裏，我哪有那麼好！都是大家給我捧場，蜜雪兒，大衛真的太會說話了。」

謝淑華很不以為然的說：「他以前可不是這個樣子，妳還誇他？」

「這麼好的男朋友妳還要挑剔？你的大衛借我一下好嗎？」

謝淑華聳聳肩很大方的說：「什麼借妳一下？我不要了，就送給妳吧！」

溫蒂聽了高興的跳了起來，很親熱的摟著彭俊德，將彭俊德往外面拖去，還故意大聲的說：「來吧，我的羅蜜歐，人家不要你了，跟我來，我們結婚去吧！我真是太高興了。」

兩人也沒有跑多遠，只不過是走到表演廳的側門聊天。

「大衛，謝謝你的巧克力，嗯……還有鮮花。」

「哪裏，一些小意思。」

「你每次都親自到場來看表演，每次都送那麼美麗的玫瑰花，真讓我們這些女生羨慕死了。」

彭俊德指著進口處兩側的花卉說：「沒有吧？你看這裏簡直是花海，來送花的人可多著呢！」

「這都是親友團送的，我的男朋友還在當兵，別說沒來看表演了，連花也沒送過一回。」溫蒂說這話時神情落寞，看來是實情沒錯。

彭俊德心中正想著如何安慰溫蒂，「喔……」

「哪像你那麼好，每次表演都來捧場，為了你呀，我們好幾個女同學都在跟她們的男朋友嘔氣。」

「不要這樣子嘛，我也是剛好有空才來的，也怪我上個月亂說話，吹牛說我每場都要來看，現在我不來也不行了。」

「你別安慰我了，對了，趕快把你的電話給我！」

「怎麼了？」彭俊德不知道溫蒂要自己的電話做什麼，便拿出一張名片給溫蒂。

溫蒂看著名片驚訝的說：「總經理，大衛你這麼厲害。」

彭俊德不好意思的說：「這都是唬人用的，我這只是小公司。」

「我也沒什麼用意，只是你送我禮物，不知道如何感謝你，以後我來當你的偵探，若是蜜雪兒有什麼風吹草動，我馬上打電話給你。」

「太感激妳了，早知道我就買更多禮物給妳。」

「我實話實說你別介意，你要追蜜雪兒，最難的還是那一些強勁的對手。」溫蒂用手指了在表演廳外面站著的一個年輕人，這人彭俊德也見過幾次，追謝淑華追得很勤，每次都開著一輛白色賓士車，又喜歡穿著全白的西裝，彭俊德看得很討厭，但也莫可奈何。

溫蒂又接著說：「另外還有幾個人也在追蜜雪兒，每個人都在比氣派比有錢，蜜雪兒又不太會拒絕人，你的處境很為難。」

彭俊德兩手一攤，很難過的說：「這些人我都知道，看了就討厭。」

「這也是沒辦法的事，不過我只支持你一個人，要好好加油！」

「謝謝妳，我會……」彭俊德話還沒說完，只覺得溫蒂眼睛一亮，原來在表演廳的外頭跑進來一個高帥的男生，溫蒂立刻迎上前去。

彭俊德看溫蒂和那男生有說有笑，不到幾秒鐘的時間就忘了自己的存在，彭俊德倒也不在意，心裏想著，「我的處境很為難？我看溫蒂在當兵的男朋友處境才真的危險了！千萬不要兵變才好。」

✦ ✦ ✦

彭俊德、丁慶澤、譚元茂和周偉民四個人又在三〇一室開會，四個人正熱烈討論著，大部分時間都是彭俊德在主持大局。

「……這件事必需分成三個部分來討論，首先就是軟體設計方面、再來就是硬體方面，然後就是聯繫和協調方面，今天要將所有的資料整合，最後再做決定。」

譚元茂問說：「你問過黃會長了嗎？他的意思呢？」

「我已經向黃會長報告過這件事，他也知道有關光罩雷射掃瞄商品條碼系統的事情，兩年前他也曾經考慮使用，但是那時候的全套系統還很昂貴，去年日本ＪＪＣ原廠有和他接洽，但是姿態很高，讓黃會長很不高興。」

「所以這一切全都看我們的意願了？」

彭俊德點了點頭又繼續說道：「先談軟體設計方面，我們目前連我加起來是六個人，這方面偉民有話要說。」

周偉民看著大家說道：「有關人手這方面，我昨天和阿德溝通過了，我們留下三個人來應付裴思特公司的業務，所以只剩下三個人了，如果用阿德的人脈找像紅螞蟻這種個電腦高手來幫忙，應該可以立刻進入狀況，不必加以訓練，大概需要五、六個人。」

「不過這樣子人手還是不夠，我已經和我的老東家昇智科技簽約合作，借調他們兩個電腦工程師給我，我們有二十萬元以上的業務則請他們代勞，這樣子就勉強可以應付了。」

丁慶澤拿著幾張手稿說道：「有關硬體方面我也調查過了，除了日本ＪＪＣ原廠之外，還有幾家類似的系統在台灣都有店面使用過，我建議可以使用日本ＪＵＣ的產品，這雖然只是副廠，但是售價便宜，而且已經通過產品測試，在美國也有店家使用，品質絕對可以接受，在日本、美國、德國也都可以找到相容性的產品和零組件，以後維修保養不怕會被刁難。」

「阿丁，那硬體和線路安裝呢？」

「在這方面我計劃先組成一個五人小組，我認識一些業界的朋友，他們是電纜電線裝配的專家，有二十多名技術人員可以支援我們，另外在機組操作方面，日本公司提供十個人共四百個小時的訓練，如果請他們的技師來台灣的話，除了飛機和住宿，每人每天要給五萬日圓的顧問費，一次最少來兩個人。」

彭俊德接著說：「很好，再來就是各方面的協調，我們這邊是以蛋塔和我為主，黃會長方面也提供了兩個會日語的經理級主管來幫忙，我班上以小美女為主共三個人也會加入，黃會長方面再籌備一個專門對內工作的十人小組，職級都很高。」

看大家討論得差不多了，周偉民便向彭俊德說：「我想不用投票了吧？學長，我們就冒險一次……」

最後還是丁慶澤率先表態，「阿德，就接下來吧，我們都是有實務經驗的人，這件事今天就做個決定，我先表態，我贊成接案子。」

「我也贊成。」譚元茂也表示贊同。

說到這裏可以說已經沒有退路了，彭俊德點頭表示贊成說：「好，就這樣決定，未來大家有得忙了。」

譚元茂接著說：「接下來我們就商量接案的實務問題。」

彭俊德拿出幾張單子，上面寫了很多細目，「有一些短期的計劃要先進行，首先派小美女這一組人馬到黃會長那邊實習，好熟悉他們公司現有的作業方式，另外日本會先調四部機組給我們，可以試用也可以配合程式的編寫，再來就要安排日本職訓，包括阿丁、小美女和黃會長的人，我們一共去十個人，我給黃會長的估價是一千九百萬元，黃會長答應先借我三百萬元資金，這些是我暫時想到的問題。」

「原來你已經借到三百萬元了？」

丁慶澤不禁讚嘆道：「阿德，真有你的，你剛才說的事情，我們可都沒有想到，看你這個樣子，我想這個案子並不難辦。」

「好，那就大家一起努力吧！因為這個案子的特性，我給它取了個名字，就叫作『音速專案』。」

✦　✦　✦

轉眼就開學了，音速專案也如火如荼的展開，成員大多是在學的學生，大三和大二生必需正常選課，因此負擔很重，大四生也就少選一些課，反正學分大概也都足夠畢業了，小美女甚至只選了六個學分。

彭俊德先借給葉怡伶三萬元，解了她的燃眉之急，葉怡伶和另外兩個男同學組成的小團隊也已經在黃順天的公司實習。

一直到開學後的第三天，丁慶澤和相關的技師一組五個人才匆匆從日本趕回來，一個多星期的接洽、參觀和訪視，丁慶澤在回台灣的飛機上就為未來擬訂了一系列的行程表，主要是提供十個人在日本受訓的行程內容，另外也帶回來四部機組，不過要三、四天後才能拿到貨。

丁慶澤才剛下飛機就被彭俊德拉去開會，在三〇一室裏周偉民為大家泡了濃濃的咖啡，因為丁慶澤才剛回來，所以大家故意放鬆心情，有如聊天一般的談起話來。

譚元茂笑著問丁慶澤說：「阿丁，你又不會說日文，你怎麼和那些日本人講話？」

「管他的，我代表買家，反而是那些日本人要來拍我的馬屁，他們的漢字我也看得懂一些，再說日本話『阿里嘎的』、『塞優那拉』我也會說幾句。」

「我本來以為你兩三天就可以回來，怎麼會用了這麼多天？」

「這次我不但按照計劃和日本ＪＵＣ接洽完畢，另外我利用時間將他們的機組弄得一清二楚，我騙他們說我是商學院畢業的，不太懂機器，又騙他們說我們可能要買二百套機組，他們高興得不得了，我請他們盡量將機器的內部和細節為我作詳細的介紹，我又偷偷影印了許多和機組有關的文件，有一部分還被列為機密，機組運作的時候就可以不必請日本技師過來台灣指導了。」

彭俊德微笑著告訴丁慶澤說：「這樣是很好，不過日本人也沒有完全受騙，上個星期五我們通完電話之後，日本方面就來電話確認，我確認你是業務部的總負責人，又告訴他們說可能要買三百部機組。」

「什麼？原來你比我還會吹牛？」

「倒也不是吹牛，最後定案是要買兩百三十七組。」

「什麼？兩百三十七組？」

「是呀，大賣場每家就要二十組，黃會長一共有六家大賣場，還有十家中型超市，每家要十組，超商每家一組，算一算一共要兩百三十七組才夠，大大的超過當初黃會長的需求，因此預算必需再追加五百六十萬元。」

「早知道我就說我們要買五百組，那他們的招待就更好了。」

「我覺得我們在聯繫方面不夠快速，黃會長幫我申請了三支手機連門號，下個星期就會下來，我們三組各有一支手機。」

「手機呀？真高檔，這玩意很貴，拿到的時候先給我瞧瞧。」

「接下來是四部機組的驗收，阿丁這是你的工作……，再來就是小美女她們實習行程的討論和安排，軟體部門也要推一推，下星期一開始我們每天開一個小時的會議，地點就在新的辦公室。」

「喔？我們有新的辦公室？」

「我買了一間四十坪的辦公室，要價三百多萬，本來並不想買，不過是史老師介紹的，而且原來屋主姜律師也算我很便宜了，我想我們一二十個人，也要有個寬敞的工作空間才是。」

「三百多萬，你怎麼買得起？」

「原來的屋主賣我每坪八萬元，低於現在的市場行情，我要出八十萬元自備款，我先將股票出清，大概有四十多萬元，另外本來準備給我弟妹的教育費二十萬元，我先拿出來用，楊老闆私底下借我二十萬，就這樣子。」

「天呀，阿德你這是在玩火啊？」

「別這麼說嘛，其實我也很害怕，萬一我付不出貸款，你們可得幫我才行。」

「三百多萬，誰理你呀！」丁慶澤有些被嚇到了。

譚元茂笑著說：「阿丁你別被騙了，阿德才剛簽約就有人要用四百萬買他的辦公室，如果阿德真的賣了，馬上就賺七八十萬元。」

丁慶澤嘆了一口氣說道：「你這小子……，真是厲害。」

「另外我還買了車子，在台北跑來跑去的也方便。」

「車子？」

「是二手的摩托車。」

「喔，是摩托車？花了多少錢？」

「車子有些舊了，只花了我一千五百元。」

「一千五百元？比腳踏車還便宜？」

「前輪壞了，化油器也不行了，點火系統也有問題，我花了三千多元才修理好的。」

「哈哈，看來你這摩托車差不多全壞光了！」

「對啊，板金和烤漆都不太好，我買了油漆將它全部漆成黑色，這樣比較耐髒，大概沒有小偷會喜歡這輛車吧？防盜效果還蠻好的，另外我那輛破腳踏車有沒有人要？我送給他。」

✦　✦　✦

外文系話劇公演最後三場表演的地點都是在台北，前兩場是租用國父紀念館的大會堂，台北是這些表演學生的大本營，又是全台灣文化薈萃之地，觀眾暴滿是預料中的事，所有的門票早就賣光了。

第一天國父紀念館的表演就讓人感到難過，彭俊德只能遠遠的看著謝淑華表演，其餘時間不論是表演前還是表演後，謝淑華總是被一群人給包圍著，來往的交通更不必彭俊德煩惱，表演還沒有結束，國父紀念館外就停放了一輛黑色的大型轎車在等候謝淑華。

表演完畢，謝淑華剛走出大會堂，彭俊德就看到兩個男管家過來接謝淑華，彭俊德立刻上前要將手上的玫瑰花獻給她，才晚了半步就有一堆人圍了過來，彭俊德奮力擠上前去，還好沒有擠到最前面，原來那兩個男管家力氣很大，一下子就推倒了好幾個人，並且帶著謝淑華快步的上車離去。

看謝淑華這樣被人群包圍，加上眾人異樣的眼光，彭俊德才知道為什麼謝淑華以前總是放著家裏的豪華轎車不坐，而喜歡坐公車和計程車。

彭俊德心情不好，騎上摩托車徑自去了新買的辦公室，想不到不但裝潢師父正在趕工，譚元茂和黃春華也在那兒談戀愛。

「嗨，春花、蛋塔，你們來監工嗎？」

黃春華回過頭來對彭俊德說：「來看一看而已，這兒還蠻寬敞的。」

「還可以吧？我請朋友幫我設計，不要動到主要結構，盡量少花一點錢，就是這樣子。」

「很漂亮，不過不太像住家。」

「沒錯，本來律師樓是裝潢成溫馨的格局，我則是要求高科技感和冷靜思考的空間，所以用了很多鋁板、鋼管、玻璃，顏色也是以白色加冷色系為主，明天運來的沙發也是染色的皮質沙發，要讓人家一看就知道這是一間電腦科技公司。」

黃春華再仔細看了現場，讚嘆的說：「果然不是蓋的，我本來以為室內設計師都是騙人的玩意，想不到效果那麼大。」

譚元茂打趣的說：「妳這才知道啊？笑死人了，我小學就知道了。」

黃春華生氣的打了譚元茂一下說：「你就會取笑我，我幼稚園就知道了啦。」

彭俊德嘆了一口氣道：「唉，看你們這樣子真好。」

「有什麼好的？你今天心情不太好是吧？」譚元茂知道彭俊德有了心事。

「也沒有什麼……」彭俊德便將在國父紀念館的事情告訴譚元茂。

「這有什麼辦法？不過也可以往好處想，其他追謝淑華的人也是同樣的遭遇。」

「反正最近也很忙，少一點約會也沒關係。」

黃春華指著辦公室的一個角落問說：「對了，後面角落那個小隔間是做什麼的，怎麼師父們正在趕工？」

「那是休息室，空間不大，但是有床有書桌，還可以睡四個人，如果有人睡沙發的話，晚上大概六七個人睡這兒都沒有問題！」

「那太好了，趕夜班的話，也可以住這邊。」

「對了，蛋塔，你那兒可要掌握好音速計劃的進度，我們軟體部門這邊也進行得很順利。」

「放心好了，下個星期是大工程，我會帶一組十個人到日本受訓六天，一切包在我的身上，我倒是怕你會忙不過來。」

「我這邊做了一些變動，我找了幾個程式高手來幫我處理裘思特公司的業務，我聯絡到的有紅螞蟻、烈焰、冰人和巨斧四個人，我們自己的人馬則是專心在音速計劃上面，另外我從昇智科技借來小劉和湯姆，這兩個人都非常優秀，湯姆還是工程部的主任，他很熱心搶著要來幫我的忙。」

「紅螞蟻、烈焰、冰人、巨斧，這四個傢伙我都知道，他們的能力都很強，也很能溝通，但是聽說都很臭屁，我聽了就有氣。」

「年輕人，讓他們臭屁一下也沒關係。」

「好吧！不過，能力強又不會臭屁的，好像就只有你和我兩個人了。」

「是啊，我也這麼覺得耶。」

「嘔，我快吐出來了！」一旁的黃春華都快聽不下去了。

第二天幾個年輕人熱熱鬧鬧的佈置辦公室，林怡珊和黃春華也都很熱心的過來幫忙，九點以後陸續有花店送來花籃，賀卡上面有黃順天和陳智豪的名字，九點半昇智科技公司也送來花籃，還特別派吳凱立過來致賀，另外陳天賜和蘇宜倩的母親郭麗純也分別送來花籃，花籃雖然不多，但也出乎彭俊德意料之外，算是給裴思特公司一個驚喜，十一點的時候，阿傑替張鎮三送來一整車賀喜的花籃，將大樓從九樓到十樓的樓梯間都排滿了。

眾人一齊忙碌，林怡珊和黃春華帶來許多點綴裝飾的小物品，加上一些小型的綠色植物，不到一個小時竟然將生硬的辦公室佈置得美侖美奐。

接近中午的時候，黃順天竟然親自到場致賀。

彭俊德起身迎接黃順天，很高興的說：「黃會長，不好意思竟然讓你親自過來。」

「過來看看嘛！你們的辦公室真是漂亮。」

「您一來更是蓬壁生輝了。」

黃順天看到許仁宏和蕭立原正在打電腦，丁慶澤和兩個工程師也在一個角落裏安裝機組，章守義和周瑞斌拿著雷射光罩和收銀機在試著使用，黃順天心裏非常高興，便說：「你們這個團隊真是認真。」

彭俊德轉身對譚元茂說：「蛋塔，你陪黃會長參觀，我先忙一會兒。」

「好！」

彭俊德找來丁慶澤，小聲的問說：「阿丁，這些機器什麼時候可以組好？」

「下午三點就可以全部測試完畢，不過讓這兩個工程師來做就可以了，我倒是沒什麼事。」

「很好，等一下我們招待黃會長吃飯，下午有三個會要開，你一點二十分先離席幫我主持會議，我晚一點再回來。」

「好，沒問題。」

「珊珊，妳幫我在樓下餐廳訂一桌宴席，要有隔間的包廂，中午我們請黃會長吃飯。」

「沒問題，我馬上就去訂。」

「春花，阿傑和查理都是好朋友，妳幫我招待他們，先給他們倒個茶，我要先打幾通電話向送花來的老闆們致謝，我忙個五分鐘。」

「好，包在我身上。」

一旁的黃順天正觀察著彭俊德的舉動，看彭俊德一分鐘之內交待了譚元茂、丁慶澤、林怡珊和黃春華四件事情，心裏有些震驚，心想：「這傢伙怎麼會那麼厲害！真是個人才。」

在餐廳裏，彭俊德、丁慶澤、譚元茂和兩個女生，加上三位貴賓八個人，剛好坐滿一桌，周偉民則是待在公司裏坐鎮。

酒席中黃順天問彭俊德說：「我前天開會的時候有聽專家們提起企業識別系統，不過還不太明白這是什麼東西？」

「這是現代化企業經營的做法，現在的公司企業都非常注重建立企業形象，也就是說現在經營企業不僅只是提供商品和服務而已，還要有特殊的理想和特徵，這些東西很複雜，很難說得上來，如果是由那些學設計的人來解說就好了，春花妳幫我說明一下好嗎？」

黃春華心想自己還懂得一些，便說：「黃董，這個由我來說好了，一般做企業識別系統的人會將所有可能的事物和整個企業聯繫起來，如百貨公司、航空公司或銀行員工的制服都很有特色，又例如企業標誌，企業名稱字樣的設計、主要相關顏色都和企業有直接的相關，這些都是社會認識企業最直接的東西，比如說到綠色我就會想到郵局，說到紅色我就會想到可口可樂，另外像公司特殊的商標、特殊的字體，都會有一定的效果。」

「是這樣的啊？」

「再來就是進入提升企業形象的階段，像黃董的巧樂富企業是要給人誠實或是服務的感覺？是迅速或是公平的感覺？這些都是不同的形象，如果可以的話，企業還可以和環保、愛心、慈善劃上等號。」

黃順天又問黃春華說：「春花，這些問題都很專業，妳怎麼都知道？妳那麼厲害，妳在學校一定是個高材生？」

「沒啦，還好。」黃春華羞得頭都低了下來。

「妳是讀哪一科的？是商業設計嗎？」

「我是應用美術科，珊珊是觀光科。」

「珊珊妳是觀光科的嗎？那妳法文一定很強了，妳也教我幾句。」

林怡珊不好意思的說：「這個不行，我日文還好，法文可就不行了……」

彭俊德看黃順天忙著和黃春華、林怡珊說話，便趁機問阿傑說：「阿傑，你晚上有沒有空，幫我一個忙。」

「好啊，我晚上正好沒事。」

「晚上九點到我學校，我在門口等你。」

✦ ✦ ✦

外文系話劇公演最後一場的表演地點是在學校大禮堂，因為是最後的一場表演，大禮堂外的走道真是一片花海，其中更少不了彭俊德的藍色玫瑰花，在前面幾場演出的時候，彭俊德幾乎什麼顏色的花都送過了，有紅色、粉紅色、淺綠色、紫色……，其中就數第一次在新竹所送的藍色玫瑰花最為顯眼，所以十多天前彭俊德就向花店預訂了十打的花，這最後的藍色玫瑰花果然出色，在花海之中有如鶴立雞群般的美麗出眾。

還沒九點彭俊德就溜出了大禮堂，遠遠看到謝家的大轎車已經停在校門口外，兩個管家正在大禮堂外的樹下抽煙，另外有十幾個人手持鮮花在門口等著。

晚上九點阿傑依約出現，彭俊德忙拉了阿傑到學生餐飲廳坐下來。

「阿傑，還有一點時間，我們可以聊聊天。」

「先別聊天了，你到底有什麼重要的事情，你幫了我那麼多忙，我可還沒幫過你什麼呢！」

原來彭俊德想要在表演之後送一束花給謝淑華，可是在國父紀念館已經有兩次失敗的經驗，偏偏謝淑華又都在表演後很快的離開，讓彭俊德連獻花的機會都沒有，彭俊德便將在國父紀念館的事告訴阿傑。

「你該不會是要我幫你獻花吧？」

「不是要你獻花，反正待會兒你聽我的就是了！」

「好吧，我盡量就是。」

「對了，你最近在忙什麼？」

「就是上次公道提醒我的事情，我就到學校問有沒有義工爸爸可以做的事情，結果事情還真的很多。」

「那你做了哪些事？」

「我先修理了學校圖書室的鐵窗，再幫忙修理室外的遊樂器具，這些東西我很內行。」

「就這些？」

阿傑抗議的說：「才一個月而已，你要我做多少事？」

「好啦，別生氣了，我忘了才一個月，那你是到學校問誰的？」

「我直接問校長，我是家長委員，校長也認識我。」

「你是家長委員？失敬失敬，真是看不出來。」

「學校裏有一百多個家長委員，大家推來推去的，哪像人家黃會長那才是真的熱心，這種人出來當家長會長最適合了。」

「那你也可以出來當家長會長呀。」

「我出來……，那要花多少錢喔？我小孩國小的家長會長，每學期都捐二十萬元，我哪有那麼多錢？」

「對喔，你是出力不出錢，大家都說你吝嗇，果然是真的。」

「誰吝嗇了？我要是像你那麼有錢的話，我半夜也爬起來做家長會長，我每一學期給他捐個一百萬元。」

「我……，我哪裏有錢了？」

「你當然有錢了，年紀輕輕的就開公司當總經理，連張董也要我送花來巴結你。」阿傑不但長得粗壯，而且口齒伶俐，讓彭俊德難以招架。

「好了，別說我了，算你厲害……，對了，你在學校當義工，也可以把事情做大一些呀！」

「做大一些？我只是做學校的義工，有必要做大一些嗎？」

「不做大一些？那又怎麼是在做好事，你不是在替張董做義工嗎？怎麼了？你還怕累嗎？」

「誰怕累了？我的身體壯得像頭牛，累不著我的，不過你剛才說的有道理，我當義工是張董特別准許的，可是要怎麼做大一些呢？」

「我先問你，你過一陣子大概會在學校幫什麼忙？」

「可能會幫忙在校門口指揮交通，還有學校說需要有人巡夜，前一陣子學校遭小偷，學校男老師的人數太少，希望有家長能幫忙，過兩年學校就可以編列預算，到時候就會由保全公司來負責學校的安全。」

「幫忙指揮交通不需要太多人，我想可以從學校巡夜這件事情上面著手，這件事情也不難，只要找到四、五十個家長就可以了，每次兩個人，大概幾個星期輪一次，就把它稱為校園巡守隊。」

「對啊，好像不太難……好，明天我就告訴家長會長，要他來組織校園巡守隊。」

「你怎麼還要家長會長來組織校園巡守隊呢？難道家長會長還不夠忙嗎？」

「那怎麼辦？」

「你不會自己來？你就自己組織一個校園巡守隊，不要將所有的事情都推給家長會長，你也是家長委員，再說你現在是在替張董做義工，你當然要跑第一線，這個巡守隊你就自己來當隊長好了。」

阿傑聽彭俊德說得有理，彭俊德又將張鎮三抬了出來，阿傑更是覺得責無旁貸，便用力搥著桌子說：「對，我自己來，不必麻煩家長會長了。」

「時間到了，我要先進去，等一下你可要大力幫忙？」

「好，可是你現在進去要做什麼？」

「等一下淑華要拉小提琴，這是最後一次機會，我可不能錯過了，待會兒見。」

彭俊德總算沒有錯過謝淑華的小提琴獨奏，過了十分鐘整個表演也結束了，就同前兩場一般，演員還要謝幕好幾次，但是謝淑華會利用這個機會先行離去，彭俊德看兩個管家一出現，便拿了玫瑰花走到門口，果然一群人也跟了出來，外面也有很多人等在那兒。

等到管家護著謝淑華走出大禮堂，阿傑利用人群的混亂先撞倒一個管家，再穿過另一個管家和謝淑華之間，讓管家和謝淑華暫時分開，躲在阿傑身後的彭俊德立刻上前親吻謝淑華的面頰，並且將玫瑰花塞在謝淑華的手裏，趁謝淑華還沒回過神的時候，彭俊德在她的耳邊說道：「晚上我打電話給妳。」

接著人群又將彭俊德擠了開來，兩個管家也立刻靠過來保護謝淑華，而且比前兩次更兇，還揮拳打了幾個人。

彭俊德一直等到晚上十一點才打電話給謝淑華。

「嗨，淑華。」

「俊德，你怎麼現在才打電話給我？我都要睡覺了。」

「哪有這麼快？我以為妳現在才剛到家。」

「我早就到家了，我都洗完澡了，身上香噴噴的，可惜你聞不到。」

「太可惜了，我也是剛洗完澡呢，我的身上也是香噴噴的。」

「哈哈，你們男生怎麼會香噴噴？我們女生是水做的，你們臭男生是泥土做的，再怎麼洗也是臭的。」

「對了，我要恭喜妳，全部表演都結束了。」

「有什麼好恭喜的，我又不是女主角。」

「妳比女主角還要紅呢，大家都搶著要妳簽名，還要送妳花。」

「還是溫蒂比較紅，她可是第一女主角，對了！她還說她很喜歡你，還要我將你讓給她。」

「那你怎麼說？」

「我說好呀！就這樣了。」

「妳真的太無情了，我才不要溫蒂，長得那麼醜。」

「我才長得醜呢！都沒有人要我。」

「胡說，妳如果長得醜，怎麼還需要請兩個管家來保護妳？」

「說到管家，你今天真的很大膽耶，竟敢在眾人面前親我。」

「我哪有親妳啊？我只不過想和妳說話，不小心碰到妳的臉頰而已，我敢發誓！」

「還要強辯，我那兩個管家很不高興，小心下次他們會打你。」

「我會躲得遠遠的，他們打不到我。」

「你可真行啊，竟然還找阿傑來幫忙。」

「多虧他了，對了……我那束花還漂亮吧？」
「是很漂亮，我把花放到花瓶了。」
「還好，真是謝天謝地。」
「幹嘛謝天謝地？」
「我是怕妳不喜歡那花，就隨手扔掉了。」
「這花那麼漂亮，我才不會把它扔掉呢！」
「這我就放心了，你喜歡這花就表示你也喜歡我是吧？我沒說錯吧？」
「這樣就表示我喜歡你？哈哈，我剛才是騙你的，我早就把花扔掉了，這就表示我根本就不喜歡你對吧！」
「怎麼可以這樣！」
「怎麼不可以？」
「妳這樣……我會很傷心。」
「好吧，我喜歡你，這樣你滿意了吧，我要去睡覺了，不理你了。」
「我再告訴妳一件事情。」
「什麼事情？」
「我們今天搬到新的辦公室上班了，珊珊和春花都有過來幫忙呢。」
「你不早些告訴我，過幾天有空我也過去看你們的新辦公室，歡迎嗎？」
「當然歡迎了，妳要過來的話，叫春花幫妳帶路。」
「好，我就找春花一起過去，還有珊珊，大家也有伴。」

第十章　黃金獵犬

已經晚上八點半了，在新辦公室裏，幾個年輕人還在忙著。

謝淑華果然和林怡珊、黃春華兩個人一起過來，不過三個人一進門就在那兒大吵大鬧，黃春華淚眼汪汪，謝淑華和林怡珊則是面帶怒容。

謝淑華首先發難，大聲的罵道：「那個死蛋塔死到哪兒去了？快叫他出來！」

許仁宏被這聲音嚇得抬起頭來問說：「幹嘛，什麼事這麼激動？」

林怡珊看這許仁宏並不是主嫌，就大聲罵了過去：「這沒你們的事，看什麼？」這句話罵得幾個男生都不敢吭聲。

「淑華，什麼事要找蛋塔，他沒來這兒。」彭俊德知道譚元茂是到黃順天那兒開會，可是看現在這種情形，可不能告訴這幾個女生有關譚元茂的行蹤。

謝淑華可真是生氣了，只見她左手插在腰間，右手指指點點的說：「你叫他出來，他沒地方躲了，男子漢大丈夫別當縮頭烏龜！」

彭俊德第一次看到謝淑華生氣罵人，雖然很好玩，又覺得事態嚴重，看樣子可得小心應付才行，只好轉而問黃春華說：「春花，到底是什麼事？你告訴我，是不是蛋塔出事了？」

黃春華更是泣不成聲，林怡珊又再罵說：「這個死沒良心的蛋塔，有人告訴春花說蛋塔昨天晚上出去泡妞，還跳了一整晚的舞！」

彭俊德心想自己和譚元茂的友情堅如鐵石，今天就算是拼了這條命，也絕對不可以出賣譚元茂，便很肯定的說：「泡妞？這怎麼可能，大家都這麼忙，再說蛋塔最近都是忙著和春花約會，不然就是在忙我公司的事。」

「別瞎掰了，我們有可靠的消息來源，春花昨天打了一整晚的電話到你們宿舍，你們也都沒人接電話。」

「我們最近都忙死了，當然沒有人接電話了。」

「這不是重點，你叫蛋塔自己出來說明比較清楚。」

謝淑華也還在氣頭上，比手劃腳的說著：「對呀，我們的線人可說得很清楚，人家說蛋塔昨天可厲害了，舞跳得可好了，什麼舞都會跳，跳得女生都拍手叫好呢。」

「這是不可能的事情，蛋塔現在都在忙公司的事情，他一有空就和春花泡在一起，絕對不會跑到別的地方去。」

彭俊德越是幫譚元茂說話，謝淑華越是不高興，便問彭俊德說：「喔？我說彭先生啊！聽您這麼說，那你就可以拍胸脯保證囉？」

「我……，我可沒這麼說。」看謝淑華不懷好意的樣子，彭俊德真是有些害怕。

「彭俊德，今天我們不會輕易放過他，一定要叫這個愛情騙子付出代價。」

「……」

謝淑華看彭俊德都不答話可是更生氣了，一把將彭俊德抓過來，用力揪著彭俊德的領帶說：「彭俊德，你一定知道蛋塔的下落，你叫他趕快出現，事情好解決，不然的話，等一下可有你們受的了。」

「我……我不知道。」

彭俊德說謊的本領實在糟糕，謝淑華一眼就看穿了，這下子罵得更兇了，「姓彭的，我限你三分鐘之內聯絡到蛋塔，不然以後我們兩個就切了，你以後都不要再來找我。」

謝淑華拿出殺手鐧，彭俊德心想友情還是不如愛情來得重要，今天不得已也只好出賣譚元茂了，忙拿起電話結結巴巴的說：「好……別生氣，我看他有沒有在宿舍。」

看彭俊德慌張的模樣，謝淑華覺得很好玩，可是又只能忍住不笑，還要裝作不高興的樣子，站著三七步對彭俊德說：「宿舍不用找了，我們找過了。」

「喔？我看有沒有在黃會長那邊……」

「快一點！本姑娘很不耐煩了。」

彭俊德立刻撥了黃順天董事長的辦公室，馬上就有人接聽電話，只聽到彭俊德說著：「喂，吳秘書嗎？我是大衛……請你幫我找譚先生聽電話？……他在開會？……是他在主持會議？你告訴他說我有急事，要他打電話過來……好，謝謝。」

彭俊德放下電話轉過來對謝淑華說：「妳們先坐下來，蛋塔待會兒就會打電話過來。」

「好，那我們就在這兒等五分鐘，五分鐘以後如果他不打電話來，我們就直接殺到黃會長那兒找人去。」

「好好，別生氣，他馬上就……。」

彭俊德的話還沒說完，桌上的電話已經響起來了，彭俊德衝過去拿起電話說：「妳們看，一定是他的電話，喂……蛋塔嗎？我是阿德，你現在方便不方便？過來一趟，春花在這兒……，她說看到你昨天泡妞，還和女朋友跳舞……什麼？……誤會……我問你，你是不是交了新的女朋友……啊……，死蛋塔，我告訴你好了，你—不—如—去—死—吧—。」彭俊德說完就生氣的掛了電話。

謝淑華問彭俊德說：「你剛才怎麼叫蛋塔去那個……那個啊？」

「別管他，那個王八蛋，他說馬上過來，這個傢伙如果真的欺負春花，我也不會輕易饒過他。」

林怡珊也覺得彭俊德叫譚元茂去死，好像有些太過份了，便問說：「可是你那樣子講他，會不會太過份了？」

「我問妳，如果蛋塔真的交了別的女朋友，那春花不就太可憐了嗎？妳看，春花還在那兒哭呢！」

聽彭俊德這麼一說，黃春華哭得更大聲了。

聽到黃春華的哭聲，林怡珊咬牙切齒的說：「好了啦，蛋塔這個王八蛋等一下就會過來，待會兒我幫妳出氣。」

謝淑華心想自己是黃春華的死黨，不能不表態，也說：「對，等一下不會讓他好過的。」

三人正說話間，周偉民正巧提了公事包走進辦公室，嘴裏吹著口哨，還不曉得發生什麼事，一進門看到裏面很熱鬧，便打招呼說：「嗨，大家好，我是帥哥偉—民—，你們想不想我呀？」

周偉民看到大家的臉色都不對勁，許仁宏還一直跟自己使眼色，現場的氣氛似乎不太好，便問說：「你們大家都怎麼啦？」

林怡珊看到周偉民進來正好可以當出氣筒，便站起身來指著周偉民的鼻子說：「怎麼了？偉民我問你，你有沒有看到蛋塔？」

「蛋塔？他不是到黃會長那兒開會嗎？」

「我不是說開會的事，我是說昨天蛋塔跑去泡妞、跳舞的事情，你知不知道？」

「妳是說什麼時候的事？」

「我是說昨天晚上的事，你知不知道？」

「昨天晚上？我知道呀！」

林怡珊高興得跳起來，很興奮的說：「哇！鐵證如山，你快說，昨天晚上蛋塔是不是偷跑去泡妞？還和別的女人摟摟抱抱的？說！是不是真的？」

「哪有呀？別亂說。」

「什麼？你敢說沒有？」

「本來就沒有的事，妳要我說什麼？」

「你還敢說沒有？你說昨天蛋塔這王八蛋到底去了哪兒？」

「昨天？昨天星期三，本來就是我們社團排定教舞的日子，我是社團的副社長兼教練，不巧我昨天沒空，就請蛋塔幫我代班，我們星期三社團聚會妳們也知道，我也帶妳去過好幾次，可別說我亂講。」

「什麼？星期三的社團？」林怡珊這才想起自己確實和周偉民去過他們的社交舞社團，也跳過幾回舞。

謝淑華聽周偉民和林怡珊這樣說，覺得蛋塔的罪好像不是很嚴重，便又問說：「你是說蛋塔是跑到社團教舞？」

「是啊，我本來也約好了珊珊，可是臨時要到客戶那兒安裝程式，就只好拜託蛋塔了，蛋塔不太想去，我還拜託他老半天呢！」

彭俊德緊張的問說：「珊珊，偉民說的是不是真的？」

「是……是的啦，我倒是給它忘記了！」

「后！我會讓妳們這些女人害死，快！不然就來不及了！」彭俊德似乎想起什麼事情，急忙的拿起電話，很快的撥出去。

沒一會兒彭俊德的電話好像接通了，而且是打到黃順天那兒去，「喂，吳秘書嗎？我是大衛……請問我們公司的譚先生在嗎？請妳告訴他，說我剛才要他去死的事情都是氣話，叫他千萬不要想不開……，什麼，妳說什麼……」

聽彭俊德說得緊張，黃春華不禁嚇得站起來，並且問說：「蛋塔怎麼了？」

彭俊德也不理她，繼續說他的電話，「妳說他已經爬到了樓上……最頂樓……，他說要跳下來……」

「怎麼會這樣？」黃春華實在聽不下去，眼淚都流下來了。

林怡珊也是很緊張的說：「不要……不要……」

「吳秘書，請妳叫他千萬不要……什麼？他已經跳下來了，蛋塔完蛋了！」

「什麼？」謝淑華真的給嚇著了。

「喔？跳下來？然後壓死了一隻螞蟻！」

「后！死俊德，就會嚇唬人！」謝淑華這才知道受騙，不停的拍著胸口安慰自己。

彭俊德很得意的掛上電話，笑著說：「哈哈，剛才我被妳們三個人罵了個狗血淋頭，嚇唬妳們一下，算是扯平了。」

「真是的，差點就讓你給嚇死！」林怡珊鬆了一口氣，可是看到許仁宏和幾個男生也正咯咯的笑著，心裏就有氣，便又罵道：「大頭，你們在笑什麼，等一下我就叫你們哭出來！」

這句話嚇得許仁宏他們趕快低下頭來繼續打電腦，也不敢偷笑了。

彭俊德這才回到自己的辦公桌前，對著幾個女生說：「好了啦，只是誤會一場，妳們先坐一會兒，蛋塔大概再十分鐘就回來了，我和偉民還有事情要商量。」

「好啦，你們忙吧。」謝淑華說完就拉了林怡珊和黃春華的手到會客室自個兒聊天。

黃春華驚魂未定的說：「蛋塔會不會真的想不開呀？」

謝淑華比較聰明，已經看穿彭俊德的詭計，便解釋說：「妳還聽不出來嗎？剛才都是那個死俊德一個人在唱獨腳戲。」

林怡珊問說：「他怎麼唱獨腳戲的？那麼像，我都被他騙了。」

「他剛才是撥了電話叫蛋塔回來，但他是在吳秘書掛了電話以後，再說要蛋塔去死那句話！」

「是這樣的啊？」

「那剛才第二通電話根本是假的，他根本就沒有打出去，全部都是他自己一個人在自導自演。」

「那就好了，我還真怕蛋塔會去自殺呢！」

「別亂想了，自殺哪有那麼簡單。」

林怡珊接著謝淑華的話說：「可是我聽人家說自殺那可簡單了，只要拿繩子往脖子上一套，那就成了。」

「那豈不是連舌頭都吐出來了？那可真是醜死了。」謝淑華一副很噁心的表情。

「死就死了，誰還管它醜不醜啊！」

「我才不管，反正那麼醜的事情我絕對不會去做。」謝淑華說著竟然拿出鏡子和化粧品來補粧，生怕自己也變醜了。

「對呀！像大衛剛才說的跳樓，一跳下去，砰的一聲，摔成一塊大肉餅，要多醜就有多醜了。」林怡珊說話的時候還不忘比手畫腳。

謝淑華不停的拍著自己的胸口，有氣無力的說：「哎呀，嚇死人了，那多可怕，對了，我小時候也自殺過一次，妳們知不知道？」

「什麼？妳自殺過？」

「也不是真的自殺啦，那時候我的年紀還很小，大概只有四、五歲，因為我的爸媽經常吵架，我心裏很煩，有一天就想如果我死了那該有多好。」

林怡珊好奇的問說：「那妳後來是怎麼自殺的？」

「我也沒真的自殺，我只是想不呼吸就是死人了，所以我就捏住鼻子不呼吸囉！」

林怡珊很緊張的問說：「那後來妳有沒有死掉？」

這時候周偉民拿了三杯熱茶過來，剛好聽到三個人的對話，便笑著說：「廢話，要是死掉了，人還會在這兒嗎？真是的。」

「哈哈，我差點給忘了。」林怡珊覺得很尷尬，又罵說：「哎！你幹嘛偷聽我們說話。」

「誰偷聽妳們說話了？我是送飲料給妳們喝，好心沒好報，再說妳們聲音那麼大，誰都聽得到。」

在另一個角落辦公的彭俊德也說：「是啊，我都聽到了，別再說自殺的事，聽了都覺得好可怕。」

林怡珊很得意的說：「哈哈，怕了吧！膽小鬼，我們就偏偏要說給你聽，嚇死你，來！繼續說咱們的。」

「對呀，後來我閉氣不到一分鐘就受不了，心想自殺真是痛苦，也就不自殺了。」

「還好！」黃春華心想還好謝淑華當時自殺沒有成功，不然自己就少了一個好朋友。

林怡珊接著又說：「所以說啊，我認為要自殺吃安眠藥最好了，一睡覺就醒不過來了，一點兒痛苦也沒有。」

黃春華緊張的說：「這可不能亂說，我聽人家說安眠藥要吃好幾百顆才有效，被救起來以後還是很痛苦，連續十多天都會頭痛、全身酸痛，還會吐了一地髒東西。」

謝淑華驚慌的說：「好幾百顆？那我可吃不下，怎麼吞得下去？」

「所以說呀，吃安眠藥的都是傻瓜嘛！」

「照妳這麼說，那就沒得自殺了？」

黃春華又想到其它的方法，便說：「誰說沒有，我聽說有人就去撞火車，一定死的，穩死的沒得救了。」

「哇，那不就撞了個稀叭爛，血肉模糊的，這裏一隻手，那裏一塊肉，說不定連頭都找不到。」林怡珊還用手比了個人頭的形狀。

謝淑華覺得很噁心，便說：「后，別說得那麼恐怖好不好。」

「再不然的話就拿刀子在手腕上一劃，就完事了。」

「那不是很痛嗎？而且更可怕，這一定血漿四溢，說不定還到處亂噴，再說手上還留了個難看的傷口。」謝淑華說完還用力的按住自己的手腕，好像手上有個傷口似的。

周偉民都快聽不下去了，委婉的說：「對呀，所以說別自殺了吧，三位大姐。」

林怡珊覺得今天周偉民真的很煩人，便罵道：「我們聊天，可沒你的事！」

「我是怕妳們這樣子誤會蛋塔，說不定蛋塔真的會去自殺呢！」

這時候譚元茂氣急敗壞的從外面衝進了辦公室，剛好聽到周偉民說的話，很緊張的問說：「什麼，是誰要自殺？是誰要自殺？」

✦　✦　✦

終於到了日本集訓的日子，成員早已經決定，裴思特有四個人，除了譚元茂和葉怡伶之外，還有彭俊德班上的兩個男生，分別是阿國和阿輝，另外有黃順天公司的六名幹部。

三月初，譚元茂一行十個人浩浩蕩蕩的出發了，阿傑跑來幫忙開車，他從手勝那兒借了一輛可以坐二十人的小型巴士，彭俊德也到機場送行。

在桃園中正機場送走了譚元茂一行人，彭俊德和阿傑又跑到第二航廈去接機，等了不到一小時就看到蘇宜倩。

蘇宜倩也看到了彭俊德和阿傑，「嗨，不好意思，讓你們久等，阿傑你怎麼也來了？」

彭俊德驚訝的問說：「原來你們認識？」

「早就認識了，比你還早呢！」

「我來幫妳推行李。」

「不用了，阿傑你幫個忙。」

「好的，包在我身上。」阿傑順手將蘇宜倩的行李推車接過來。

「阿傑，等一下開車要開慢一點，我要和蘇珊聊天。」

「沒問題，包在我身上。」阿傑想了一下又說：「我保證車子跑得比烏龜還慢。」

看蘇宜倩十分疲憊，彭俊德關心的問說：「妳可真行，到歐洲玩了兩個星期，學校都雞飛狗跳的。」

「我可沒那麼偉大，學校少了我根本就不會有影響。」

「怎麼忽然想要出去玩？又去了那麼多天？要玩也可以利用寒暑假出去？」
「最近心情很煩，出去走走也好，結果休假請完了，還多請了幾天事假，看來我的考績完蛋了。」
「妳玩了這麼多天，心情好多了沒有？」
「還好啦……對了，預告一下，過幾個月，我要出國唸書去了。」
「啊？……怎麼那麼突然，妳就這樣要出去了？」
「其實早就想要出國的，我想趁年輕的時候出去比較好。」
「這樣子……，妳出去唸書，那學校怎麼辦？」
「沒辦法，只好辭職了。」
「那也沒辦法了，到時候通知我一聲，我送妳上飛機。」
「到時候一定通知你，就怕你跑去當兵了。」
「對了，我都忘記還要當兵的事。」
「別說這個，我這陣子玩得太累了，今天想休息一下，你明天到我家吃飯好嗎？我媽咪說有一陣子沒看到你了。」
「明天……，好的，明天晚上。」

✦　✦　✦

彭俊德回到公司，看到謝淑華正在那兒閒逛，周偉民正在指導幾個高職女生，公司裏只聽到陣陣敲打電腦鍵盤的聲音。

彭俊德真是喜出望外，好幾天沒看到這個讓自己魂牽夢繫的女朋友，彭俊德不禁上前握了謝淑華的手，卻是一句話也說不出來。

謝淑華看周偉民和幾個小女生正在看著自己，不好意思的推開彭俊德，小聲的說：「幹嘛？才幾天沒見面就這個樣子。」

「妳也真是的，我打了好幾通電話給妳，妳都……」

謝淑華拉了彭俊德的手走到會客室，兩人坐了下來，謝淑華小聲的說：「對不起啦，你打電話的時候我都剛好不在，我知道你很忙，不想太打擾你。」

「妳怎麼會打擾我？妳來我最高興了。」

看彭俊德一臉憔悴，謝淑華不捨的說：「你最近怎會那麼清瘦？你可別太累了？」

「也沒怎麼累，可能是昨天太晚睡了。」

「你們在忙什麼？帶我參觀一下嘛！」

「好呀，我叫偉民為妳做簡報。」

「好啊！」

彭俊德起身走到周偉民的辦公桌前說：「偉民，淑華想看這些小女生的工作情況，你幫忙做個介紹吧！」

「YES! SIR! 報告……彭…總夫人……」

聽到周偉民稱呼自己為彭總夫人，謝淑華不禁笑了出來，「偉民，你別再耍寶了，你這樣哪像是一個公司的高級幹部？你看這些同學都在笑你。」

周偉民哼了一聲說道：「誰敢笑我？等一下全部抓起來打屁股！」

「嘿，你很威風嘛！」

「不敢，這是小弟的名片。」周偉民從口袋裏拿出一張新印好的名片給謝淑華。

「周副總經理，兼工程部主任，真是失敬了。」

周偉民拿出一張紙，指著上面明列的工作項目對謝淑華看說：「哪裏，妳看這是我和彭總今天早上所擬定的近程工作計劃，實際上就是這兩天的重要工作，我們要將所有的商品名稱、細目、條碼、廠商、進價、售價、折扣價、保存期限和其它資料全部輸入電腦。」

「喔，就這麼簡單？」

周偉民很委曲的說：「學姐大人，這還簡單啊？全部資料有兩萬多筆，其中有中文、英文、數字混合輸入，你想想看這要花多久的時間才能全部做完？」

「可是我看都是這幾個學生在做，你們只是在一旁觀看，何況這些電腦資料也可以要廠商提供吧？」

聽謝淑華說得輕鬆，周偉民整個人好像洩了氣的皮球，嘆了一口氣說道：「輸給妳了，我們光是整理資料就花了一個多星期，而且也只有一半廠商給我們電腦資料，其餘就是一些書面文件，還有些是用手寫的，不管怎麼樣，我們還是要一一輸入成為電腦資料才行。」

「可是我看這些學生比你們還忙呢？」

「這幾個是附近高職的學生，全部都是打字高手。」周偉民覺得這麼說還不夠清楚，便小聲的告訴謝淑華說：「她們打字比我說話還要更快。」

「她們不用上課嗎？」

「她們都請了公假，我們是透過學校交涉，算是企業實習吧，表現良好的話，學校還會記功，學校也派了老師過來看，一天還來個兩三趟，另外有一個家長也來看過了。」

「我看老師和家長是怕這些漂亮妹妹讓你們給賣掉了吧。」

「不會賣掉，我們還給薪水呢。」

「當然要給薪水了，不然要人家白做工嗎？」謝淑華看六個女學生十分忙碌，辦公室內全部都是手指敲擊鍵盤的聲音，不禁讚嘆道：「她們輸入的速度好快呀！」

「對啊，她們中文輸入最慢也有每分鐘七十個字，有兩個人還超過一百個字，中間的那一個還得過中文輸入比賽冠軍。」

彭俊德問周偉民說：「偉民，你看再多久可以完成？後面還有很多工作。」

「明天中午就可以完成了，另外電腦程式再一個星期也可以全部完工，到時候巧樂富的資料也差不多整理好了，那時候我再請這些學生來，再將巧樂富的全部有關會計、財務、倉儲、庫存的書面資料和舊電腦資料，全部改成新的電腦格式，也就是將巧樂富全面電腦化。」

「沒想到一次會做那麼多工作。」

「其實工作也沒有很多，巧樂富公司原來也有一部分資料是使用電腦處理，只不過這次我們將那些資料和我們設計的電腦系統做了整合的工作。」

謝淑華不禁讚道：「你們太強了，可惜我不會電腦，幫不上忙。」

「怎麼會幫不上忙？妳有空的時候都可以過來，珊珊和春花有事沒事也都常來這裏玩。」

「我哪有她們那麼清閒，我……我過兩天有事情要到美國去一趟。」

「美國？什麼事情那麼重要？」聽謝淑華說要出國去，兩人又將有一陣子不能見面，彭俊德心裏十分難過。

「我也不知道？我哥要我過去走走，我爸爸要我過去看一些家族的事業，他們可能想說我也快畢業了，要我過去熟悉一下吧？」

「可是妳離畢業也沒多久，不差那麼一點時間吧？」

「我也不曉得，主要是我爸爸要我過去散散心，他說我前一陣子因為公演的事太過勞累，我也跟學校上課的教授請假了。」

「這樣子……妳要去多久呢？」

「嗯，大概兩個星期……或許三個星期吧？我不會去太久的，學校還要上課呢。」

「那妳要早一點回來，可別玩瘋了！」

✦ ✦ ✦

彭俊德下午五點就來到蘇董的家，蘇董是住在一棟高級大廈的七樓，一樓大廳十分富麗堂皇，可是要進去真是麻煩，今天的警衛沒有禮貌又很囉唆，不僅驗明正身、扣押彭俊德的身分證，還打電話到蘇董那兒求證，彭俊德手裏提了一盆從嘉義帶來的蘭花，警衛還仔細的瞧了老半天，好像那是炸彈似的，彭俊德忍耐著沒有發脾氣。

最後警衛給了彭俊德一張感應卡，彭俊德看這個東西並不陌生，在台灣還算是很新穎的玩意，但是必需配合許多電子系統，還要加上電腦主機的管理。

由樓下大廳到電梯，再到七樓蘇董的家，彭俊德看到不只十台監視攝影鏡頭，心想這裏的住戶應該很安全了，又再想到在剛才在一樓受到的不禮貌待遇，彭俊德恨恨的說：「改天入侵你們的電腦，讓你們所有的感應卡和保全系統全部失效，看倒底有多安全。」

彭俊德剛上到七樓，蘇董家的門就打開了，開門的是一位中年女管家，彭俊德上次看到蘇董已經是一年前的事情了，蘇董的名字是蘇志銘，彭俊德知道蘇董夫人不喜歡別人稱呼她為蘇太太，反而喜歡用自己的本名郭麗純。

蘇志銘的家雖然說是公寓，但室內面積很大，每個不同的室內空間都有獨立的區隔，玄關再進去就是客廳，室內的佈置是以乳白色為主，一些家具給人的感覺既粗獷又精緻，粗獷的是橡木的材質和紋路，精緻的是家具的精細彫花和歐式古典造型，隔了一座四尺高的矮櫃就可以看到餐廳，餐廳裏除了一張長桌子和六張法式椅子之外，還有一個大型碗碟櫃，裏面陳放了許多精美的碟子，另外還有一全套很醜的綠色咖啡杯組，不過彭俊德可不敢隨便批評。

彭俊德進去就看到蘇董夫婦坐在客廳閒聊著，彭俊德很有禮貌的打招呼說：「嗨，蘇董好，阿姨好。」

郭麗純看彭俊德手上還提了東西，便說：「大衛，你人過來就好，何必還帶禮物，這蘭花真漂亮。」

蘇志銘聽到彭俊德說帶了蘭花過來，很高興的站起來說：「喔，大衛你帶蘭花過來啊？我也有種一點蘭花呢。」

「這蘭花是我從嘉義帶來的，希望蘇董會喜歡。」

「這花沒見過……大衛你在我家別太客套，你別蘇董蘇董這樣的稱呼我，我們坐下來談。」

彭俊德從口袋拿出一張白紙在桌上舖平，再將蘭盆放在上面。

「很好……」蘇志銘嘴裏直說很好，眼睛卻瞧著那盆蘭花不放，問彭俊德說：「你這蘭花可有什麼名目？」

「你們聊天，我看小倩在忙什麼？」郭麗純看這一老一少對蘭花都有興趣，便藉故離開。

「妳先去忙吧……，你這是很好的花，可我怎麼會沒見過呢？」

「叔叔，這並不是很貴的蘭花，你可別太在意。」

「我不是說花的價格，這花株雖然小，可是葉子很寬，花朵又很大，難得的是每片的花瓣都很平坦堅實，這是很好的品種呀！」

「這花最特殊的地方是在它花瓣上的花紋，你可要仔細的看看。」

「好好，我看看……」蘇志銘細看這蘭花有五六片葉子，但是卻只有一朵盛開的花，花萼全部都是粉紅色，兩大片花瓣的外圍是淡紫紅色，更內側則是較深的紅紫色，在兩個顏色交接的地方多了兩道白色的紋路，好似在靠近花瓣的中間分成兩個岔。

蘇志銘確實沒見過這花，可是卻有似曾相似的感覺，想了一會兒突然說道：「啊，這是插角的蘭花，這是插角的蘭花。」

蘇志銘竟然叫得出這蘭花的俗名，也真叫彭俊德佩服，便說：「我以為這盆花在北部一定沒人見過，你怎麼會知道這是插角的蘭花？」
「原來這真的是插角的蘭花，我以前聽台中的蘭花大王提起過，我是真的沒見過，你怎麼說這花在北部沒人見過呢？」
「這盆花三十年前曾經在南台灣流行過，那時候雖然很貴，可是這花種在台灣並沒有參加過展覽，而且有人嫌它的花還不夠大，因此最近二十年來已經漸漸被人們淡忘了。」
蘇志銘聽說這花不夠大，便從抽屜裏拿出一支塑膠尺來量，蘇志銘看了一下很高興的說：「那些人真是貪心，這花已經有十五公分大了，還要多少公分才算大呀？花瓣的大小還要看它的株種，這是屬於比較矮小的嘉德麗雅蘭種，竟然會有這麼大的花朵，真是難得……你看這個皺折，這個細紋，真是漂亮，還有這個花色真的是太艷麗了，對了……你剛才怎麼說這花已經不流行了？」
「是啊，這花是四年前朋友送的，現在不流行了，所以我才會說在北部可能沒有人見過，我猜全台灣只剩下不到一百盆了。」
「哈哈，蘭花就是這個樣子，喜歡的時候就當它是個寶，不流行的時候就把它丟在一旁，這個花真是漂亮啊！改天找幾個朋友來欣賞！」
「不過我聽說有日本人將這盆花拿到日本參展，後來拿到日本農林大臣獎。」
「我的天呀，我也聽說日本人喜歡這花，想不到竟然在日本得獎了。」
「你喜歡就好了，下次如果還有好的蘭花我再幫你拿過來。」
「我都忘記謝謝你了，你竟然送給我這麼高貴的禮物，你有空多到我這兒坐，我們多研究研究。」
彭俊德又忍不住往碗碟櫃那邊看去，蘇志銘小聲的對彭俊德說：「你可不要亂說話，那是小倩高中時候的陶瓷作品。」
「喔，那杯子很漂亮呀！」

蘇志銘大笑的說：「哈哈，你真不會說話，你應該說那件作品很漂亮才對，你拍馬屁的功夫還不行。」

「是是，那件作品真的很漂亮。」

這時候蘇宜倩和郭麗純從廚房出來，蘇宜倩看到客廳裏這兩人有說有笑的，便問他們說：「你們在說我的壞話呀？」

「有誰敢說我女兒的壞話？大衛是在說你的陶瓷作品很漂亮。」

蘇宜倩不好意思的說：「你們別往我的臉上貼金了，我早就說要把那些東西丟掉，都是媽咪害我每次都被人笑。」

郭麗純笑著說：「什麼被人笑？這是我女兒的傑作，我就是喜歡才放那兒的，別人給一百萬我還不賣呢！」

「真是說不過你們，大衛，你是我的貴賓，可得幫我說話。」

彭俊德不知道要幫那邊，便說：「這個……哎呀！」

原來彭俊德覺得左腳一陣刺痛，本能反應的跳了起來，豈知蘇董夫婦和蘇宜倩不但沒有被彭俊德的叫聲嚇到，蘇宜倩還蹲了下來說：「我親愛的小乖乖，你跑到哪兒去了，害媽咪都找不到你。」

原來不知從哪兒跑出來一隻小狗，先咬了彭俊德一口，又再跑到蘇宜倩那兒撒嬌。

彭俊德真是有苦難言，要是在平日早就一腳踢過去了，現在只好用力揉著自己被咬的左小腿，再看一下那隻小狗，長得十分迷你，彭俊德心想也不必為了這小小狗生氣。

蘇宜倩抱起她的小乖乖，很不好意思的對彭俊德說：「真是不好意思，他平時不會這樣子，大概是對你陌生才會咬你，這種小型的吉娃娃真的很可愛吧！」

「是很可愛！」

「這小乖乖是我去年的生日禮物，是媽咪送我的。」

「是生日禮物？沒想到妳的生日禮物竟然會咬人。」

郭麗純笑著說：「現在我們家小倩最愛的就是小乖乖，再來就是她爸爸，最後才是我。」

「你們不要亂講，我才不是這個樣子呢。」

「你這小狗真厲害，故意藏起來不讓我看見，再找機會咬我。」

「真對不起，下次不會了，這小乖乖最狗腿了，下次它巴結你都來不及了，對不對呀，我的小乖乖。」蘇宜倩說話的時候還不時輕撫著小乖乖的頭。

郭麗純看管家已經將全部飯菜都擺在桌上了，便催促著大家說：「別再玩狗了，我們吃飯吧，今天小倩是大廚，你可別嫌棄才好。」

「不會的，一定很好吃。」

✦　✦　✦

彭俊德和楊英嘉在裴思特的會客室聊天，彭俊德難得有了短暫的空閒時間，全身坐躺在沙發上，最近實在太忙，但也覺得很幸運，一切進度都照著預訂的行程一步一步的往前，感覺好像是在走鋼索一般，雖然步伐還算順利，但是再往前的每一步都是十分的驚險，任何一步踩空，就是全盤皆輸的局面。

「楊董，我可能七、八月份就要去當兵，這事可得因應一下。」彭俊德喜歡稱呼楊英嘉為楊董，而楊英嘉則是稱呼彭俊德為彭總。

「這事我知道，大家不是都說好了?就是盡量維持嘛。」

「是啊，不過現在大家做得有聲有色的，到時候真的支持不下去了，你我都會很難受的，不是嗎?」

「我最近也有在思考這件事，我覺得目前公司不能做得太大，當然音速專案是例外，現在有你主持大局，還有蛋塔在幫忙，另外阿丁也是個鬼才，少了他們可真不行。」

「我也覺得小本經營就好了，如果真的想要打拼的話，也要等我退伍了再說。」

「你放心好了，我會拿定主意的。」

「如果真的收起來了，希望損失不會太大才好。」

「這不會的。」楊英嘉拿出紙筆寫上了一些數字，很詳細的向彭俊德解釋著，「你看，裝潢再加上全部家具也不過才四十五萬元，全部由公司開銷，另外到處拼湊的電腦六台，其它周邊也算下去，也才花了十三萬，我們又沒什麼負債，即使全部賠下去也沒多少錢，這一陣子的業務還算不錯，音速專案不算的話，我們最近的進帳早就超過這個數目了對了，兩天沒來看你們，你們音速專案方面進行得如何了？」

說到音速專案，彭俊德就感覺到全身酸痛，忍不住伸了個懶腰，有氣無力的說：「目前還算順利，我預計一個月內要完成它。」

看彭俊德一臉痛苦的表情，楊英嘉不忍的說：「有沒有要我幫忙的地方？」

「還好啦，不過我稍微算過了，這個案子順利過關的話，我們的毛利很高，可以給我們公司奠定很好的基礎。」

「那就好了，如果再來一個音速專案，我們就可以吃好幾年了。」

「音速專案結束以後大概也沒有大案子了，一些暫時結盟的工作人員也都要遣散。」

「這不是太絕了嗎？」

「這些都事先和他們說好了，如果再接一個大案子的話，我怕會過勞死。」

「哈哈，別嚇我了。」

✦　✦　✦

彭俊德又租借了在海邊的大型會議廳，今天開會的人數比較多，包括丁慶澤、譚元茂和周偉民底下的工作人員全部到齊，連紅螞蟻、烈焰、冰人、巨斧幾個人也過來了，四個人和周偉民在餐飲廳的咖啡桌上另外開了個小型會議。

昨天剛從日本回來的葉怡伶已經發言超過十分鐘了，「……我可以肯定我們公司的程式沒有問題，可是操作介面還要再改良一下，我覺得畫面A左上角的閃爍字樣並不好，在效果上當然會提醒操作員的注意，可是一般員工只要操作三次就熟悉了，閃爍的字樣反而會在員工八小時的工作之中造成視覺疲乏的不良效應，另外畫面B……」

等葉怡伶發言完畢，彭俊德立刻走了上台說：「剛才小美女的發言有好幾個地方是針對程式設計部門，有關程式的部分就交給大頭和小黑去修改，另外肥仔和小斌，你們的工作全部暫停，你們要加入蛋塔這一組，你們兩個人對程式和機器的運作比其他人都還要清楚……，接下來的重點都是在巧樂富這邊，現在蛋塔再將剛才大家的意見整合一下。」

譚元茂立刻走了上台對著眾人說：「這次日本之行的收穫實在太豐富了，就如同剛才阿國、阿輝和小美女所說的，日本人的訓練行程都很緊湊而且紮實……」

彭俊德看譚元茂能夠掌握會議的進行，而且譚元茂和丁慶澤兩人也都有決策權，因此放心的將剩下的會議行程交給他們，自己跑到周偉民這邊看他們進行的情況。

到了這邊才知道這兒的每個人都正舒服的休息著，楊英嘉和幾個業務部的人正在泡咖啡，小劉、湯姆和周偉民也湊一桌在喝茶，洪明達幾個人正閒逛著，周偉民招手要彭俊德過去坐下來，然後問說：「彭總，你們的會議開得如何了？我們早就開完會，現在就等吃飯了。」

另一桌的楊英嘉也向彭俊德打招呼說：「彭總，我們這邊的事情你就不用擔心了，最近的案子都很順利，客戶也都很滿意呢！」

「這樣子我就放心了，這陣子公司的業務真麻煩你們了，我都沒有關心到……，咦紅螞蟻、冰人你們在幹什麼？」

原來彭俊德看到不遠處洪明達和冰人正對著大玻璃窗外指指點點，似乎還有一些爭執，兩人聽到彭俊德的呼叫，便走了過來。

洪明達和冰人在咖啡桌前坐了下來，洪明達對彭俊德說：「大衛王我們兩人沒有吵架啦，只是冰人對狗的特性都不了解，還跟我強辯。」

「是什麼事？和狗有關嗎？」

「是啊！外面有個女生帶著一隻雪納瑞狗，我說雪納瑞很可愛，紅螞蟻就說，在德國有一種巨型雪納瑞犬非常兇悍，還可以訓練成警犬。」冰人指著窗外，彭俊德果然看到有個身穿厚重外套的小女生正帶著一隻灰色的小狗散步。

「紅螞蟻，你對狗的知識好像還蠻熟悉的？」

「也不是很熟啦，我爸爸開了一間狗舍，我多少知道一點，這種是迷你型雪納瑞犬，適合當寵物，但是德國有一種巨型雪納瑞可就沒這麼乖了，長得比台灣的警用狼犬還要高大，看了就會讓人害怕。」

彭俊德忽然想到了蘇宜倩養的小吉娃娃，便問說：「我最近想要養一隻吉娃娃，你有什麼建議沒有？」

「吉娃娃？現在不流行了。」

「吉娃娃現在不流行了嗎？」

冰人也問洪明達道：「那麼現在流行什麼狗？」

「最近台灣流行的狗很多，像獒犬、馬爾濟斯都很熱門，另外很多人喜歡黃金獵犬，因為這種狗脾氣好，毛色漂亮，名字又取得好聽，所以最近就流行了，我阿爸養的一隻黃金獵犬最近就生了五隻小狗，第一天賣掉三隻，賺了二十多萬元。」

「什麼？一隻要……竟然那麼貴？」彭俊德聽得瞠目結舌。

「因為配種的公狗是冠軍犬，所以貴了些，那還是熟人來買才算便宜的，我阿爸說另外兩隻不太想賣，若是有好價錢的話再考慮。」

「我的天，那麼貴……，紅螞蟻你幫幫忙，如果我要買的話，能不能算便宜一點。」

「大衛王你要買狗？」

「是啊。」

「好呀，我幫你殺價，我叫我阿爸算你五……算你三萬就好，我馬上打電話，說不定晚一點問就給賣出去了。」洪明達心想以前欠了大衛王的人情，現在大衛王需要幫忙，自己當然是義不容辭，便走到櫃台旁的電話亭打電話。

彭俊德轉身又對周偉民說：「偉民，你看一下工作進度，我們接下來有哪些重點項目？」

周偉民從口袋裏拿出一本小筆記本，翻了幾下就找到所要的資料了，便說：「我看看……，程式大致上已經完成了，要改的地方不多，另外全部的商品名細已經完成鍵入的工作，再來的話……，我的天，都是重頭戲！」

「有哪些？」

「首先要將巧樂富的財務和會計的舊資料輸入電腦，這期間阿丁的人馬要安裝全部二百三十七部機組，日本人聽說我們不聘請他們的技師過來指導，感到十分疑惑，到時候會派人過來看一下，再來就是巧樂富相關員工的操作訓練，全部人員超過八百人。」

「超過八百人？二百多組的收銀機組人員，再加上輪班人員，超商還三班制，我想黃董給我們的資料不會錯。」

「光是看這些資料就嚇死人了。」

「是啊，光想到這些事情，都已經夠累了，可是更難的關卡還在後面。」彭俊德說完就閉著眼睛向後斜躺在椅子上。

看彭俊德這麼疲憊，周偉民也不知如何安慰他，這一陣子周偉民也覺得彭俊德承受很大的壓力，表面上大家的工作量都很沉重，可是包括楊英嘉、譚元茂、丁慶澤和周偉民自己，每個人都有個依賴的對象，那就是彭俊德，如果工作上有任何不順遂，最後要扛起責任的就是彭俊德了，而這種無形的壓力卻是百十倍於表面上的工作壓力。

兩人談了沒多久就看到洪明達喜孜孜的走了過來，人還沒坐下來就急著說：「大衛王，我阿爸說要小狗沒問題，不過要你親自去一趟，我已經跟他約好了下午三點見面，我陪你過去一趟。」

✦　✦　✦

今天真是彭俊德的幸運日，不但工作進行得十分順利，買小狗的事情更是幸運萬分。

阿傑幫忙開車載彭俊德和洪明達來到台北縣郊區一處犬舍，想不到洪明達長得白白淨淨的樣子，他的父親則是十分的粗獷豪爽，見到彭俊德只有一句話，小狗只送不賣，原來洪明達在電話裏一直強調彭俊德不僅是朋友，前些日子不但為洪明達解決了難題，還無條件奉送一套價值二十多萬的電腦程式，因此犬舍主人堅持不收彭俊德的錢，彭俊德事先準備的五萬元訂金也就原封不動的拿回來。

兩人接著又一路開往陽明山張鎮三的公館，在車上阿傑問彭俊德說：「你說這隻小狗就要十萬元？」

「對呀，可能還不止呢。」彭俊德看著放在後座的狗籃子，裏面有一隻又胖又健壯的小狗正在咬著一根假骨頭，另外狗籃子旁還放了一個大紙箱，嘆了一口氣又對阿傑說：「你看他還送我這麼多東西，籃子、被單、剪刀、毛刷、洗澡精、皮帶，還有血統證明書，還有一大箱狗罐頭。」

「真是大方，別說小狗了，光是這些東西就要好幾千元。」

「好幾千元算什麼，他還說這小狗的血統好，以後可以參加比賽，也可以作為種狗，沒二十萬絕對不可以賣出去。」

「你這狗是要送給張董嗎？張董也養了幾隻大狼狗，你有沒有跟他說這件事？」

「我這狗可不是要送給乾爹的，只是我最近忙，先拜託乾爹幫我照顧一陣子。」

「大衛，你這小狗可以放我這兒，可是不能放太久了。」一個月沒見到張鎮三，張鎮三的精神還算好。

「乾爹，我不會打擾太久，大概一個月就行了，這樣會不會太麻煩你們？」

張夫人怕彭俊德誤會，便解釋說：「不會的，你乾爹是說等蘿拉懷孕以後，家裏的狗都要送人，怕會有傳染病。」

張鎮三也說道：「也不是說蘿拉懷孕就要送走我那些大狼狗，我想小孩子生出來以後，就真的要小心一點了，畢竟小孩子的抵抗力比較弱，我們總是要多注意一下。」

彭俊德也笑著說：「是啊，我想蘿拉一定會早生貴子的。」

「什麼早生貴子，現在不流行了，現在流行早生貴女了。」張鎮三說話時還一直搖頭，一副很不以為然的樣子。

「哈哈，是早生貴女沒錯，祝乾爹乾媽早一天有個乖孫女可以抱。」彭俊德這才想起來張鎮三重女輕男，不禁笑了出來。

張鎮三這才笑瞇瞇的說：「當然要這樣，我那乾親家住在南部，小孩當然要放我這兒，我這兒比較清淨，空氣也好。」

「不過明天大姐他們渡蜜月回來，乾爹你可別在他們面前提生男生女的事情。」

張鎮三轉向張夫人說道：「大衛這樣說也很有道理……蘿拉雖說是我們的乾女兒，可是她畢竟嫁人了，我們也要尊重傑森的意思，生男生女就由他們去好了。」

張夫人失望的說：「我知道，可是我們已經有了六個小孫子，如果能有一個小孫女來抱抱的話，你看那會有多好！」

「一定會有的，乾媽妳放心。」

張夫人懷疑的問彭俊德說：「你怎麼知道一定會有？」

張鎮三想到彭俊德還沒結婚，便說：「對了，大衛你也可以早一點結婚，你也可以生一個乖孫女來讓我們抱啊！」

✦　✦　✦

日本果然派來了一個年輕工程師，隨行的還有一位在台灣貿易公司任職的女翻譯。

兩人遞了名片給彭俊德，年輕工程師名字叫作松本次郎，一副吊兒郎當的模樣，不但穿得拉哩拉遢，還留了落腮鬍子，反而是名叫許家蓮的女翻譯一臉笑容，十分和藹可親，手中提了個白色手提包，彭俊德沒時間招待他們，因此請擅長日語的譚元茂帶他們到處走走，自己和丁慶澤忙著安排明天要安裝機器的行程和細節。

丁慶澤看譚元茂和兩位來賓走遠，便問彭俊德說：「阿德，你看那個松本次郎怎麼樣？」

「這傢伙一副吊兒郎當的樣子，我看了就討厭。」

「哈哈，你別被他騙了。」

「怎麼了？」

「這傢伙是日本ＪＵＣ的老闆之一，他帶著技術離開原來任職公司的研發部，再帶了兩個高級工程師出來，又找到幾個金主就開設了JUC公司，沒幾年就在市場上獲得好口碑，雖然他所佔的股份不多，但是估計至少也有十億日圓的身價，現在才三十歲。」

彭俊德聽說是JUC的老闆，十分驚訝，過了一會兒才說：「你怎麼不早說，我也好招待他。」

「別慌張，他還以為我不知道呢，他掛名研發部工程師，其實我在日本裝凱子，他們以為我是富家子弟什麼也不懂，也不太提防我，現在反而是他在明我們在暗，到時候嚇他一跳。」

「哈哈，不過他也真厲害，那麼年輕就這麼有成就。」

「他是日本工業大學的電機碩士，在公司裏神氣得不可一世，不過當然有兩把刷子。」

「好吧，那說說明天的工作。」

「明天的工作分成兩組人馬，安裝機組的有四小組，共十二人，安裝訊號電纜線的有三組也是十二個人，各組分開工作，後天開始單機測試，接著連線測試，最後再做營業實地測試，這是目前排好的行程。」

「很好，偉民那邊也已經全部完工，巧樂富也已經全面使用我們的程式，所有的細節都銜接得很好。」

「好，那一切工作就是明天了，今天反而比較清閒。」

彭俊德想了一下說：「今天晚上沒事幹，我們請那個日本老闆吃飯，你和蛋塔出面邀請他，就說要感謝在日本受他的照顧。」

「沒問題，那晚上吃什麼？」

「吃什麼都好，今天晚上……嘿嘿……咱們給那日本小子……」

表面上是要給松本次郎接風，實際上是彭俊德一夥人童心發作，想要把松本次郎灌醉，譚元茂找了一家很雅緻的日本料理店，菜色好裝潢漂亮，最重要的是裏面什麼酒類都有。

譚元茂先到飯店邀請兩位貴賓，想不到竟然請來了三個人，原來女翻譯許家蓮自己也找了個好朋友一起來湊熱鬧，是一位在台灣研究中文的日本女學生，名字叫水野美智子，國語也說得很好，水野美智子雖然年紀比譚元茂、彭俊德還要大了一些，但是身材嬌小，長得十分甜美。

彭俊德也請林怡珊和黃春華過來陪女客人，丁慶澤和周偉民也一起過來了，譚元茂先為大家點好了菜，又叫了三小瓶用瓷壺裝的日本清酒，還要侍應生先溫好了酒再送來。

彭俊德透過翻譯表明松本次郎這幾天要看什麼都可以，大家都是合作伙伴，因此沒有秘密可言，松本次郎十分高興，連聲『阿里嘎的』的謝謝。

譚元茂和丁慶澤也滿口感謝松本次郎在日本的照顧，加上彭俊德不停的拍馬屁，松本次郎不疑有他，只覺得這幾個台灣年輕人真是親切。

彭俊德看那女翻譯許家蓮仍是笑臉盈人的樣子，也是覺得十分親切，只是許家蓮每點一下頭，手中的白色皮包也跟著動一下，彭俊德細看之下才知道原來是一隻毛茸茸的小狗，因為小狗的頭總是埋在許家蓮的腋下，又是全身雪白，才會讓大家誤會是一只手提包，彭俊德深怕小狗會咬他，因此也不敢隨便摸它，便對許家蓮說：「許小姐，這小狗很乖啊。」

「是啊，我沒老公可以抱，就只好抱小狗了。」

「如果台灣的女孩子都像妳這樣，那我們男生都不用討老婆了。」

「那可不干我的事。」

「妳這是什麼狗？」

水野美智子和那隻小狗也是很熟，便將小狗抱過來，小狗實在醜得可愛，短短的鼻子動了兩下，便又在水野美智子的懷裏睡著了，原來是一隻純白色的北京狗。

許家蓮說：「這是我去年買的北京狗，別人都訓練狗狗走路，我則是訓練它睡覺，所以它是睡覺專家。」

水野美智子將小狗高高的抱起來說：「你老是愛睡覺，是不是呀，我的小親親。」說完了還親了那北京狗一下。

彭俊德實在不能接受，心想女生怎麼都愛狗成痴，抱著小狗吃飯不打緊，現在竟然又親了小狗，直嘆真是人不如狗了。

這時候松本次郎早就沒有戒心了，丁慶澤和譚元茂也開始向他勸酒，喝了幾杯清酒的松本次郎覺得都是他一人喝酒沒什麼意思，便也向彭俊德舉杯敬酒，彭俊德不好意思拒絕，便拿起來喝了一口，只覺得入口香醇，心想還可以順便拍這日本人的馬屁，便說：「松本桑，沒想到這日本清酒溫熱了喝，竟然這麼香醇，再沒有比這更好的酒了。」

許家蓮立刻在松本次郎的耳邊翻譯，只見松本次郎喜形於色，臉上有光，聽完之後對著許家蓮說了幾句話。

許家蓮對著眾人說：「松本桑說了，他說今天很感謝大家的招待，希望大家喜歡今天的料理和日本清酒，他希望今天能夠由他作東，今天的……」

譚元茂不等許家蓮說完，立刻用日文對著松本次郎說了幾句話，彭俊德了解譚元茂的意思是說，今天裴思特必須盡到主人的情意，不可以讓松本次郎請客。

松本次郎面有不豫之色，還頻頻的搖頭，彭俊德便伸出手來要大家停止爭執，又對松本次郎說：「今天當然是讓我們當主人的請客，我也知道松本桑十分好客，如果松本桑堅持的話，明天大家再找個地方一起用餐，到時候就讓松本桑請客好了。」

彭俊德看許家蓮不停的翻譯，松本次郎則是頻頻點頭表示贊同，彭俊德又繼續說道：「可是今天請松本先生一定要給我個面子，今天請松本先生要多喝幾杯酒。」彭俊德故意說得很慢，好讓許家蓮有時間翻譯給松本次郎聽。

果然松本次郎覺得可以接受，便又舉杯邀著眾人共飲，可是看到桌上放了幾杯礦泉水，又看到林怡珊和黃春華手中拿的都是有顏色的果汁，便搖頭表示不能接受。

「請松本桑不要介意，您看水野小姐和許小姐也是喝果汁，所以今天女士們例外，喝水、喝果汁都可以，我們男生則是喝酒同歡，誰也不許喝果汁。」彭俊德看松本次郎一直微笑點頭，便又多加了一句話，「今天一定要請松本桑多喝幾杯，今天松本桑喝一杯，我也一定陪他喝一杯，請一定要盡興而歸。」

松本次郎聽完許家蓮翻譯最後一句話之後臉色大變，深覺彭俊德是在挑釁他的酒量，可是看彭俊德又是一臉笑瞇瞇的，實在不像有壞心眼的樣子，記得在日本就聽說過有一些卑鄙的台灣人以將日本人灌醉為樂，但是仗恃著自己酒量似海、千杯不醉，也不怕這幾個台灣年輕人耍詐，心想剛才彭俊德一定是因為好客而說出這種不得體的話，因此也不再生氣，只是想著這個年輕小子不識貨，等一下非得將這台灣年輕的總經理灌醉才行。

眾人各懷鬼胎的勸酒，幾個女生則是在一旁逗著小狗玩，過不多時，彭俊德又要了十瓶清酒，松本次郎也小心翼翼的生怕吃虧，緊跟著彭俊德喝酒，喝了一會兒彭俊德覺得有些頭暈，酒意有些上來，再看松本次郎也是滿臉通紅，兩人鬥了個平分秋色。

這時候松本次郎又來對彭俊德勸酒，彭俊德心想不使詐肯定贏不了他，便假裝不勝酒力，松本次郎看彭俊德有些推拒喝酒，十分的得意，故意指著自己面前已經空了的酒杯，彭俊德只好端起面前的酒杯，裝作很勉強的喝了下去，另外偷偷使眼色要譚元茂幫忙。

「松本桑的酒量實在太好了，我投降，不行了。」

看彭俊德有些酒醉，松本次郎更想趁勝追擊，便又舉杯要和彭俊德喝，彭俊德嘴裏說不，可是卻也將手中的酒杯喝了乾淨，沒想到這一杯竟然是礦泉水，心想這譚元茂實在厲害，我都沒看出來他是怎麼倒礦泉水給我的。

松本次郎不疑有詐，因此一杯接著一杯的喝，酒和菜也不停的上來，喝到最後松本次郎竟然醉得趴在桌子上，彭俊德和譚元茂合力將他放在榻榻米上面。

彭俊德看這飯局也該結束了，便對周偉民說：「偉民，麻煩你和阿丁先送松本先生回飯店去，蛋塔陪珊珊和春花回家，這裏我來結帳，等一下我送水野小姐和許小姐回去。」

周偉民看彭俊德有些酒醉的樣子，擔心的問彭俊德說：「你今天喝這麼多，有沒有關係？」

「我還好，我的酒意已經在退了，倒是這個松本先生……」彭俊德臉上露出得意的微笑說：「他明天中午醒得來，就算他厲害了。」

·上冊完·

國家圖書館出版品預行編目

駭網情深 / 楓情著. -- 一版. -- 臺北市 : 秀威資訊科技, 2004[民 93]
冊 ; 公分. -- (語言文學類 ; PG0036-PG0037)
ISBN 978-986-7614-81-0(上冊 : 平裝). –
ISBN 978-986-7614-82-7(下冊 : 平裝)
857.7 93023858

語言文學類 PG0036

駭網情深（上）

作　　者 / 楓情
發 行 人 / 宋政坤
執行編輯 / 彭家莉
圖文排版 / 張慧雯
封面設計 / 羅季芬
數位轉譯 / 徐真玉　沈裕閔
圖書銷售 / 林怡君
法律顧問 / 毛國樑　律師
出版印製 / 秀威資訊科技股份有限公司
台北市內湖區瑞光路 583 巷 25 號 1 樓
電話：02-2657-9211　　傳真：02-2657-9106
E-mail：service@showwe.com.tw
經 銷 商 / 紅螞蟻圖書有限公司
台北市內湖區舊宗路二段 121 巷 28、32 號 4 樓
電話：02-2795-3656　　傳真：02-2795-4100
http://www.e-redant.com

2004 年 12 月 BOD 一版
定價：380 元

讀　者　回　函　卡

感謝您購買本書，為提升服務品質，煩請填寫以下問卷，收到您的寶貴意見後，我們會仔細收藏記錄並回贈紀念品，謝謝！

1.您購買的書名：______________________________

2.您從何得知本書的消息？

□網路書店　□部落格　□資料庫搜尋　□書訊　□電子報　□書店

□平面媒體　□　朋友推薦　□網站推薦　□其他__________

3.您對本書的評價：(請填代號　1.非常滿意 2.滿意 3.尚可 4.再改進)

封面設計____　版面編排____　內容____　文/譯筆____　價格____

4.讀完書後您覺得：

□很有收獲　□有收獲　□收獲不多　□沒收獲

5.您會推薦本書給朋友嗎？

□會　□不會，為什麼？______________________________________

6.其他寶貴的意見：______________________________________

____

____

____

讀者基本資料

姓名：____________________　年齡：______　性別：□女　□男

聯絡電話：________________　E-mail：____________________

地址：____

學歷：□高中(含)以下　□高中　□專科學校　□大學

□研究所(含)以上　□其他________________

職業：□製造業　□金融業　□資訊業　□軍警　□傳播業　□自由業

□服務業　□公務員　□教職　□學生　□其他__________

請貼
郵票

To：114

台北市內湖區瑞光路 583 巷 25 號 1 樓

秀威資訊科技股份有限公司　　　收

寄件人姓名：

寄件人地址：□□□

(請沿線對摺寄回,謝謝!)

秀威與 BOD

BOD（Books On Demand）是數位出版的大趨勢，秀威資訊率先運用 POD 數位印刷設備來生產書籍，並提供作者全程數位出版服務，致使書籍產銷零庫存，知識傳承不絕版，目前已開闢以下書系：

一、BOD 學術著作—專業論述的閱讀延伸
二、BOD 個人著作—分享生命的心路歷程
三、BOD 旅遊著作—個人深度旅遊文學創作
四、BOD 大陸學者—大陸專業學者學術出版
五、POD 獨家經銷—數位產製的代發行書籍

BOD 秀威網路書店：www.showwe.com.tw
政府出版品網路書店：www.govbooks.com.tw

永不絕版的故事・自己寫・永不休止的音符・自己唱